時の扉（下）

Kunio
tsUji

JN097154

辻邦生

P+D
BOOKS
小学館

目次

第八章　再　会

翌朝、矢口と橘が日本隊の発掘現場に戻ると、江村卓郎はまっ黒の童顔をほころばせて「やあ、蕩児《とうじ》帰るだな。お前さんたちのことだから、もっと遅くなると思ったよ」と言った。

「これでも、外泊禁止を破りましたからね、懸命になって帰ってきたんです」橘信之はA地点で測量をしている江村のほうに近づいた。「そのかわりフランス隊の発掘概況の報告を手に入れてきましたよ」

「橘も案外、抜け目のないところがあるんだな」江村は大きながっしりした身体を起し、橘信之が差し出すタイプのコピーを受けとった。「どうしてこんな器用な真似ができるんだ？　まさか失敬したんじゃあるまいね？」

「冗談じゃありませんよ」橘は憤慨したようなふりをして言った。「隊員のなかに、同じ研究室の男がいたんです。ぼくが、なんだ、お前もか、と言うと、向うも同じことを言いましてね、それで情報交換の協定を結んできました」

九時の朝食休憩のあと、矢口忍は人夫頭のアブダッラとジープでアレッポに出かけた。連絡事項と買付けのリストを矢口に渡しながら、江村は「まずドクターのところに連絡してくれ。万事うまくやってくれる」と言った。

道々、矢口忍はフランス語で、アブダッラの家族のことや、仕事や、発掘にたずさわった経緯などを訊いた。

アブダッラは何か喋るたびに前歯の欠けた、人のいい笑顔を見せた。彼の家族は妻一人、子供四人、本職は大工、発掘は農閑期の村の男の重要な収入源で、彼自身はアメリカ隊とオランダ隊の人夫の経験がある――そんなことを話した。

アブダッラはしきりと自分も二人目の妻を貰うようにならなければ駄目だ、と言って、悲しそうに頭を振った。矢口は驚いて訊ねた。

「二人目って、正式の妻のことか」

「ええ、ここでは四人まで、妻を正式に持つことができます」

矢口忍も話には聞いていたが、現に、そういう異なった風習のなかに生き、それを生活の理想と考えている人間を眼の前に見ると、奇妙な戸惑いを感じた。

「もし四人妻を持っていて、五人目の女を愛したときは、どうするのか?」

矢口は砂漠の涯が光に霞むのを見ながら訊ねてみた。アブダッラは肩をすくめ、人のいい笑いを見せた。そして四人のなかから、気に入らない女を離婚するのだ、と説明した。

「女同士で嫉妬や反目は起らないのか?」

「もちろんありますよ」アブダッラが欠けた前歯を見せた。「でも、それを押えるのが男の腕です。それに、女は、自分の感情を表わしたり、男の世界に口を入れたりすることは、禁じられています」

矢口忍は顔をかくして、じっと家の戸口に立つ女たちを思い描いた。

「しかし嫁をとるには、相手の親に金を積まなければなりませんからね」

アブダッラはそう言って悲しそうにまた首を振った。

灼熱の砂漠を走りぬけてアレッポに着いたのは午後三時をまわっていた。この前、気がつかなかったが、目くらむ太陽の照りつける堅固な家々は、古風で、がっしりしていて、砂漠の泥を浴びているせいか、ひどく土埃に覆われている感じがした。

車はたえずクラクションをビービー鳴らして走っていた。矢口の眼にもその大半が日本製であることがわかった。見慣れた自動車メーカーの名前を見ると、矢口忍は妙に愛国心をくすぐられた。橘などに話したら何か冗談の種にされそうなほど、矢口は日本製の車が多いのが嬉しかった。

——島国根性から抜けられないんだな、と矢口はそんな自分を押えるようにして独りごとを言った。こんなことが当り前にならなければいけないんだ。

矢口はホテルに着くとすぐドクターを呼び出した。

「この前は留守をして済まんことでしたな」ドクターは旧知のような、懐かしそうな口調で言った。「例のイリアス・ハイユークは、私もよく知っている男です。ええ、連絡はついています。今日でも明日でも、電話すれば飛んでくるでしょう」

矢口はとりあえずハイユークの電話番号を控えた。

アブダッラが食糧の買出しに出かけてから、矢口はしばらくホテルの電話の前でじっとしていた。彼はかすかな恐れを感じていた。電話口の向うから、ハイユークという人物の形を借りて、また、あの過去が、血みどろの姿をひきずって現われてくるような気がしたからであった。卜部《うらべ》すえも梶花恵も昔のままでその向うに控えているような気がしたのである。

彼はホテルの高い天井で大きな扇風機がごろごろ廻っているのをしばらく眺めていた。窓は鎧戸が閉めてあり、鎧戸の隙間から洩れる光が室内を薄明るくしていた。外の暑熱にくらべたら、まだ室内は何とか我慢できた。もちろん冷房設備などはどこにもなかった。

受話器を取りあげ、向うが出てきたとき、矢口は、イリアス・ハイユークさんはご在宅か、と訊ねた。相手は女の声だった。

「いま兄は外出しています。どなた様?」

「日本で知り合いだった矢口という者です」

「まあ、矢口さんですの?」相手の口調が変った。「兄がながいこと待っておりましたわ。いま、どこにいらっしゃいますの?」

矢口忍がホテルの名を言うと、イリアス・ハイユークの妹は、兄は間もなく戻るはずだから、すぐそちらへ迎えにゆく、と言った。

「ご迷惑じゃありません《サ・ヌ・デランジュ・パ》?」

彼女はそう言った。

「いいえ、構いません。ぼくはあなたのお兄さんに会いに来たんですから」

矢口は電話を切ると、ふうっと太い息をついた。パリ以来、時どきフランス語を使うようにしていたが、電話で喋るのはほとんど初めてのことだった。しかしそれでも気持が通じたという喜びと安堵感があった。

しかし同時に、矢口忍は心のどこかで、一種不安な、怯えに似た気持がよどんでいるのを感じた。彼はそれがどこから生れてくるのかわからなかった。

「江村や橘と別れて、見知らぬシリアの都会で、ひとりぼっちになったことが、原因なのだろうか」

矢口は自分の心の中を覗きこむように、しばらく電話の前にじっと坐っていた。大きな旧式の扇風機が天井でごろごろ音をたてて廻っていた。矢口は立ち上ると、ベッドに仰向けになって、扇風機が空気をかきまぜているのを眺めた。

——矢口がイリアス・ハイユークと会ったのは卜部すえがいたからだった。また、いまハイユークと会おうとしているのも、あれからの出来事をすべて彼に話すためだった。そのための心の準備は、彼がシリアへ出かける決心をしたとき、すでにできていた。だから、いまさら、ハイユークと会うことに、こだわりを感じているとは、矢口は考えることができなかった。

彼はしきりに考えをまとめようとして扇風機が廻るのを見つめていた。

「これは卜部すえのせいじゃない。それだけは確かだ」

矢口はいつかうとうとしていた。電話のベルがけたたましく鳴ったとき、矢口は一瞬自分がどこにいるのかわからなかった。

「私です。イリアスの妹です。いまホテルのフロントまで来ました」

乾いた暗く低い声が電話の向うでそう言っていた。矢口は相変らず不安な気持が心のどこかにひっかかっているのを感じた。彼は受話器を置くと、急いで階段をおりた。

ロビーには浅黒い小柄な女性が立っていた。矢口忍は砂漠の村々で見たシリアの女たちを思い描いていたので、そこに立っているイタリア人のようにも見える、栗色の髪に囲まれた、ほっそりした女性を見たとき、果してそれがイリアス・ハイユークの妹であろうか、と戸惑った。しかし彼女は何のためらいもなく、ほほ笑みながら矢口のほうに近づくと「初めまして。私、リディア・ハイユークです」と言って手を伸ばした。

そのとき矢口の身体のなかを何か電光のようなものが走った。リディアの乾いた、暗い、低い声は、彼がはじめて梶花恵と会ったとき聞いた声とそっくりだった。むしろリディアの声のほうがはるかに官能的だった。

「あの不安な気持はこの声のせいだったのだ」

矢口はリディアの灰色がかった青い眼を見ながら、そう独語した。

もちろんリディアと梶花恵は眼の色も形も違っていた。リディアの灰色がかった青い眼は、柔和で、人懐っこかった。右の眼尻の下にほくろがあって、それがいっそう人懐っこい感じを強めていた。

梶花恵と似ていたのは、頬骨の下の浅い窪みにかげができていて、そこに後れ毛が垂れていることだった。リディアの乾いた、嗄《かす》れた低い声を聞き、頬のかげを見ていると、矢口は梶花恵に初めて会った日のことを、いや応なく思い出した。

「兄はいま、友達のことでハマまで出かけておりますの」リディアは言った。「でも午後おそくには戻ってくると言っていました。矢口さんがいらしたら、家で待たせて、できたら泊っていただくように、って」

「いいえ、喜んでお邪魔しますが、泊ることは遠慮させて下さい。考古学調査隊の一員なので、仕事がありますし、連絡事項もありますから」

リディアは車を走らせ、暑い日の照りつける通りをぬけた。四階建のどっしりした石造りの建物が並び、白い衣をかぶったアラブ風俗の男女が雑踏していた。贅沢なショウウインドーはすくなく、質素な店が多かった。

「シリアの町のよさは市場《スーク》なんだ」と江村が言っていたが、それらしいものは見当らなかった。矢口がスークはどこにあるのか、とリディアに訊くと、彼女は柔和な灰色がかった青い眼を細めて笑い、スークはずっと下町にあり、城塞のそばだから、別の日に案内する、と答えた。

ハイユーク家は閑静な裏通りにあった。道から石段で戸口まで登るようになっていた。鎧戸の閉った窓の並ぶ三階建の細長い正面《ファサード》はフランス風の瀟洒《しょうしゃ》な装飾がほどこされていた。

矢口忍には町も裏通りも建物も、何から何まで珍しかった。彼の心のなかから、不安な気持は消えていた。リディアの声が花恵の声と似ていると気がついた途端、その不安は消えたらしかった。

客間で大柄な二重顎をした婦人が矢口を迎えた。イリアスの母であった。彼女はアラビア語しか話さなかった。彼女の言ったことをリディアはゆっくりフランス語で通訳した。彼女の名前はマリアと言った。マリアは二重瞼の、牝牛に似た、大きな灰青色の眼をしていた。その眼はいつも微笑しているような柔和な鷹揚な感じがあり、それがリディアにそっくり受けつがれていた。しかしリディアの眼のほうが、もっと暗く、かげったところがあった。とくに眉の下の窪んだ瞼に、時おり皺が寄せられ、それが、彼女に、困惑したような、悲しんでいるような表情を与えた。

マリアがどろどろしたトルコ・コーヒーを矢口にすすめた。女たちはイリアスが日本でどんな生活をしていたかを知りたがった。

矢口は卜部すえの話をしないわけにゆかなかった。すえが死んだ前後の話をリディアがマリアに通訳すると、彼女は不意に立ち上って客間を出ていった。矢口はマリアの眼が潤んでいたのに気がついた。

「ごめんなさい。母はこの頃、涙もろくなっているんですの」

リディアがそう言った。

一時間近く待ってもイリアス・ハイユークは帰ってこなかった。リディアは時どき「どうしたのかしら?」というような表情で笑ってみせたが、一時間を過ぎると、矢口に退屈ではないか、とか、仕事の邪魔にならないか、とか訊ねた。

「大丈夫です。アレッポでの一番の目的は、お兄さんと会うことですから」

矢口忍はリディアが持ってきたアルバムを見ながら、そう言った。アルバムには東京にいた頃のイリアスの写真も貼ってあった。

「矢口さんはコーヒー占いってご存じですか？」

不意にリディアが訊ねた。ちょうど矢口がアルバムを見終ったときだった。

「いいえ。コーヒーで占うのですか？」

「いまトルコ・コーヒーをお飲みになりましたね。カップの底にどろどろコーヒー滓《かす》が残っていますわね。それで占うんですの。占いはお嫌いじゃありません？」

「とくに嫌いってことはありません」

「それじゃ、私に占わせて下さい。私ね、母に教わって、かなり腕を上げましたの」

リディアはもう一度トルコ・コーヒーをいれて矢口に差し出した。矢口はその小さなカップを手にして、しばらく飲むのをためらった。

「普通に飲んで下さっていいんですの。飲み終ったら、そのままカップを伏せて下さい」

矢口は言われたとおりにした。眼尻にほくろのあるシリアの若い女の前に、小さなカップが伏せられていた。矢口忍はそのカップの中に自分の運命が封じ込まれているような暗い不安な気持を感じた。リディアが好意で言ってくれたにせよ、占いに同意したのが軽率だったように思えた。

リディアは微笑しながら、何か言ったが、矢口は他のことに気をとられていて、一瞬その言葉がわからなかった。リディアはカップをとりあげ、カップの内側を矢口に見せた。コーヒー滓が乾いていて、砂漠の航空写真か地図でも見るような模様になっていた。

「この模様を見て占いますの」

リディアはしばらく真剣な表情でカップの内側をじっと見つめていた。息をつめ、水のなかにもぐっているような顔に見えた。

やがて彼女の顔は急に明るく輝いた。

「とてもいい占いが出ていますわ」リディアはカップのなかに眼をやりながら言った。「こんないい占いを見たのは、私、久々です」

矢口忍はその言葉が信じられなかった。

「矢口さんは海の上を小舟で漂うような旅をまだしばらく続けます。でも、間もなく長い旅は終ります。そこに二つの別れ道があって、一つは遠くって近く、もう一つは近くって遠いんです。矢口さんはこの別れ道で大へん悩みますけれど、遠くって近いほうの道を選ぶことになります。それは人のいない荒野ですし、嵐やその他の困難があります。でも嵐のあとに、空からいっぱい花が降ってきます」

リディアがカップから眼をあげたとき、玄関のベルが鳴った。

「兄ですわ」

リディアが叫んだ。

イリアス・ハイユークは以前と違って口ひげをつけ、ずっと老成して見えた。

「矢口先生、よく、来て下さいましたね」

彼は日本語で言って、矢口の身体を固く抱いた。矢口もイリアスの肩を抱いたが、言葉が出なかった。

「卜部さんのこと、お気の毒です」客間に入ると、イリアスが言った。「お手紙を読んだとき、私は一晩眠れませんでした」

矢口忍は手紙で書いたことを、もう一度、イリアスに話した。彼女を悼むためには、そうする以外にないように思えた。イリアスは顔を伏せ、黙って聞いていた。

「先生、私には、卜部さんが死んだ気持、よくわかります」話が終ったとき、イリアスが言った。「死んだ人を悼むことは、とても大切なことです。でも、そのことで、生きる義務を怠ったら、何にもなりません」

「生きる義務?」

矢口は驚いて眼をあげた。

「ええ、生きている人に与えられた義務です」イリアスは浅黒い、骨張った顔をうつむけ、何か考えるようにしてから言葉をつづけた。「実は、今日、私の友人の判決がありました。それで帰りが遅くなったのです。この友人の罪は殺人なのです。彼はある男をピストルで撃ち殺しました。動機は、その男が友人の妹を誘惑して棄てたからです。妹はそのため自殺をしました。私たちの国では、このような行為は許されません。その男は死をもって復讐されても仕方がないのです」

「その男を殺すのが、生きる義務ですか」

矢口は身体が冷たくなるような気持で訊いた。

「私たちの国では、家名を汚されたことに対しては、そうするのが義務です」

「では、ぼくは、卜部君の身内の誰かに殺されなければなりませんね」

矢口は皮肉でなくそう言った。彼は復讐という時代離れした行為が、荘重な儀式のように感じられた。

「いいえ、そんな意味で友人の話をしたのではありません」イリアスは首を振った。「私も、家名とか、復讐とかが、この国の近代性を損なっているのを知っています。だから友人も思いも及ばぬ重刑を与えられました。私がお話したかったのは、友人が、生きることに本気だったことです。彼はドイツに留学していた教養人です。復讐の愚かさ、殺人の愚かさを百も承知しています。でも、妹が死んだことに対して、彼のなかのシリア人の血が許せなかったのです。

友人たちのなかにも、彼が教養や近代的モラルに従わなかったことに批判的な連中もいます。でも、私は彼がシリア人の血に従ったことが正しいと思います。妹の名誉や、妹への愛情のために、彼は本気で、損得なしで、行動したからです。私は、矢口先生も、形こそ違え、同じことをなさったと思います。卜部さんの死を本気で悼まれました。私は先生のこの悲しみだけで一切は償われたと思います。悲しみは先生にとって、今まで、生きるための義務でした。でも悲しみだけでは償いは終りません。もう一度、本当に願わしい生を生きること、それがなければ償いは終りません」

イリアス・ハイユークは何度も言い澱みながら、ほぼこのような意味のことを言った。

矢口忍はハイユーク兄妹に引きとめられたが、その日のうちに調査隊が支援をうけている日本化工のアレッポ出張所に顔を出す約束をしていた。江村たちがドクターと呼んでいる田岡医師もそこで落ち合うことになっていた。

「まだ、いろいろ話すこと、ありますよ」イリアスは矢口の手を固く握って言った。「でも、先生と会えたことが、いちばん嬉しい。この次、私たちの家で食事をして下さい。母もリディアも料理、うまいです」

矢口はタクシーを頼もうとしたが、リディアが自分で日本化工の出張所まで送ってゆくと言ってきかなかった。車は明るい繁華街を走り、暗い通りを幾つかぬけた。その町の明りでリディアの顔が明るくなったり、暗くなったりした。

「シリアでは女が男のひとを送るなんてことは滅多にありません」リディアが前を見ながら言った。「まだ古い習慣に女はがんじがらめです。兄が話してくれる日本女性の自由がうらやましく思います」

「戦前に較べれば信じられないほどの自由を享受しているのは本当です。でも、それだけ気ままになり、忍耐とか努力とかを回避して、すぐ安易なものにつきたがります。もっとも、これは女のひとに限ったわけではありませんが」

「それはよくわかります。でも、それは、手に入れた自由をどう使うか、という創意の問題です。自由のない人間には、夢のような贅沢な悩みです」

矢口は灌漑《かんがい》地区の現場で技師の丸茂が「この国はいま明治維新のようなものですよ」と言っていた言葉を思いだしていた。

矢口はふと梶花恵のような女性がシリアにいたらどんな反応を示すだろうか、と考えた。もちろん彼は皮肉からでも悪意からでもなくそう考えたのであった。

発掘現場付近の村落でも、女たちが驢馬に壺を載せて、近所の泉に水を汲みにゆく。顔をかくし、男を避けるようにして、彼女たちは泉への道を下りてゆくのだった。江村の話では、調査隊員の一人がうっかり女たちにカメラをむけたために、村の男たちが隊員を取りかこんで、危うくカメラを奪われそうになったという。男の許可なくしては写真をうつすことも許されない。だいいちそうした無遠慮な行いは男に対する侮蔑を意味した。

「おれは、もう駄目だと思ったね。あのとき、アブダッラがいなければ、連中のうちの誰かが一発うったかもしれない。彼らは気はいいくせに、怒ると前後の見境がなくなるんだ」

矢口忍は日本化工の建物の前でリディアと別れた。車が糸杉の間をぬけ、門を出るまで矢口は暗い門灯の照らすポーチに立っていた。彼の頭のなかにはシリアの男女という漠とした形が生れつつあった。それはたしかに日本のそれとは違っていた。

女を棄てれば死をもって復讐する——矢口にはまるで冒険物語のように思える出来事が現実に行われているのだ。しかもそれが「生きる義務」になっている。矢口は頭がくらくらして、思わずポーチの柱に手をかけた。

矢口忍は暗い玄関ホールからシリア人のボーイに案内されて、幾つかの部屋を通った。夜気が涼しく部屋から部屋へ流れていた。

奥の明るい一室に数人の日本人がテーブルを囲んでウイスキーを飲んでいた。

「さ、どうぞ、どうぞ、お待ちしていました。もっともこいつはお先にやってますが」主人格の人物が立ち上り、矢口を迎えた。「ご紹介しましょう。こちらがドクター田岡。その次が、うちの渉外関係をやって貰っている光村君。そちらが農科大学の平岡先生。かく言う私は日本化工の津藤です」

津藤慎吾はウイスキーを矢口のグラスについだ。

「こういうところじゃ、生き甲斐はもうこれだけです」

津藤は急に柔和な笑顔になると、ウイスキーの瓶を振ってみせた。矢口は北国の中学の酒好きな野中のことを思い出した。しかし津藤慎吾の笑顔は、野中の田夫野人《でんぷやじん》ふうな飄々とした印象に較べると、どこか、急に面をつけたようなところがあった。笑顔と、そうでない顔とが、極端に変った。笑顔には柔和な愉しさが溢れていたが、そうでないときは、暗い、問いつめるような表情に見えた。眼が冷たく光っていた。

津藤の横にいた田岡医師はすでに六十歳を越えていた。柔かいもじゃもじゃの銀髪が、精力的な赤銅色の顔を囲んでいた。大きなぎらぎら光る眼が好奇心の塊のように光っていた。眼も鼻も口も人一倍大柄で、堂々としていて、大地に居坐ったような豪放な感じがあった。

渉外係の光村浩二は歯並びのきれいな青年で、髪をきちんと分けていた。平岡教授は小柄な、浅黒い、地味な人だった。

「シリアの印象はいかがです?」

田岡医師が訊ねた。

「すばらしい国ですね。とくに砂漠が……」

矢口がウイスキーを一口飲んでそう言うと田岡は相好を崩して津藤の肩を叩いた。

「矢口さんは凄い。これは例外中の例外ですね。矢口さんのような人が日本にもいるんですよ」

「砂漠がどうかしたんですか?」

矢口は怪訝な表情をした。

「いや、シリアに来る日本人でシリア好きになる人も多いですが、炎熱の夏の砂漠を見てシリアが好きになるのは、皆無です」

「これは本物です」津藤は下唇を突き出して幾分皮肉に言った。「矢口さんはきっと羊肉もお好きになりますよ」

矢口は別に気どってそんなことを言ったのではなかった。自分を天の光で灼《や》き潔めるためには、地上のどこより砂漠がふさわしいと思っていたにすぎなかった。

「ぼくだって、はじめは砂漠が好きだった。シリアが好きだった。しかし……」津藤の顔から笑顔が消え、暗い顔が取って替った。「しかし今は……」

「その話はよしましょう」

そばから若い光村浩二が口を入れた。小柄な平岡教授はコップのなかのウイスキーを見つめて黙っていた。矢口はこうしていろいろな人が遠い国へ来ているという事実に、わけもなく心を強く動かされた。

「どうしてやめなければならんのかね?」津藤は不満そうに光村のほうを横眼で見た。「ぼくは矢口さんのような人にわかって貰いたいんだ。江村君は矢口さんは詩人だと言っていた。詩人は事を正しく判定する人だ。君、古代ギリシアではそうだったんだ」

「そりゃそうでしょうが」若い光村は距離をおいたような顔で言った。「津藤さんがその話をすると、あと必ず悪酔いしますからね」

「冗談じゃない」津藤は顎をひくような恰好になった。「悪酔いなんかしない。したことはない」

「ともかくそのことはぼくに話させて下さい」

「君が喋れば君のコメントがつく」

「つけません。事実だけを話します」

「じゃ話してくれ」

光村はウイスキーのコップを左右に揺らしながら、半年ほど前に起った出来事を物語った。それは、契約の切れたシリア人技師を再雇用するかどうかで始まったトラブルだった。

「津藤さんはこの男に飼犬に手を嚙まれたと思っているのです」

光村はそう説明した。

「思っているんじゃない。事実がそうなんだ」

津藤は椅子のなかに身体を沈め、ウイスキーを呷《あお》りながら独りごとのように言った。

「私もシリア人は冷たいと思います。割り切れすぎています。すべては金塊の重さで測るんです」

「ぼくは反対ですね」そのとき、黙っていた平岡教授が低い声で言った。「ここは紀元前二千年も三千年も前から、文明の十字路だったのです。ということは、この土地の上を、血も涙もない異民族が行ったり来たりしたことなのです。そんな状態を何千年も経験してきた国民と、日本のように四方を海で護られてきた温和な国民とでは、感じ方、考え方が違うんです」

田岡医師が平岡教授を補足する議論をはじめ、若い光村はそれに反対した。ウイスキーがまわるにつれて、議論は堂々めぐりをした。しかし矢口忍はその一人一人が、こうした遠い国へ来て、仕事をしているということが、不思議だった。どういうめぐり合せで、これらの人々がここに集り、こうして議論しているのか——。

「矢口さんは、イリアス・ハイユークをご存じだそうですね」

議論の輪からぬけだした光村浩二が訊ねた。

「ええ、昔、日本語を教えたのです」

「妹さんを知っていますか？」

「ええ。彼女が車でここに送ってくれたんです」

「彼女が占いをやるのを知っていますか？」

「ええ、もう占って貰いました」

「よく当りますよ、あれは」光村は並びのきれいな歯を出して言った。「私の場合、こわいみたいでした。いい占いでしたか？」

「ええ、まあね」

矢口は口ごもった。本当のところ、リディアが言うほど、いい占いかどうか、よくわからなかった。ただ「遠くて近いもの」と「近くて遠いもの」とが実際に何であるか、知りたいと思った。彼はそんなことを含めてシリアの夜が更けてゆくのが、何か不思議なことのように思えた。

酔った津藤を平岡教授と光村が部屋に連れていったあと、矢口忍は田岡医師と開け放ったヴェランダへ出た。建物の周囲は木立が黒々と迫り、木立の間にアレッポの町の灯が見えた。

「夜なので、地形がよくおわかりにならないでしょうが、ここは高台になっていて、市街《まち》がよく見えます」

田岡は木立の間の灯火を指して言った。

「ずいぶんいい場所に建っていますね」矢口は石の手すりに手を置いた。「それに建物も大きいですね」

「これは農地改革前の典型的な大地主の屋敷です。彼らも農地改革で土地を失いました」

「ここでも没落階級はあるわけですね」

「ええ、もちろん。農地解放と工業五ヵ年計画と遊牧民の定着、それに砂漠の緑化――これがシリアの近代化政策の柱ですね」

「先生はどうしてシリアに二十年も……?」

「ぼくですか」田岡はもじゃもじゃの銀髪に手を入れて、しばらく絶句したように宙を見つめていた。「ぼくは日本を離れていたい事情がありましてね。それで五年ほど外国暮しがしたかった。たまたま外務省で医師を募集していて、それに応募したんです。しかし当初から二十年いるつもりはなかったですよ。はじめはいいところ五年と思っていました。それが、なんと二十年。信じられませんね」

「江村の話だと、ドクターはアラビア語を喋るし、政府衛生局の嘱託として全国的に知人がおられるとか」

「ええ、何とか用が足りるだけのアラビア語はマスターしました。何しろぼくは医者ですから患者の訴えをわかってやらなければどうしようもないですからね。それに二十年も働けば知り合いは増えますよ」

「もう日本へ郷愁なんてお感じになりませんか」

矢口は田岡医師の白髪にふちどられた赤銅色の豪放な風貌を見て訊ねた。

「郷愁を感じなければ、こんなところへ来やしませんね」田岡は言った。「日本のことを考えなかった日なんてありませんでしたよ」

「先生のような方がですか？」

矢口忍は思わず田岡のほうを振りかえった。

「私だけじゃありません。津藤さんだって、日本に恋着していますね」

「津藤さんも外国はお長いんですか？」

「長いですね。シリアはまだ二年目ですが、その前は南アフリカに四、五年、ネパールにもビルマにもサイゴンにもいたはずです」

「灌漑の仕事で？」

「いや、南アフリカでは鉄道敷設でしょう。東南アジアは灌漑だと思いますが」

そのとき光村が戻ってきた。

「津藤重役がしきりと矢口さんに謝っていました。あの話が出ると悪酔いすると言って……。明朝、和食を用意しますから、ぜひと申してました」

「いや、これ以上は……」

「津藤重役は、矢口さんの詩集を読んだことがあるそうです」

矢口は身体のなかに電流が走ったような気がした。

翌朝、矢口忍はホテルから光村の自動車でふたたび日本化工の宿舎に出かけた。七時前なのに、すでに暑熱が地面にたちこめていた。空は手が染まりそうに青かった。日かげに物売りが屋台を拡げていた。

津藤慎吾は朝食の並ぶテーブルを前に英字新聞を読んでいた。矢口が入ってゆくと、眼鏡をとり、柔和な笑顔になった。

「昨夜は驚かれたでしょう。何を隠そう、あれが私の正体です」

津藤の短い言葉の間、二度ほど笑顔と憂鬱な顔が、面を替えるように、入れ替った。

「あんなに酔われても、よく早起きなさいますね」

「せめてこの位はできないと月給がいただけません」津藤は矢口に坐るように身振りをしながら言った。「まだシリアはいいんですが、アフリカやビルマの奥地では、ウイスキーを飲む以外に何もありません」

そのとき光村が作業服に着換えて出てきた。

「津藤重役の露悪趣味がはじまりましたが、津藤さんはもの凄い勉強家なんです。津藤さんの言ったことを額面どおり受け取ると、大へんなことになりますよ」

「ええ、ぼくも大体のところは察しています」矢口は珍しく冗談めいた口調で言った。「江村も時どき津藤さんみたいなことを言いますのでね、ぼくは慣れっこです」

「勉強家は嘘ですが」津藤慎吾は笑顔になった。「あなたの詩集を読んだことは本当です。だいぶ以前のことですが……」

「昨夜、光村氏からそのことをお聞きして、ちょっと驚きました。あれを書いたのは、昔のことなので」

「実は、その頃、私は上の娘をなくしましてね」津藤の顔は暗い表情になった。「もう仕事も嫌、外国も嫌というとき、あなたの詩集を読んだんです」

矢口忍は津藤が一瞬心のなかで激しい感情と戦っているのを見つめた。次の瞬間、また笑顔が戻った。

「詩集を読み終ったとき、私はやる気を取り戻していましたよ。本当に、もう一度、娘の分も一緒に生きよう、とね、そう思いました。私はネパールにもビルマにもあなたの詩集を持っていったんですが、ビルマの奥地にいたとき、工事場が火事にあいましてね。それで大事なもののすべてを焼いてしまいました。詩集もそのときなくしたのです」

「そんなお話を聞かしていただけると、もったいない気がします」

「その後、詩集は？」

「あれ以来、詩は書いておりません。書けないと言ったほうがいいのかもしれません」

「どうしてです？　生きる勇気を与えてくれたああいう詩は、もっと書かれる必要がありますがね」

矢口忍は黙った。一度詩集を出したばかりに、生涯その責任を負わされているような、そんな重苦しい気分を感じた。

「ええ、何とか書こうと努力はしたのですが……」

「書けるようになりますよ。私は矢口さんの詩で助けていただいた。私は娘と二人分生きています。もっと激しく生きなければならないのです」

津藤慎吾はそう言って眼を閉じた。

その日の午前中、矢口忍はアブダッラと食糧や必要品の買付けに駆けまわった。その後、アブダッラは市場《スーク》に矢口を案内した。

スークに近づくと、町が急に古くなり、雑踏が目立った。布を頭からかぶったアラブ服の男たちが多かった。

矢口が連れてゆかれたのは、半地下になった広大な問屋街のならびだった。狭い通路は迷路のように幾つも枝にわかれ、通路の上は厚く屋根で覆われていた。どの通路も細いトンネルのなかを通っているような感じだった。

アブダッラが「ここは世界一の香料市場です」と笑ったように、矢口が見た両側の店は、どの店も、天井まで、さまざまな香料が壁を埋めていた。スークのなかはまだひんやりした空気が残っていた。驢馬に鞭をあてている老人がゆき、籠を頭にのせた女たちが歩いていた。店に頭を突っ込んで値切っている男もいれば、眼だけ出して通りすぎるアラブ風俗の女がいた。あたりに乾いた、つんとする、胡椒や肉桂の匂いが漂っていた。

「八十種類以上の香料が売られています」

アブダッラが、壁に並ぶガラス瓶や箱や袋を指して言った。

八十種類――矢口は頭を振った。人間はかつて香料を求めて東洋航路をひらき、遠くゴビの砂漠まで越えた。いったい香料に象徴される人間の欲求とは何なのだろうか。食べることなのか？　征服することなのか？

「八十種類とはふつうじゃないな」矢口は薄暗いスークの迷路を歩きながら考えた。「これだけの香料を味わい分けるのには、相当の味覚が要る。繊細なだけじゃない。強烈な感覚が要る。強烈な生きる意志が要る」

そのとき矢口はイリアス・ハイユークが言った「生きる義務」という言葉を思い浮べた。

「悲しむだけでは、真に死者を思うことではない」とハイユークは言ったが、その背後には、この強烈な生きる意志――あらゆる生の味わいをなめつくそうとする貪婪《どんらん》な意志があるのかもしれない。矢口はそんなことを考えた。

「津藤氏も激しく生きたいと言った。それはただ娘を失った悲しみから出たものじゃない。あの複雑に屈折する性格のなかに、それを越えて突き動かす激しいものがある。そしてそれを与えたのが、あの詩集だったのだ」矢口はアレッポを出て砂漠のなかをジープが走りだしてからも、身体のなかで交響している雑多な音や匂いの前で、呆然としていた。

「この目もくらむ暑熱と乾燥の砂漠のなかでは、当然、あの激しさがなければ生きてゆけない。生きるとは、ここでは、激しく生きることだ。二倍にも三倍にも強烈に生きることだ。八十種類の香料を味わい分けようと意志することだ。それは悲しみや絶望に小さく縮こまることじゃない。愚痴や皮肉に意気地なく従うことじゃない。いったい、ぼくは日本でこの強烈さについて考えたことがあっただろうか。砂漠の人たちのように強烈に生きたことがあるだろうか」

矢口忍はそのとき自分が砂漠の白い炎のなかにいることに、信じられないような幸福感を覚えた。それはほとんど歓喜と言ってもいい感情だった。

矢口忍が調査隊の宿舎に着いたのは、午後四時をまわっていた。日誌を書いていた木越講師が矢口を見ると「やあ、ご苦労さま」と声をかけた。

「その後、何か見つかりましたか?」

矢口は荷物をジープから運び終ると訊ねた。

「いや、ほとんど見るべき変化はありませんね。すこし発掘場所が拡がった位で」

木越は眉と眉の間に皺を寄せると、また日誌を書きはじめた。矢口忍は僅か二日の留守の間に、大した変化が起るとは思っていなかったが、それでも、何度か、途方もない出土品にぶつかって、宿舎じゅうが沸いているかもしれない、という気になったりした。

しかし木越講師の喋り方には、何となく矢口の気持に無関心な、事務的な感じがあった。矢口はそれがちょっと気になったが、さして心にはとめなかった。几帳面な木越が日誌を書いているとき、無愛想だったとしても、それは当然であるように思われたからであった。

矢口が西日の照りつける建物のかげを伝って別棟にゆくと、研究生の一人が「やあ、お帰りなさい。江村さんはまだ発掘現場です」と言った。そういえば橘信之も、富士川教授も宿舎にいなかった。

矢口はさっきジープから見かけた遺丘《テル》の上の人影が彼らであったことに思い当った。矢口が遺丘《テル》に向ってのぼってゆくと、江村は夕日の照りつけるなかに仁王立ちになっていた。それは江村と橘が指揮しているA地点であった。江村の前には塹壕のように垂直に深く掘られた試掘壕《トレンチ》が十字形に翼をのばしていた。

矢口忍を見ると、江村はがっしりした身体をゆすると、「やあ、御苦労さん。疲れたろう」と言った。

「いや、別に疲れたというほどじゃない。お蔭さまでハイユークにも会えたし、ドクターや津藤さんとも知り合いになれたよ」

「ハイユークはどうだった？　変っていたかい？」

「口ひげなんか生やしているので、ばかに落ちついてみえたな」

「彼は、農政局じゃ結構重要なポストを占めているんだ。何しろ大統領が四十そこその人物だから、どの分野も若い連中がばりばり働いている。考古学総局だって、総裁はおれと年はそう違わないんじゃないかな」

「灌漑地区の丸茂氏も明治維新のようなものだって言っていたね」

「そうだ。まさしく維新だね。国じゅうにそうした気運がある」

江村は遺丘《テル》のはずれに立っていた富士川教授と橘に声をかけた。二人は矢口を見ると、「お帰りなさい」と言った。

「ぼくは矢口と先に帰ります」

江村はそう言うと、そばにあった測量器を抱えて歩きだした。

「どうも日本人はすぐ神経質になっていかんな」

遺丘《テル》の斜面を下りながら江村は独り言のように言った。

「何かあったのかい？」

矢口の問いに江村卓郎は黙ってうなずいた。

「実は、こんどの発掘方法で、橘が富士川さんや木越君のやり方と対立してしまってね。今日は半日、そんなことでごたごたしていたんだ」

江村の言葉に、矢口は、木越講師のぎごちない態度が納得できた。矢口は訊ねた。

「橘君は何で対立なんかしたんだろう?」

「彼は、日本の調査隊のやり方に同調できないと言い出したんだ。それで富士川さんも木越君もむくれてしまった」

「橘君は何と言っているんだい?」

「彼はね、タイム・リミットを強調するんだ。遺跡は数年後にはダムの水底に沈むわけだ。どの調査隊もタイム・リミットがある」

「うん、それは前に言っていたね。フランス隊もそのために新しい隊員を補強したって」

「そのフランス隊だがね」江村は遺丘《テル》を下りると、村落へ向う道を辿った。「橘はね、このフランス隊のやり方を学べ、と言うんだ。フランス隊は水没するまで二年とみて、この二年間に、発掘目標である青銅器時代の層《クーシュ》を掘り出そうとしている」

「日本隊もそうじゃなかったのか?」

「われわれも同じだ。しかし青銅器時代の層に達するためには、その上に幾層も重なっている遺跡の層を剝ぎ取ってゆかなければならない」

「それを今やっているわけだろう?」

「ああ、やっているわけだ。だがね、シリアは、お前さんも知るように、古来、文明の十字路だ。青銅器時代の上にはアッシリアの繁栄期の層がある。鉄器時代の層がある。セレウコス朝の遺跡がある。ローマ、ビザンツが重なっている。イスラム盛期の層がある。もし遺丘《テル》がこんな層の重なりでできていたら、その一つ一つが貴重な考古学的対象だ。お前さんは、それを、無視することができるかね?」

「無視って?」

矢口は江村の顔を見た。

「無視って、文字どおり、そうした貴重な文化の層を棄てて顧みないことだ」

「橘君はそれを無視しろ、と言うのかい?」

「そうだ」

「どうしてだろう?」

「タイム・リミットがあるからだ。目標が青銅器時代なら、それ以外の出土品は、思い切って、切り棄てなければ間に合わない、と言うんだ」

「すると、フランス隊はそれをやっているんだね?」

「そうだ。彼らの目標は例の粘土板さ」

矢口は手のひらにのせた粘土板の灼熱の感触を思い出した。

「粘土板以外は棄てるのかい？」

「青銅器時代に属するもの以外は棄てる」

「たとえばローマン・グラスが出ても？」

「もちろんだ」

「なんだか、もったいないね」

「富士川さんや木越君は考古学者としてそんな野蛮なことはできないと言うんだ」

「しかし困ったことだね」

「困った。今夜、食卓はだいぶ荒れるが、覚悟してほしいな」

江村卓郎は雲一つない地平線に太陽が真っ赤な円になって沈むのを見ていた。彼の黒い童顔にはさほど困った表情は浮んでいなかった。江村は気持を変えるように言った。

「お前さんはこんなこと心配しなくてもいいんだぜ」

「ああ、そうさせて貰うほかないな。双方の意見が正しいように思えるからね」

「しかしお前さんは少し元気になったんじゃないかね？」

「そうかもしれない。ハイユークからもずいぶん激励されたし、津藤さんもいいことを言ってくれた」

「あの人は信頼できる人柄だな」

「上のお嬢さんを亡くしているんだ」

「それは初耳だったな」江村は驚いたように顔をあげた。

「そう言えば、あの人のなかには、どこか悲しみを耐えているようなところがある。光村君に聞いた話だが、インドにいた頃、女の子が小さな丸太で人形ごっこをしているのを、津藤さんが見てね、突然、涙ぐんで、世界じゅうの女の子が本当の人形を抱けるようになるまで、おれは未開の地に豊かな文明を築くんだ、と言ったそうだ。インド人の女の子と、亡くなったお嬢さんが重なっていたんだな」

「津藤さんは娘の分まで二人分生きるのだと言っていた」

「そういう人だな、あの人は」

「ここにいると、みんな激しく生きているな、って感じる。アレッポにいて、ずっと、そのことを考えていたんだ」

矢口は帰りに砂漠で味わった幸福感について江村に話した。

「今までだったら、卜部君のことを思って、ぼくは、そんな気持を自分に許さなかったと思うんだ。しかし今日は違っていた。何だか、ぼくがそうなれば、卜部君もそうなっているような気がした。ぼくが高く飛翔すれば、卜部君も高く飛翔するような気がしたんだ」

「おれはいいと思うな。素晴らしいと思うよ、お前さんがそんなことを言えるなんてね」

二人は宿舎の入口まで来て、しばらく夕日を眺めていた。丘はばら色に染まり、金色のすじになっているユーフラテスは淡いすみれ色の靄のなかに光っていた。

夕食の時間には戸外に涼しい風が動きだしていた。太陽が沈むと、砂漠が急に冷えてくるのがわかった。

橘信之は矢口を見ると「買出しは大へんだったでしょう」と言った。

矢口は江村に話したことを、もう一度繰りかえした。

「ドクターにせよ津藤さんにせよ、日本人は実にいいな、って思いました」

矢口忍は結論のようにそう言った。

「それはうらやましかったですね」橘信之は憂鬱な顔をした。「ぼくは反対の経験を味わわされて、日本人のなかにいるのに、ちょっと、うんざりしてきたんです」

そのとき橘の表情が緊張した。富士川一彦が木越と研究生に囲まれて食堂に入ってきた。

料理人のムーサが「きょうは、日本食」とかたことの日本語で言って、皿に盛った米と味噌汁をテーブルに並べた。

ふだんだったら、冗談の二つや三つは飛び出すのに、その日は何となくお座なりの言葉しか出なかった。矢口の苦労をねぎらう言葉だったり、日本化工の好意に対する感謝だったりした。

食事が終りに近づいたとき、富士川が昼の問題をもう一度話し合ってみてはどうだろうか、と切り出した。

「ぼくは要点はすべて申しあげましたから」橘信之は富士川を見て言った。「木越さんが誤解している点を、もう一度、説明します。それは、ぼくが決して宝捜しを目的とする素人発掘を提案しているのではないということです。ただタイム・リミットが迫っていることを考慮して頂きたいだけです。ゆっくりやっていたら、何もかも中途のまま水底に沈むのです。フランス隊の報告書でおわかりと思いますが、彼らも青銅器時代以外は、涙をのんで、切り棄てています。試掘壕《トレンチ》を深く掘り込んで、見込みがないと、さっさと他の場所へ移動しています」

「フランス隊の場合には幸運が働いたんだ」木越講師は短く刈った頭を振り、挑むような眼で橘を見た。「最初の試掘で粘土板が出てきたんだから、やっこさんたちが強気なのは当り前だ」

「いや、強気も弱気もありませんよ。彼らは壺や骨よりも、まず粘土板を回収しようという大目的を持っている。それを目ざしているだけです」

「じゃ、ぼくらが、大目的を持っていないみたいじゃないか?」

「そうは言っていません。しかしイスラムの墓窟群にぶつかっていると思われるのに、まるで飛鳥の古墳を掘っているようなやり方をする必要があるのか、どうか。筆と刷毛で人骨を丁寧に掘り出してゆくのも、時と場合によりけりです」

「いま出土しているものは貴重な考古学的成果だ」木越講師は赤くなり、ぶるぶる体を震わせた。「どの一つとっても、日本では、宝物のようなものだ」

「私なら、あんなものは無視します。私はできることならブルドーザーでも借りてきて、青銅器時代の層が見つかるまで掘りますね。水没するのがわかっているのに、薄紙を剝ぐように遺丘《テル》を掘っていたら、何も見つからないうちに終りますよ。いくら学問が無償の情熱だって、オナニーみたいなことはやって欲しくありませんね」

木越が立ち上ると、いきなり橘に殴りかかろうとした。江村が間に入った。

「ここで殴り合って何になるんだ」江村は強い声で言った。「橘、お前さんも言葉に気をつけたほうがいい。お互いに相手を傷つけたり挑発したりする言動は慎んでほしい」

橘信之は素直にあやまった。

江村の提案で、ともかくA地点は橘方式で、B地点は木越方式でやったらどうか、ということになった。

寝室に戻ると、橘信之は何事もなかったような顔で矢口に午後ペリエ氏が訪ねてきたのだ、と言った。

「ペリエ氏はA地点とB地点の発掘状況を見て帰ったんですが」橘信之は言った。「そのとき、おや、ここには日本女性の考古学者がいませんね、と言うんです。それで、ぼくが、こんな灼熱地獄で働ける女性考古学者は日本にはいませんよ、って言ったら、彼、笑いましてね。フランス隊には日本女性が来ますよ、すごく綺麗で、エレガントで、知的な女性ですよ、と、得意そうに言うんです」

「こちらには女性はいなかったんですか？」

「かりにここに日本女性が参加するとしても、この設備ではね」

「女性が加わるとなれば、江村だって、それなりの設備を考えたんじゃないですか」

「しかし実際問題として、それは出費もかさむし、面倒だし、気苦労も多いし、という理由で、女性の参加なんてあり得ませんよ。どうも、ぼくらの場合、体質的に男社会ですね。男だけだと万事好都合です。気楽にやってゆける。だいいち、この兵舎のような宿舎は、シャワーもなし、個室もなしでしょう。こんな生活ができるのは日本男子だからですよ」

「フランス隊は設備はどうなんですか？」

「非常にいいそうです。もっとも発掘年数も長いけれど」橘はベッドの上に仰向けになって言った。「でも、彼らはまず生活の場所をきちんとつくりますからね。シャワーや下水設備や寝室や……こんなざこ寝なんて、彼らには考えられんと思います」

「江村の肩を持つわけじゃありませんが、彼も、これで予算ぎりぎりなんじゃないですか」

「それはわかっています」橘は煙草に火をつけながら言った。「ぼくの言っているのは、シャワーがあるないの問題ではなく、態度の問題です。生きることを大切にするか、しないか、の問題です」

「生きることを大切にする……?」

「ええ、生きることを大切にするとは、生きることを楽しむってことです」橘はベッドの上に起き直ると言った。「この宿舎では、誰も無口です。酒を飲みますけれど、早く酔って、ここにいることを忘れるために飲むに過ぎません。仕事が終ると、古い週刊誌や推理小説を読んでいる。ただ退屈しているんです。生きていることなんて当り前だから、誰もそれを考えることもしません。生を楽しんでいるのは、矢口さんぐらいのものです」

「ぼくなど駄目ですよ」橘信之がいきなり引合いに出したので、矢口は面喰って言った。「ただ、おっしゃる気持はわかります」

「ぼくが言うと、すぐ、外国かぶれの贅沢が始まったって顔をされます。生きることを楽しむのは日本の伝統的な知恵でしたのにね。ぼくに言わせれば、特別なことをしたり贅沢したりするのは、生を楽しむことじゃないんです。生を楽しむってのは静かに生きることです。呼吸するのがわかることです。朝が来て雀が鳴きだすのを喜ぶことです」

矢口は橘の言葉を聞きながら、詩を書いた頃のことを思い出していた。橘の言葉はその頃の矢口の考えに似ているように思えたからである。

橘信之が寝息をたててからも、矢口忍は眠りに入ることができなかった。富士川と江村は今後の発掘方法を検討しているらしく、まだ寝室には入ってこなかった。矢口は身体を起すと、寝室から暗い戸外へ出た。

夥《おびただ》しい星がユーフラテスの上に輝いていた。空気が冷えていたので、星の光り方は濡れているようにきらきらしていた。時おり流れ星が空の端から端へ長く流れた。矢口は前に、卜部すえが星の流れている間に三度願いごとを唱えられると、それが叶うのだ、と言っていたことを思いだした。「三度なんて、無理ですわね。すぐ消えてしまいますもの」彼女はそう言って悲しそうな顔をした。

「ここなら、彼女の願いも叶っただろうに」と矢口は星空を見て思った。「こんなに長く流れ星が走ってゆくんだから」

矢口自身は宝石を砕いたような星を見ながら、願いごとは何もないな、と思った。ユーフラテスも砂漠も無数の遺丘《テル》も今は夜の闇のなかに深々と包まれていた。静かな時間だけが、地上の一切に関係なく流れていた。考古学調査隊が目ざしている紀元前二千年紀の頃にもすでに夜はこうして深く静かに砂漠を包んでいたのだ——その思いが矢口忍の心に悲哀に似た気持を呼び起した。何一つ変っていない。何一つ変るわけはない。人は生れ、大きくなり、愛し、子供をつくり、死んでゆく。来る世代も来る世代も、そうやって消えていった。

矢口は始めてここに来た晩よりも、いっそう深い寂寥感に包まれるような気がした。すべての人間が死滅し、彼が最後に残った一人であるような、言いようのない寂しさが胸を浸した。やがて彼自身も、出土した甕棺のなかの人骨のように、この地上を去ってゆくのだ。人間はいったいどこへ消えてゆくのだろう――矢口がそう思って眼をあげると、また星が流れた。

「そんなところにいると危ないぞ」不意に背後に声がして江村卓郎が近づいてきた。「この辺はさそりがうようよいるんだ。噛まれたら一発でやられる」

江村はそう言いながら、杖のようなものであたりの地面を打った。

「昨日も人夫が一人やられた」

「本当か？」

「ああ、車がなかったので、馬に乗せて医者のところまでやった。おれたちだったら、完全にやられていたね」

二人は黙って夜空を見ていた。

「発掘のほうはうまくゆきそうかい？」

矢口は江村のほうを見た。

「大丈夫だ。A地点のほうは橋のやりたいようにさせる積りだ。木越は相変らず怒っているが、これは見解の相違だ。木越の言うように副葬品にもかなりいいものが出ている。ローマ期、ビザンツ期のものが多いが、日本からはるばる来たおれたちの眼には、宝物だ。橘みたいにああ威勢のいいことは言えない」

「彼はあれでなかなか生活のことにも気を配っているね」

「シャワーのことだろ?」

「ああ、シャワーのことだ」

矢口と江村は何となく声を合わせて笑った。

翌日、江村卓郎は人夫頭のアブダッラに命じて人夫三人にシャワーをつくらせた。建物の屋上にドラム鑵《かん》をのせ、梯子でそこに水を汲み上げるようにした。水はユーフラテスから近所の子供が驢馬の背の壺に入れて運んでくる。

「ドイツ隊では水汲み専用に車を持っているそうですよ」

橘がシャワー工事を見ながらそう言うと、江村は「お前さんは駄々っ子みたいに、次から次にねだることを思いつくな」と言って笑った。

午後二時になって発掘が終ると、橘は自分でもシャワー工事に加わった。彼は村長の家に出かけて古いバネを貰ってきた。

「シャワーらしく、紐を引くと、水が出るようにしたいですね」

橘はそんなことを言いながら、工作道具を出し、日かげでブリキに孔をあけたり、何かをこんこん打ったりしていた。矢口の眼には、橘がいかにも楽しそうに工作に励む子供のように見えた。

夕方になって橘の呼ぶ声が聞えた。

「矢口さん、シャワーを浴びて下さい」

「それはつくった人が一番先ですよ」

「いや、ぼくは仕上り具合を点検しなければなりませんからね」

江村も木越も倉庫でその日発見された壺を復元していた。彼らはパズルのような破片を前にして、接着剤で、それを組み合わせていた。ほかに油壺のようなものも幾つか出ていた。橘の指揮するA地点はもともと円形墳墓《ストーン・サークル》から遠ざかっていたため、埋葬に伴う品物は乏しかった。その日の発掘ではほとんど出土品はなかった。しかし橘信之はそんなことにはまったく気がないようにシャワーづくりに熱中していた。

ちょうどその日の正午過ぎ、もの凄い西風に巻きあげられた砂あらしが突然、発掘現場を襲い、一時間ほどごうごうと遺丘《テル》が鳴りつづけた。矢口は眼をあけることができず、試掘壕《トレンチ》のそばに蹲《うずくま》って、風に背を向けていた。人夫たちは頭にかぶった布で顔を覆い、黄いろい砂煙のなかを影絵のようにのろのろ動いていた。

あらしが過ぎたとき、矢口は襟も背中も下着の下も砂漠の粉末のような砂にまみれているのがわかった。宿舎のなかも同じように黄いろい泥の皮膜がすべてのものの上を覆っていた。食卓の上も指で字が書けた。皿も茶碗も黄いろかった。ベッドのシーツまで、出ていたところは、日やけしたように黄いろくなっていた。

橘の計算で一人が三分間だけシャワーを浴びることができた。もちろん石鹸も重点的に使うほかなかった。それでも砂あらしのあとの三分間の水は天国の水のようだった。

午後中、壺の復元にかかり、橘のことを「気楽な男だ」と言っていた木越も、さすがにシャワーを浴びたあと、悪口は言わなかった。

橘は屋上にあがってバネを調節しながら、「発掘するのも生きること、シャワーづくりも生きること」と替え歌をつくって歌っていた。それは矢口も聞いたことのあるシャンソンのメロディだった。

矢口忍は連日発掘に立ち会いながら、これだけの人夫を使って掘っても、掘鑿《くっさく》できる穴は知れたものだと、いまさらながら、考古学発掘の忍耐力に驚かされた。ドイツ隊は七年とかイタリア隊は十三年とか一口に言っても、その根気と持続力は大へんなものだった。

いつか、そのことを江村に話すと、彼は笑いながら「おれはこの前、ベルギー隊が掘っているアパメアを見てきたがね、ここはシリア政府と百年の発掘契約を結んでいるんだ」と言った。

橋信之が新しい層は無視して掘るといっても、一日の分量は試掘壕《トレンチ》が一メートルほどの深さで縦と横に数メートル延びてゆくだけだった。翌日、その壕《トレンチ》が二メートルに深められることもあれば、別な方向へ試掘壕《トレンチ》がのばされることもあった。掘られた泥はバケツで引き上げられ、別の場所へ山のように積まれてゆく。

ある日、人夫がつるはしの先が何か固いものに触れたと報告した。矢口は橋の顔が一瞬、ぱっと明るくなったのに気付いた。江村卓郎は腹匐《はらば》いになってその石の先端部の周囲を掘った。

「ひょっとしたら青銅器時代の墓かもしれない。悪くてもローマの墓窟だろう」

江村はそう言って頭をあげた。矢口は写真を撮り、測地図に発掘場所と状況を詳細に書きこんだ。

翌日一日がかりで石の掘りおこしにかかったが、石が現われてくるに従って、墓窟でもなく、建物の一部でもなく、単なる石塊である可能性が濃くなった。

富士川教授の判断でこの石は排除された。

「何か出ると思って昨夜は眠れなかった」江村卓郎は石のほうに眼をやりながら言った。「こいつが墓窟の壁に思えて、なかに古代の遺宝がちらついたよ」

江村が試掘壕《トレンチ》の縁に腰を下しているあいだに、橋は人夫たちを指図して、新たに測地した一画の掘鑿に取りかかっていた。

「お前さんは意外にタフなんだな」

江村はがっしりした身体を起すと、橘のほうに歩いていった。

「江村さんはあんな石に惚れるからいけないんです」橘は人夫たちを並ばせ鍬を下すように命じてから言った。「江村さんはいい時代に育ったんですよ。ぼくらは生れたときから何でも疑うように仕向けられてきましたからね。どんなときでも半分は疑って、退路を用意しておきます」

「そんな用心深い人間には見えんがね」

「そうですか。そうだとすると、ぼくも人間ができてきたのかな？」

「まったくお前さんと話していると、世の中が気楽に見えてくるよ」

矢口忍も二人のやりとりを聞いていて思わず笑った。橘は江村には「生きることを楽しむ」とは「静かに暮すこと」だとは言わなかった。しかし橘信之のなかには、刻々に過ぎてゆく生の姿を何でも楽しんでいるようなところがあった。

——橘だったら八十種類の香料を熱心に使って料理するかもしれないな。

午後二時に人夫たちが丘をおりてゆくとき、矢口は楽しい気持でそんなことを思った。

矢口忍は時おり手帖の日付を見て、一日が実にゆっくり過ぎてゆくのに驚かされた。彼は手帖に、日誌がわりに、その日の事項を記すことにしていたが、シャワーの水が出なくなったとか、砂あらし防止に窓をふさいだら物凄い暑さのため眠れなかったとか、その種のことまで記すと手帖のスペースはあまりに小さすぎた。と言って、その種のことを除けば、毎日、発掘と出土品のことに限られていた。矢口の手帖は「一日発掘。B地点東北隅で頸飾り、土偶二つ」といった記録がつづいた。

そのくせパリにいたのも、ダマスクスに着いたのも、遠い昔のような気がした。東京にいた頃、矢口は時間が飛ぶように過ぎ去った経験がある。とくに梶花恵と会ったり、脚本の打合せをしたり、演出に立ち会ったりしていた頃、日が出たと思うと、もう深夜になっている感じだった。いったい今日何をしたのか――矢口はその頃、寝る前によくそう思ったものであった。

しかし北国に移ってからは、さすがに時間はもとの静けさを取り戻した。とくに矢口は彌生子の父大槻英道の生活に強い影響を受けた。神官をつとめていた大槻英道は早暁社殿で静坐して黙想するのが習慣になっていた。

「自分の呼吸を宇宙のリズムに合わせるのです」矢口の質問に答え大槻英道が言った。「自分を宇宙の静かな循環《めぐり》と一つにしてゆきます。自分を中心に動くのではなく、この太陽や星や月を含んだ大自然を中心に、すべてを感じ、考えるようにするのです」

矢口は大槻英道のにこやかな微笑を見ながら、自分もいつかこうした壮大な規模で物を考えられるようになるだろうか、と考えた。

しかしシリア砂漠に入り、ゆっくりした一日一日を過すうちに、矢口はいつか、太陽が白い炎となって空を渡り、月が荒涼とした砂漠を照らしながら夜を横切る速度と、自分が一つになって生きているのを感じた。東の地平線に朝日がのぼるとき、矢口は清浄なばら色の砂漠の中で身体が透明になるような気がした。

夜のあいだ、皮膚を刺すサンド・フライ（蝿）に悩まされるにもかかわらず、矢口は、砂漠の朝ほど美しいものを見たことがなかった。すみれ色の丘の凹凸が斜めの光線のため、日中より強調されて、まるで、静かに横たわる女性の肉体のようになまめかしかった。しかしそうした官能的な眺めも、純化され浄化されて、ほとんど肉的な感じがしなかった。

矢口忍はどの人夫よりも先に発掘現場に立った。橘信之が掘り下げた試掘壕《トレンチ》がいまでは二メートル半ほどの深さで縦横に延びていた。しかしなお決定的な遺跡にはぶつかっていなかった。矢口は橘が内心で求めるものを何とかして掘り出したかった。

ある晩、矢口は卜部すえが宿舎の入口に立っている夢をみた。戸外は暗いのに、彼女の姿ははっきり見えた。彼女は流れ星を見ているように、幾分首を斜めにして空を見上げていた。矢口はしきりと何か願いごとを言うように叫んでいた。しかしすえは黙って、ほほ笑んで、それからいつか姿が消えていた。

第九章　星　座

矢口忍は発掘にたずさわるようになってから、いかにすべてが注意深く、ゆっくり進められるかに、改めて驚きに似た気持を味わった。木越講師の受け持つB地点は次々と甕棺が現われ、相変らず油瓶、指輪、土偶などの出土品も多かった。木越は研究生たちに測量やら記録やら撮影やらを指導しながら、出土品の複雑に絡んでいる時代をあれこれと推定していた。

富士川教授の仮定では、ここをイスラムの盛期に墓地として使用した時点で、かなりの副葬品を含む墓窟群があったのではないか、ということだった。木越はそうした墓窟の重層や、日本ではほとんど知られていない土偶や油瓶の珍しい型に夢中になっていた。午後二時に発掘作業を終えると、そのあと、研究生と出土品の整理や復元に没頭していた。

「ここで出てくるのは、すべて貴重品ですよ。ブルドーザーで掘るなんて狂気の沙汰です。発掘資金が紐つきだからいけないんです。発掘資金の見返りに、青銅器時代の剣や壺を掘り出す

——そんな考えでは学問は進みませんよ。ぼくはどんなスポンサーにだって学問の自律性は尊重させますね」

矢口がB地点の発掘状況を見にいったとき、木越は帽子をぬぎ、額を拭うようにしながらそう言った。

もっとも水没のタイム・リミットと競争すべきだと主張した橘自身も、考古学的な手続きを怠っているわけではなかった。A地点の試掘壕《トレンチ》はのばされていたが、矢口がアブダッラとアレッポまで日用品や食糧の買出しに出かけて戻ってきても、ほとんど発掘状況に変化はなかった。人夫を指揮して、竪穴の上からのぞきこんでいる江村や橘を見ると、この単調な作業に耐えられる持続力がどこにあるか、と矢口は吐息を洩らすことがあった。

橘が竪穴を縦横に掘らせだしてから一週間ほどたった日の夕方、矢口がアレッポの銀行から人夫に支払う給料を引き出して戻ってくると、宿舎には木越講師が二、三人の研究生を相手に大甕の破片を復元しているだけで、富士川教授も江村も橘もいなかった。

「何か動物の骨のようなものが出ましてね、みんな現場にまだ残っています。ぼくのほうは、今日こいつが出たんです」

木越はパズルのように並べられた赤茶けた土器の破片を前にして、短く刈った頭をごしごしこすった。矢口はそんな木越の態度がどことなく子供っぽいと思ったが、それは決して悪い気持のするものではなかった。

矢口忍は夕日が赤く輝いている遺丘《テル》にむかって歩きだした。ともかくここ一週間、橘はずっと手さぐりをつづけていた。暑い一日が終って目ぼしい成果があがらなくても、橘信之はさして落胆した様子も見せなかった。

それだけに動物の骨であれ何であれ、手がかりになるようなものにぶつかったことは、矢口をほっとさせた。

現場で、三人が長い影を引きながら、竪穴の縁に立っていた。

「どうも馬の墓にぶつかったようですね」

橘がサングラスをはずしてそう言った。

矢口忍は橘の指さすあたりに眼をやった。一メートル半ほどの深さで掘り進んでいる試掘壕《トレンチ》の底に茶褐色に変色した骨が露出していた。十数本の骨はすでに掘り出されて、地上に置かれていた。

「かなり大きな動物の骨なので、らくだか馬か牛か、その他の獣か、調べていたんですが、富士川さんも江村さんも馬の骨に間違いなかろうということになったのです」

橘は骨の一つを手にして矢口に示した。矢口も乾いて硬くなった骨の重さを測るようにそれを手のひらの上にのせた。

「こんな具合に骨がまとまっているところを見ると、どうもただ偶然に馬を埋めたのではなくて、馬の墓として、意図的に埋葬したと考えられますね」富士川一彦もずんぐりした身体を動かしながら言った。「もうすこしその辺を確かめるために、明日からこの地点を集中的に発掘する予定です。もし私たちの推定どおりこれが馬の墓だとすると、当然、馬の主人の墓が近くにあるはずです。スキタイあたりの例から言うと、だいたい馬の墓より二メートルほど下に主墓があるのが普通です」

富士川たちが現場を離れたとき、銀色の満月が東の空にのぼっていた。

「あまり希望的な予測はよくないんだが」江村卓郎も人夫の残していったつるはしを担いで蒼い暮色の流れる遺丘《テル》の斜面を下りながら言った。「おれの考古学者としての勘ではね、これは相当の墓所か古墳のような気がする。富士川さんの言うように、これだけの馬を副葬させるということは、ただの人物ではなかった証拠なんだ」

夕食のあいだも馬の墓について意見が飛び交い、いつもの食卓とは雰囲気が違っていた。

「こりゃミケーナイやツータンカーメンの黄金以上の財宝が出るかもしれないね」

珍しく富士川一彦はそんな冗談を言って笑った。ただ木越だけは「墓窟にぶつかっても盗掘されている場合も多いですからね」と低い声で言った。「墓が大きければ大きいだけ、その危険性も大きいですよ」

「その心配は大ありだね」富士川は首を振った。「ともあれ、あそこを掘りつづけた橘君の執念のためにも、何か出てもらいたいものだね」

食後、矢口忍は橘と二人で宿舎を出て、ユーフラテスが暮色に沈んでいる丘のはずれまで歩いた。

「調査隊も色めき立ってきましたね。富士川さんも眼の色が変っていました」

矢口は足をとめて言った。

「いや、馬の骨ぐらいじゃ、まだわかりませんよ。明日か明後日、あの下に主墓が見つかれば話は別ですが」

橘は日焼けした、端正な顔をかすかに左右に振った。それからしばらく自分を突き放すような冷たい眼で、A地点のある遺丘《テル》を眺めていた。

「ぼくはとても落着いてはいられませんね。今夜にでも掘りにゆきたい感じです」

「発掘病にやられてきたんです。これは伝染するんです。何か出そうになると人夫たちまで興奮してきますよ」

翌日から江村たちは馬の墓を掘り拡げる作業にとりかかった。B地点からも十人ほど人員をさいて、一挙に馬の墓を掘りさげようというのであった。

矢口は測量器をのぞき、若い人夫のムハマッドを助手に使って杭を打ったり、縄を張ったりした。人夫たちはその区画のなかを慎重な手つきで掘ってゆく。馬の骨が一通り出終ると、あとは、また灰黒色の乾いた土の層がつづいた。

馬の骨の副葬されていた平面から二メートルほど掘りさげるのに、まる三日かかった。人々は十センチの深さで掘り、掘った泥を運び上げ、発掘区画の外にそれを棄てるという単調な作業を黙々とつづけていた。暑熱が連日、丘を覆った。昼すぎになると、物凄い西風が襲ってきて、砂塵を黄いろく巻きあげ、作業も何もできなかった。人夫たちは頭にかぶった布を顔まで引き下げ、その場に彫像のように蹲っていた。

「眼の前に宝物があると思うと、この風はまるで忍耐力の試験みたいだな」矢口は防塵眼鏡をかけ江村のほうに顔を向けた。「滅多にいらいらしたことのないぼくまで、風が腹立たしくなってくるよ」

「いや、ここでは、いらいらしたらお終いなんだ」江村卓郎は作業衣を顔からかぶり、人夫たちのように試掘壕《トレンチ》のそばに蹲った。「ともかく彼らと同じように何時間でも、こうして風が吹き去るのを待つんだ。風が吹いている間は何もできないんだから」

「彼らはいらいらすることはないんだろうか」

「たぶん、ないと思うね」

「どうしてだろう?」

「彼らはただ掘っているだけだからね。何かを求めて掘っているわけじゃない。ただ掘ってい る。どこから始め、どこで終るということはない。しかしおれたちはお目当てを持っている。おれたちには始めがあり、終りがある。風が吹けば、終りに到る時間がおくれる。だから、いらいらするんだ。早くお目当てを手に入れたいのに、手に入れられないんだからね」

矢口は、竪穴の角にごうごう鳴り、太陽まで赤茶けた色に変える砂あらしのなかに蹲りながら、江村の言葉を反芻した。

――シリア人とぼくらとは時間に対する考え方、感じ方が違うんだ。アレッポの市場《スーク》のあたりで、暑い日ざしの下にじっとしゃがみこんでいるアラブ風俗の男たちを見ていると、そんな気持を感じた。そのときは彼らと自分とが決定的に別の世界にいるような気がしたものだった。

しかし矢口は砂あらしのなかに蹲って、江村の言ったことを考えているうち、自分のなかからいら立った気分が不思議ととけてゆくのを感じた。彼自身がアラブ服の男になったかのように、そうやって熱風に吹かれているのが、何か喜ばしいことに思えてきた。

「アラビアのロレンスもこんな砂あらしを好んだのだろうか」

矢口は不意にそんなことを思い、黄いろい砂の渦巻くのに見入った。

発掘は予定したような成果をあげなかった。江村も橘も計画した区画を垂直に掘り下げていた。時どき、小休止をして人夫たちが煙草を吸っているあいだ、江村と橘は図面を拡げて、発掘の方向や範囲を相談していた。三日に一日は激しい西風が吹いて砂塵を天に巻きあげ、作業が中断された。しかし矢口忍はもはやそうしたことに煩わされないのを感じた。いらいらするようなことはまるでなかった。砂あらしが吹けば、アラブの男と同じように、壕のそばに蹲って黙々と風の過ぎてゆくのを待っていた。そうやって蹲っていること自体に意味があるように見えた。矢口は、太陽が黄いろくなること、地表の砂が風の流れに従って動いていることを、地上の新しい出来事を見るような驚きで見入っている自分に気がついた。

一日の一刻一刻の砂漠の色の変化、ユーフラテスの上の光の炎の濃淡が矢口の心を奪っていた。測量器で測ったり、杭を打ったりする働きの一つ一つが、大きなものに支えられているような感じで、つねに喜びと充実感に貫かれた気持を矢口に与えた。

暑い太陽の下で黙々と働く人夫たちを見ていると、矢口は、この世でこれほど祝福された人々はないような気がした。彼らの給料は安く、彼らの間にも地主と小作人の反目や愛憎はあると聞いていたが、そうした地上の煩いを越えた場所に、すべてのものが置かれているように見えた。

矢口はかつて詩を書いていたとき、東京の雑踏を見て、これと同じような強い喜びをよく感じた。ある冬の夕方、彼は退社時の群衆の溢れてくる姿や、宵空に輝きだすネオンの濡れたような光や、駅から出たり入ったりする電車や、車のヘッドライトの流れを見ているうち、突然、眼の前に、幻想的な水晶宮を見ているような気がした。ちょうど宇宙の生命が「大都会」という豪奢な衣裳をまとって、無限の、めくるめくような濫費をつづけているのを、まざまざと見るように思ったのである。群衆の足音は何か強烈で逞しい大宇宙のリズムのように聞え、大都会の暮れ方の騒音は盲目的な生の湧き立つ音に響いたのであった。

矢口がそのときの激しい歓喜の思いを詩に書いて発表したとき、最初に電話をかけてきたのが江村卓郎だった。矢口は眩しく照り返す丘の砂の上で人夫に何か怒鳴っている江村を見ながら、ふと、そんな記憶が頭の片隅を横切るのを感じた。

「しかしあの頃、都会や自然に感じた深い喜びは間もなく失われた。それを取り戻そうとして梶花恵を愛することになったのだ」矢口は縄を張るのを忘れて、試掘壕《トレンチ》の縁で、ぼんやりそんなことを考えていた。「たしかに今、ぼくはすべてのものが――太陽が――乾いた不毛の砂漠が――ユーフラテスが――丘の斜面の亀裂が――心を強く揺すぶるのを感じる。それは昔ぼくが雲や季節や窓を打つ雨に感じていたよりも、もっと強く胸に迫ってくる何ものかなのだ。だが、これもまた、かつてそうだったように、ぼくから逃れてゆくものなのだろうか」

そのとき矢口の背後で橘の声がした。

「矢口さん、古墳が出たようですよ。石積みにぶつかりました」

人夫たちが掘りあてた石積みが、富士川教授の推定した主墓であることはほぼ間違いなかった。

「いよいよだね」富士川は自分の推定どおりの場所に、主墓らしいものが出てきたのに満足していた。「とにかくおめでとう。橘君の忍耐も大いに成果があったわけだ」

その夜は宿舎でドクターから届けられた赤葡萄酒をあけて前祝いが開かれた。

「あれは間違いなく青銅器時代だと思いますね」石積みを午後じゅう掘っていた江村が言った。

「どうもローマでもイスラムでもないようです」

「ぼくなんか油壺一つ出たって身体じゅうがずきんと痛みますからね」珍しく木越講師が上機嫌で葡萄酒を飲みながら言った。「古墳のなかから金銀財宝が出てきたら、いかな江村さんだってショックで気を失うんじゃないかな。矢口さん、救急箱を用意しておかれたほうがいいですよ」

翌日から古墳の石組みを掘り出す作業にかかった。人夫が大勢集って一列になって掘っている割には、相変らず進みの遅い仕事であった。

「矢口さんはよくこんな悠長な作業に付き合っていられますね」橘信之が小休止のあいだ、煙草をふかしながら言った。「ぼくたちは商売だから仕方がないとしても」

「いや、ぼくは専門じゃないけれど、こうして一鋤一鋤入れるのが面白いですね。絵の好きな人が油絵をいじったり、日曜大工の好きな人が道具箱を取りだしたりするのと同じ気持じゃないですか」

「やっぱり詩人はすごいんだな」橘は煙草の火を消して遠くへ投げ棄ててから言った。「発掘作業を楽しんでいられるんですからね。ぼくらになると、どうしても長距離ランナーの心構えです」

矢口には、もう古墳の頭の部分が見えてきたのだから、一挙に掘ったらどうだろうかと思えたのに、江村も橘も故意にゆっくり仕事をし始めたようにさえ見えた。

古墳の広さいっぱいに土が取り除かれたとき、江村卓郎は全員に二日の休暇を出した。

「この機会に外国の考古学調査隊の現場を全員見ておいてほしい。時間があったら、パルミラでもセルギオポリスでも廃墟に足をのばしたらいいと思うな。調査隊から車は出せないけれど」

現場の留守は江村自身がすることになった。矢口忍はすでにアレッポに何回か出かけていたので、留守は自分に引き受けさせてくれないか、と言った。

「いや、アレッポにいったのは仕事でいって貰ったんだ。それにお前さんはまだパルミラを見ていない。ま、あそこぐらい見てこないと、シリアに来た甲斐がないな」

結局、橘がこんども矢口と同行することになった。他の調査隊員はフランス、ドイツ、イタリアの発掘現場に寄るというので、橘と矢口は村落の村長のトラックに便乗することになった。

村長はそれが日本製なのが自慢らしかった。

「いやいや、相当のしろものだぞ。まだジープのほうが高級車なみだ」

江村はそう言って二人がトラックに乗るのを見送った。案の定、トラックは村落を出るとすぐ左右にぎしぎし揺れはじめ、前部の握りを摑んでいないと、天井に頭をぶつけそうだった。

「何しろこの砂埃でしょう。どんなエンジンでもいちころにやられるんです」

橋は右に左に揺られながら、防塵眼鏡の奥で笑った。ユーフラテスの渡しまで一時間ほどかかった。

河は水量が豊かで、かなりの早さで流れていた。水は灰褐色に濁っていた。

「江村さんの話ではユーフラテスは澄んだことがないそうです」橋は渡し船の手すりから河をのぞきこんで言った。「この濁りはすべて粉末のような泥がとけているんですね」

河水のなかに、煙のように渦を巻き、旋回し、湧きたっているものが矢口の眼にも見分けられた。左右に乾いた裸の岩山が迫っていて、河はその間を素早く流れていた。河の流れには何か悠久の思いに似たものがあった。矢口はこの流れを見るために今まで生きてきたような気がした。また、生きてきてよかった、と思った。

アレッポに着くまでトラックは二、三度立ち往生し、その都度、村長のジャセムは裸足に革サンダルを突っかけて、車の外に飛びだすのだった。ジャセムは大声で何か喚きながら車に乗ると、またエンジンがごとごと動きだした。

「何を言っているんです？」

矢口が訊いた。

「いや、このトラックは日本製なのに、何しろ日本人は一度売りつけると、もう部品も何も補給しない。こんな商法じゃまた他の国に追い出されると言っているんです」

「それは本当のことですか？」

「それぞれ代理店じゃ一所懸命にやっているんでしょうがね。部品が不足しているのは事実です。無駄な景品など配ってご機嫌などとったりせず、必要なことだけやればそれで十分なんですけれど、どうも日本人は逆のことをやりたがりますね」

二人はホテルに着くと、すぐ熱い風呂に入った。風呂からあがると、橘信之が「ハイユークのところへゆかなくていいんですか」と訊ねた。矢口はその瞬間、梶花恵の声に似たリディアの低い暗い声を思い出し、胃のあたりに痛みのような感覚が走りぬけるのを感じた。

矢口忍は何回かこの都会《まち》に足を踏み入れていたにもかかわらず、ハイユーク家を訪ねたのは最初のときだけであった。もちろんアレッポに来たとき、イリアス・ハイユークを訪ねる気があれば、一時間や二時間の暇を引き出すことは難しくなかった。矢口があえてそれをしなかったのは、リディアと会うのを避けていたからであった。

――はじめリディアの暗い甘美な声を聞いたとき、矢口は、あまり花恵の声に似ているので、本能的にそれを拒もうとしている自分を感じた。だが、それは花恵とは何の関係もない、遠いシリアの一女性の声であった。その思いが徐々に彼の中に眼覚めてくるにつれて、矢口は、かつて花恵の声に魅せられたと同じ魅惑を、リディアの声に感じた。

もちろん矢口はそれから距離をおいて眺めるだけの余裕は持っていた。しかし彼の中に眼覚めている官能の痺れは、理性とか意志とかに関係なく、事実としてそこにあるのだった。矢口は自分の惨憺《さんたん》たる過去の事件にもかかわらず、こうした魅惑が生れることに、むしろ驚かされた。ドイツのある哲学者が言っているように、人間のなかに盲目的に衝き動かす欲望があって、好むと好まないとにかかわらず、その盲目的な力に支配されているのかもしれない――そんな気持を矢口は感じた。

それだけに彼はリディアから遠ざかるのが、こうした盲目の力に抵抗する最良の方法であるように感じた。少くともリディアの声を聞きさえしなければ、彼は自由な気持でいられるように思ったのだった。

しかし橘がハイユークの名を口にしたとき、彼が自由な気持でいたのはほんの見せかけだけのことであるのを、矢口は痛いように感じた。矢口は常にリディアの声を直接聞いていたわけではなかったが、あらゆる場所で、その暗い甘美な響きをどこかに聞いていたのだ。矢口がす

み れ色に変る砂丘に恍惚となり、天地を暗く覆ってごうごう吹き荒れる砂あらしにヒロイック
な勇壮感を覚えたのも、実は、それらがリディアの甘美な低い声を響かせていたからではなか
ったのか——矢口はそう思って、呆然とした。そのとき橘が言葉をつづけた。
「もしハイユークのところへいらっしゃらないんなら、日本化工の津藤さんが呼んでくれてい
るんです。さっき電話したら、ぜひ来るように、って言っておられました」
矢口はあれから何度か日本化工の宿舎に寄って、日本食をわけて貰っていたが、津藤とはず
っと会っていなかった。
「灌漑《かんがい》現場で会った室井君も帰ってきているそうです」
橘は愉快そうにそう付け加えた。午後六時の夕日が赤々とアレッポの町々を照らしだしてい
た。矢口は、日よけの隙間から、都会《まち》の雑踏を眺めていた。眼だけ出した女たちが籠を頭に乗
せて通っていた。驢馬に乗った老人が誰かに大声で話しかけていた。長い衣を翻して人々が歩
いていた。露天商が大声で品物を売っていた。
矢口はその一つ一つの光景を昔からよく知っていたような気がした。彼はいつまでそれを見
ていても見飽きることがないだろうと思った。
津藤慎吾はこの前十分にご馳走ができなかったと言って、ベイルートの日本食料品店から届
いたという品々を食卓に並べた。

「私たちの仕事も辛いが、あなた方もよく頑張りますな」津藤は憂鬱な顔から、素早く笑顔に変って言った。「サンド・ストームだ、サンド・フライ（蠅）だ、さそりだ、暑さだと、どれ一ついいものはないんですがね」

「しかしそのおかげでどうにか古墳にぶつかりました。もっとも成果のほどはこれからですが」

橘信之はA地点に出土した馬の骨や、主墓らしい古墳の石積みの説明をした。

「私などはあなた方の仕事を見ていると気が遠くなりますね」津藤は日本酒を二人にすすめながら言った。「石棺が掘り起されたとき私は出かけたことがありましてね、何しろ五センチぐらいずつ掘ってゆくわけでしょう。筆の先で泥を払いながらね。こいつには正直言って驚きました。たしかに博物館のガラスケースの中の青銅の針とか骨製の指輪なんてものは、そうでもしなければ見逃してしまったでしょうがね」

そのとき橘信之がまた水没地区の特殊性を説明し、特定の目標を決めた特別な発掘をしなければ駄目だ、と言った。

「どうしてそうなさらないんです？」津藤慎吾は急に面を取り替えるように笑顔から憂鬱な顔になって言った。「フランス隊もドイツ隊もあと二年だそうですね。日本隊はだいぶ上流地点だから三、四年は大丈夫でしょうが、水没する点では同じでしょう」

「どうも日本人は物事を単純明快に摑もうとしないんです。あれもこれも気にして結局ノイローゼになっています。実際に有効かどうかを基準にして、あとは切り棄ててゆかないと、意識過剰の化けものになります」

「たしかにその気味はありますな」津藤はうつむいたまま酒を飲みつづけた。「私などもどうしようもないノイローゼです」

「そんなことはありませんね」橘信之は相手の調子にひるまずに言った。「灌漑地区で農民たちがひどく不安がって反対運動をしたそうですね。そのとき戸別に訪問して農民の利益になると説いてまわられたのが津藤さんだった。これはノイローゼの人の発想じゃありません」

「そうですか」津藤は酒を飲む手をとめて橘のほうを見た。「私はそうきっぱり思えないところがありますね」

「いいえ、そうきっぱり思って下さらないと困ります」

橘の言い方に食卓にいた歯並びのきれいな光村や、他の技師たちが笑った。

「室井君はおそいね」

津藤が光村を見た。

「もう間もなく帰ります。さっき途中から電話がありました」

光村は、そう言ってから、室井が日帰りでダマスクスに出張しているのだと矢口に言った。

矢口は津藤と橘の話を聞きながら、国外に出ると、誰もがふだんよりずっと人生や文明に敏感になるものだろうかと思いながら、日本酒を静かに口にふくんでいた。

室井明が帰ってきたのは午後九時を廻っていた。

「途中から電話があったので安心したけれど、そうじゃなかったら、砂漠の道に迷ったのかと思うところだった」

光村が身体をそらすようにして室井を見て言った。

「それが、どうも訳がわからなくて……」室井は津藤や矢口と挨拶を交わしてから言った。「途中、何度も何度も検問に会いましてね、ハマの辺りでは、しばらく車が数珠《じゅず》つなぎになっているんです。全部、武装した兵隊たちが警戒していて、ちょっと物々しい感じでした。何かあったんですか？」

「アレッポじゃまだ何も発表されていないし、検問騒ぎもないでしょう？」

光村が橘のほうを向いた。

「ぼくらは少くとも検問に会いませんでした」橘は光村に言った。「もっともモンベジの町を通りすぎたとき、物凄い砂塵が地平線にあがるのが見えました。矢口さんと砂あらしかなって話し合っていたんですが、軍用車が走っていた可能性もありますね。それは凄い砂塵の幕で、地平線が黄いろく霞んでいました」

「何か、そんな兆候があったんですか」矢口が津藤のほうを見て言った。「軍隊が出動するような……」

「この国は先進国とは違いましてね、たえず権力が揺らいでいるんです」津藤は沈鬱な顔をして眼を食卓の上に据えた。「誰も明日の運命はわかりません。最近、ちょっと政府も安定しましたが、戦後、独立してから、ずっと革命また革命でしたからね。まるでクーデタの練習場の観がありました。もっとも政府の頭が替るだけで、役人も民衆も昔のままですから、国外で見ているほど大変動ではないんですが、それでも、ともかく政権が転覆するわけですから、血が流れることもあり、国外亡命する人もあるんです」

「そんなとき軍隊が動くんですか?」

橘が聞いた。

「結局、国軍の実権を握った者が革命の指導者になるんですね。すでにローマ帝国にも先例がありますでしょう」

「しかし革命騒ぎになったら、考古学発掘はどうなりますか?」

矢口が言った。

彼は発掘が万一そんなことで中止にでもなったら江村がどんなに悲しむであろうと思ったのだった。

「それは国内が大混乱に陥りますからね、発掘どころじゃなくなります。ともかく治安が悪くなれば、各地で略奪や暴動が起るのが普通なんです」

「物騒な話ですな」

光村が並びのいい白い歯を出して笑った。

「アラブ世界はまだ荒々しい生成のさいちゅうだからね、平和で清潔な先進国と同じじゃないんだ」

津藤はにこりともしないで言った。

「それはわかります」

光村はうなずいた。

そのとき室井明が矢口の隣に来て酒をつぎながら「この前の手紙に返事がありました」と言った。矢口は驚いて室井の顔を見た。

「彌生子さん、なんて言ってきました？」

矢口忍は議論から離れて思わず室井の眼に見入った。

「この前、先生がおっしゃったように、自分の気持やここに来た経緯をありのままに書きました。そういう種類の手紙は苦手なんですけれど、日本から遠く離れているせいか、わりに素直に書けました。でも、彌生子さんがあんなにすぐ返事を書いてくれるとは思いませんでした。

ともかく先生とこんな砂漠のまん中で会うなんて、とても信じられないらしく、そのことが何度も書いてありました。先生にもお便りしたいけれど、お邪魔になるといけないから、ぼくからよろしく伝えてほしいとありました」

「君のことは何も書いてなかった？」

「ええ、別に書いてありませんでした。でも、あのひとがすぐ返事をくれただけで、ぼくはとても嬉しかったんです。少くともぼくの気持は彌生子さんに通じたわけですから」

そのとき橘信之が室井に声をかけた。

「自動車の検問はよほど厳しいのですか？」

「ええ、ただ形式だけというのではなかったようです。ぼくの車もトランクをあけさせられました」

「しかし別に交通制限はありませんね？」

「今夜のところは、それはなかったようですが。どこかに出かけられるんですか？」

「いま津藤さんからパルミラに出かけたらどうかという話が出ましたのでね。江村さんからもそう言われてきたんですが」

橘信之は何か考えこんでいる津藤のほうに眼をやって言った。

「何があったってパルミラにはゆくべきですよ」津藤は急に柔和な顔になった。「私に言わせればですよ、シリアでもっとも美しく幻想的で伝説的な遺跡はパルミラですね。私は考古学のことは知りませんよ。私は素人の見方しかできませんが、それでも、砂漠の幻想ということになりますと、パルミラですね。私は矢口さんにもぜひ見ていただきたいと思います」

矢口が江村からシリアに誘われたとき、何度かパルミラという名前は彼の口にのぼった。矢口はその時まだ正確にパルミラについて知っていることは少かった。せいぜいローマ帝国に反抗した女王ゼノビアが支配した古代都市だという程度の知識しかなかった。しかしパルミラという響きからふしぎな異国風の香料の匂いが立ちのぼってくるような気がした。彼の空想のなかで棕櫚《しゅろ》の葉かげに、白い布を頭に巻いた男たちが並び、青や黄の華美な衣裳の女たちが、ゆっくり孔雀の羽の団扇を動かしながら涼しい泉のほとりに坐っていた。金の輪をまわす男や軽業をする芸人たちが大理石の広間に集っていた。都市《まち》の雑踏にはいつも紫がかったかげろうがゆらゆら揺れているのであった。

「江村もぜひ行けと言っていますが、時間的に間に合うかどうか……」

「もちろん間に合いますよ。ドクターが車であなたがたを連れてゆくと言っていました」

津藤はまた憂鬱な顔に戻るとそう言った。

翌朝、矢口忍がホテルのロビーに降りてゆくと、すでに田岡医師が橘信之と立話をしていた。

「おくれて申し訳ありません」

矢口は、鉢植えのゴムのかげに航空会社のポスターとカレンダーの貼ってあるだけの殺風景なロビーから、朝の雑踏を見ながら言った。

「いや、私が少々早く来すぎましてね」ドクターは手を振って答えた。「年をとると早く眼が覚めますし、せっかちになって困ります」

「昨夜の室井君の話が気になったもので、検問のことをフロントに訊こうと思って降りてきたら、もうドクターが待っておられるでしょう。驚きました。しかし早く出かけるに越したことはありません。フロントの話だと、何かイラクあたりとごたごたがあるらしく、軍隊が動いているようですから」

橘信之はサングラスをかけながら言った。

「向うで身動きならなくなるなんてことにはならないでしょうね？」矢口はドクターのほうを見た。「江村がまたやきもきすると困ります」

「それほどのことはないでしょう」田岡医師は考えるように頭を傾けた。「この国は何かというと、すぐ飛行機を飛ばしたり、戦車を動かしたりするんですな。一種の示威行動です。私などから見ると、何となく子供っぽく見えるんですが、ともかく、宣戦布告するより前に、敵側のジェット戦闘機がダマスクスに飛んできますからね、示威行動にはそれなりの意味があるわけです」

「無政府状態になるなんてことは？」

　矢口が訊いた。

「たぶんないでしょう」ドクターは鞄を持つと、ロビーから玄関に通じる短い廊下を歩いた。「もっとも私が来た頃は軍隊を背景にした革命が次々と起った時期でしてね、そんなときは治安状態も急激に悪くなりました。砂漠の奥の遊牧民のテントを訪ねるようなとき、私は、盗賊団に会わないよう注意されたりしましたよ」

「盗賊団が出るんですか？」橘が声を出して笑った。「いまどき、ずいぶんロマンティックなものがあるんですね」

「盗賊団といっても、食いつめた連中が暴徒化したものですがね。ま、無政府状態につけこんで暴発的に生れるので、危険この上なしです。そうでなくても、砂漠は一種の無法地帯ですからね。みんなそれぞれ自衛して生きているんです」

　矢口忍は橘のようには笑えない気持がした。

　ちょうど一度《ひとたび》雨になると、涸谷《ワジ》が突然奔騰する激流に変るように、平坦で虚無に似た砂漠も、どのような激しいものが荒れ狂うかわからないと思った。それは殺戮かもしれないし、強奪、暴行かもしれない。しかし矢口は短い滞在にもかかわらず、砂漠のもつ極端さがわかるような気がした。

「暑さだって普通じゃない」

矢口はそんなことを考えながら車に乗った。市場《スーク》に集る人々を包んですでに暑熱がむっと立ちこめていた。

田岡医師の運転する車はアレッポの町を出ると、ダマスクス街道を百二十キロの速力で南下した。赤茶けた耕地が拡がったが、地面は乾き、白い光の靄に包まれ、地平線はすみれ色のかげろうの中に消えていた。街道にはところどころに暗緑色の軍用車が停車していたが、交通は別に制限されていなかった。

「パルミラに行く近道もあるんですが、万一途中で検問に会うと、かえって時間をとられそうですから、国道に沿ってゆきますよ」

田岡医師はびりびり震えるハンドルを押えながら言った。

「近道って、砂漠の中を突っ切るわけですか？」

橘信之が訊ねた。

「地図には出ていない道です」

「道の目じるしは何でつけるんですか？　発掘現場との往復でも、アブダッラがどうやって道を憶えるのか、不思議です」

「私なんかは、まあ、一種の勘のようなものを頼りにします。何となく踏み固められた痕跡があるんです。もっとも砂あらしがあると、それも判別しにくくなりますが。一度、デルゾールの奥地の村落からの帰り、道を失いましてね、一昼夜、迷ったことがあります」

「ドクターでもそんなことがあるんですか」

「私どころか、砂漠に慣れたシリア人でも十日もさ迷って、九死に一生を得たという話も珍しくありません」

「地平線と空のほか何一つないんですからね」橘が矢口のほうを向いて言った。「まん中に放り出されたら、どうしようもありません。ぼくは時どきこの何もないということに、うなされるような気持になることがあります」

「橘さんもそうですか」矢口は驚いたように端正な橘の顔を見た。「ぼくも砂漠の虚無感に耐えられないようなことがあります。畏怖のようなものがぼくを圧迫します。何もないということは狂気に似たものを生みますね。草もない。木もない。家もない。川もない」

「しかし砂漠はありますね。砂漠は存在しますね」田岡医師は銀白の髪に囲まれた日焼けした顔を二人に向けて笑った。「詭弁じみて聞えますが、実は私も初めは何もない、何もない、と思って暮しました。しかしある時、不意に、砂漠があるじゃないか、乾いた大地があるじゃないか、と、そう思いましてね。私は不意打ちをくったように、はっとしました。そうだ、砂漠がある。赤茶けた、細かい泥に覆われた、からからの大地がある——そう思って、改めて、眼の前の砂漠を見直しました。そのとたんに、急に、嬉しいような、躍り上りたいような気持になったのです。何もないどころか、暑熱の日には白く輝き、夕方には赤紫に彩られる、広大な大地がある。無限の大地がある――私は、何か急に眼が開いたような感じを持ったものです」

田岡医師はまっすぐ前を向いて車を走らせていた。車の前にはダマスクスにつづく国道が黒いベルトのように一直線にのびていた。右側には青く霞んだ山脈が見えた。矢口は光の炎のなかに揺らめく砂漠がドクターの言うように確かな手応えで眼の前に拡がっているのを改めて強く感じた。

途中、幾つかの町を過ぎた。すでに車のなかは燃えるような暑さになっていたが、外からの熱風のほうがさらに耐え難かったので、窓は閉めたままだった。町は谷間や高地の斜面に四角い箱を並べたようにも見えた。発掘現場の近くでは、日干し煉瓦を積んで泥で外壁を塗っただけの粗末な家ばかりだったが、この辺りでは、家の壁は白く、窓も切られていた。村落は回教寺院の尖塔のまわりに、身を寄せ合う羊の群れのように集っていた。

「何もないという言葉を撤回します」

矢口忍はドクターの横顔を見て言った。

「ぼくも撤回します」

橘も前を見たまま言った。

「いや、撤回することはありませんよ」田岡医師は速度をあげながら笑った。「砂漠が虚無なのは、本当なんですから」

「虚無じゃありませんね」橘が反対した。「虚無どころか、実に豊かに見えてきます。矢口さんは前に、砂漠を見ていて飽きないと言っていましたね。その気持がいまごろよくわかるような気がします」

「でも、ぼくも砂漠の空虚さに震えました」

「いや、矢口さんは砂漠がお好きなんだと思いますね」橘は助手席から後の席の矢口のほうを振り返って言った。「調査隊のなかじゃ矢口さんだけが、あの生活に文句を言わないどころか、むしろ喜んでいるんです」

「前にお目にかかったとき、そうおっしゃっていましたね」ドクターが頭を振った。「砂漠好きの日本人は珍しいんです。私なんか、あとになって、やっと乾燥した大地の魅力がわかったほうです」

「ぼくに砂漠の魅力がわかるわけありませんよ」矢口が困ったように身体を動かした。「ぼくは日本から出たことがなかったので、何から何まで物珍しくて、それで結構いろいろのことを楽しんでいられるんでしょう」

「初めて出てきた連中は他にもいますけれど、みんな一日に一度は不平や泣きごとを並べますよ。ぼくだってサンド・フライ（蠅）に身体じゅう刺されて、気が変になるくらい痒くなると、本当に、砂漠を呪いたくなりますね。ここに考古学的な遺跡がなかったら、ぼくは来なかったと思いますね。しかし矢口さんは違うと思うな。矢口さんはきっとまた砂漠に戻ってこられますよ」

矢口忍は生活条件が厳しければ厳しいほど、それだけ自分の身体から黒ずんだ滓《おり》が洗い落されてゆくような気がしていた。彼が、アブダッラが忙しいとき、そのシャベルやつるはしまで肩に担いでやるのは、前歯の欠けた好人物の人夫頭を助けてやるというだけではなく、そうして肉体に辛いことを課すのが、シリアに来た目的の一つであるように思えたからだった。それを避けては、黒ずんだ滓は身体から洗い落せまい。しかし橘にわざわざそれを話す必要はないと思った。そのとき橘信之が「田岡さんが砂漠に来られたのが、ここの魅力にとりつかれたのではないとすると、いったい、何で砂漠に二十年もお住みになっているのですか」と訊ねた。

矢口ははっとして田岡医師の横顔を見つめた。銀白の髪に囲まれた顔は精悍そうだったが、サングラスをかけているので、正確にはその表情はわからなかった。初めて会ったとき、海外生活が長いという話から、自然と中学の吉田老人のことを連想した。田岡医師のなかには、何か吉田老人を思わせるものが確かにある、と矢口は思った。しかしそのときはそれが何であるのか、矢口にはわからなかった。

「別にシリアに来るという目的があったわけじゃありません。これだけは本当です」

田岡医師は車の速力を落しながら言った。ハマの町が近づいていた。アラブ服の男たちが馬を引いたり、驢馬に乗ったりして、町の入口でごった返していた。暗緑の軍用トラックやジープのほかに五台の戦車が物々しく砲身を水平にのばして市場《スーク》の雑踏のはずれに並んでいた。

「すこし休んだほうがいいですね。ここで大体三分の一は来ています」

ドクターの言葉に矢口が時計を見ると、もう二時間半ほどたっていた。話しこんでいたせいもあったが、あっという間に着いた感じだった。

田岡医師は蔓草が絡んでいる白い建物に二人をつれていった。建物のなかは冷房が入っていた。田岡医師は緑の木々の繁る細長い中洲を挟んだ川のそばに席をとった。川は澄んでいて、岸の草が流れのなかに身を横たえていた。水に濡れた泥は濃く色が変り、乾いた中洲の泥には白い縞模様がついていた。子供たちが水しぶきをあげて泳いでいた。その向うに茶褐色の石を積んだ橋梁のようなものが建っていて、その一端に巨大な水車がとりつけられていた。ちょうど唐傘の骨のような細かい輻《や》が直径三十メートルほどの水車の輪を支えているのだった。

「古代ローマの水道橋です。あの水車で川の水を汲みあげて、あの水道橋で遠くまで運んだのですね。シリアには実に多くの古代ローマの遺跡がありますが、この眺めは私の気に入りの一つです」

田岡医師はガラス張りの窓の外に眼をやっていた。

「水がこんなに溢れて緑が多いと、ちょっとシリアという感じではないですね」矢口も水車を見あげるようにして言った。「砂漠の人々にこの緑が楽園と見えたのは当然ですね。これもオアシスなのですか?」

「ええ、れっきとしたオアシスです」

田岡はそう言ってからボーイにビールとアラック酒を註文した。

「前に申しあげたかもしれませんが、私はシリアに来たとき、五年で帰ろうと思っていたのです。事実、この五年も、砂漠の気候と、食事と、低開発社会の不便さとで、なかなかこたえました。しかし私をここに踏みとどまらせたのは、実は、日本に帰りたくない事情があったからです。私は、そのために、日本を闇雲に出てきました」

田岡医師は銀白の髪を撫でるような動作をして、ローマの水車のほうに眼をやった。

「どうも少々みっともない話になって恐縮ですが」田岡医師は川の流れのほうを見たままで言った。「実は、私が日本を二度と見たくないと思ったのは、妻が家出をするような事件がありまして、それで、もう何もかも嫌になったからでした。私も、思えば、ずいぶん若かったものです。私は毎日やけくそになって酒を飲み、荒れに荒れた生活をしていました。当時、私は妻を憎んでいると思っていました。事実、妻を思い出させるようなものがあると、私は気違いのようになって、引き裂き、踏みにじったものでした。私は妻の顔を見たら、かっとなって、喉でも締めかねないと思いました」

矢口は田岡医師の顔を見ることができなかった。何か身体の奥を痛みに似た感覚が貫いてゆくような気がした。どうして人間は、男と女のことでこうも行き違い、こうも悩まなければならないのか――矢口はそんなことを思っていた。田岡医師は銀白の髪を撫でるような動作をしながら、相変らず川のほうを見たまま話をつづけた。

「私はこちらに来てからも、ずっと妻を憎んでいると思っていました。実際、妻が家を出た当時のことを何かの拍子に思い出すと、思わず身体がぶるぶる震えたものでした。しかし何年かたって、幾らか事態を冷静に反省できるようになりますと、私が怒ったり苦しんだりしたのは妻を憎んでいたからではなく、相変らず妻に愛着を抱いていたからだということがわかってきました。妻の相手は私の後輩の医学生で、顔も知っていました。私は自尊心の痛みやら裏切られた悲憤やらで自分の本当の心も理解していなかったわけです。しかし一切が鎮まって事実がはっきり見えてくると、私は、妻に恋着している自分が、意外でもあり、哀れでもありました。妻にしたって、何も私と会って結婚なんかしなければ、家出をしたりせず、その男と一緒になれたわけです。妻は、それはいいやつでしたから、私から離れていったのにはそれなりの理由はあったはずです。私は妻の正直さと勇気を今では高く買っていますが、彼女にしたって、良人を裏切ったという気持は生涯心のどこかに引っかかっているでしょう。そのことを考えると、妻は妻で、何かひどく哀れな感じがして、私は長いこと平静な気持になれませんでした」

橘信之は腕を組んでテーブルの上に視線を落していた。矢口は橘がめずらしく暗い、思いつめた顔をしているのに気付いた。

ボーイがビールとアラック酒を運んできたとき、矢口は深い息が胸の奥から洩れるのを感じた。

「どうも妙な話になって恐縮です」ドクターは笑顔になって言った。「さ、気分なおしに一杯やりましょう。ここのビールはあまりうまくありませんから、その積りで。もうすべて二十年も昔のことです。ま、こんな人生もあるんだと思って下さればそれで十分です」

矢口は田岡医師を見たとき、吉田老人を連想したのは正しかったと思った。しかし矢口はそのことについて何も言わなかった。

田岡医師の車はハマの町からダマスクス街道を一時間ほど南下してホムスの町に入った。街道のはずれにパルミラへの道を示す大きな標識が立っていた。

「ここから街道を離れて、砂漠のなかへ入ってゆきます。もうこの先、何もありません」

田岡医師はハンドルを大きく切りながらそう言った。事実、暑熱で燃えている、かげの濃い町を離れると、遠い地平線まで一すじにのびるベルトのような道が、はるばる続いているだけだった。右も左も平坦な灰褐色の砂漠であった。春には、それでも青草が見られるというドクターの話が嘘に思えるほど、そこには植物の痕跡はなかった。ところどころに涸谷《ワジ》が現われたが、それは水のない谷というより、乾いた大地の深い亀裂だった。

車のなかは炎をかかえているようだった。三人とも、もはや話をする余裕はなかった。ただ車の前につづくコンクリートの道を、息を殺して、じっと見つめているだけだった。しかし矢口はそのほうがずっと気が楽なような気がした。田岡医師の話を聞いたあと、何を言っても、すべてお座なりのことになりそうに思えたからである。

ただ前と違って、二人のためにわざわざ砂漠のまん中の廃墟まで車を飛ばしてくれる老医師の風貌が、何となく重厚な、悲劇的なものに感じられた。

矢口はこうした人間のめぐり逢いや別れと無関係に、灼熱の太陽が輝き、光の炎に包まれた砂漠が拡がっているのが、何か異様なことに思えた。砂漠はただ乾き、灼熱し、ぎらぎら光っていた。何もなかった。その息苦しいほどの虚しさのなかを、それぞれ運命のままに動かされている人間がひたすら車を走らせていた。一人一人はその一生をかけるほどの悩みや迷いを抱いているのに、砂漠の沈黙と無関心の前では、それもただ一個の小石と変るところがなかった。矢口は自分のことを含めて、人間の存在がそのように簡単に無視されていることが、ひどく理不尽なことに思えた。

せめて緑の木立に風が吹き、田岡医師の苦悩をやわらげるような葉ずれの音でも聞えれば、矢口の気持も、もう少し納得がいったかもしれなかった。しかしここではただ燃える砂漠しかなかった。人間のほうへ眼くばせするようなものはどこにもなかった。

「しかし本当は、人間とは、こうした孤独な、無視された、厳しい無関心のなかに放り出されているものではないだろうか。かりに親子に囲まれたり、友人がいたりして、何となく温和な優しさのなかに置かれているように思っているけれど、人間は、本当は、砂漠のなかにいるようなものではないだろうか」

矢口忍はそんなことを考えながら、自分が決して悲しんだり、暗い思いに捉われていないのを感じた。むしろそう思うことで、今まで味わったことのない、勇気のようなものが湧いてくるのに気づいた。

「あれは何ですか?」

不意に橘が地平線を指さして叫んだ。地平線には黒い無数の点が散らばっていた。

そこは砂漠の地形が急に変って、大地が大きく波打つように上下して拡がっていた。白く眩しく光る道は上下する大地の波を幾つも越えて、地平線に消えていた。橘が見つけた黒点の群れは、その地平線の光の靄のなかにゆらゆら揺れていた。

「何ですかね?」田岡医師も一瞬車の速度を落した。「遊牧民かもしれませんが、いま頃はこの辺には来ないはずですが」

三人はしばらく車が波乗りをするように大地の起伏を乗り越えてゆく間、その黒点の群れのほうに眼をやっていた。車が谷間に下ってゆくと、地平線は前方の斜面の向うに隠れ、ふたたび斜面を上りだすと、徐々に黒点の群れは丘の向うに迫り上ってくるのであった。間もなく、それは砂漠の道を蜒々《えんえん》と連なって走る車の列であることがわかった。

「トラックの集団ですね」

橘信之が叫んだ。

「軍用トラックが移動しているんでしょう。兵隊を輸送しているのかもしれませんね。そうだとすると、こんどの作戦は相当大がかりのものですね。この国の軍事力と機動力はアラブ国家群のなかでも定評があるんです。この砂漠の先に大きな地下基地がありますから、恐らくそこから出てきたんでしょう」

「地下基地なんて、少々SFじみてますね」

「いや、こう国と国とが境を接していると、そうでもしなければ、ただ攻撃目標になるだけでしょう」

軍用トラックの列はみるみる大きくなり、道路の向うに迫ってきた。先頭には暗緑色のジープが交通制限の標識を振って走っていた。

「これはどうも仕方がありません」田岡医師は車を道路のわきへ停めて言った。「一時停車してこの大集団が通りすぎるのを待たないとならんのです」

「何でそんなことをするんです？」

橘信之が車のそばを轟々と通りすぎてゆくトラックの列を見て叫んだ。

「おそらくこのあとに道路の幅員《ふくいん》いっぱいに走るトレーラーか何かが来るんじゃないですか？」

「まるで大名行列だ。下におろう、というわけですから」

橘はジープに乗っていた将校の振っていた制限標識が気に入らないらしかった。

「少し休憩したほうがいいですよ。ドクターも三時間近く運転のしっ放しですから」

矢口がそう言って橘をなぐさめた。

事実、トラックのあとから軽量戦車が次から次へとつづいてきた。矢口は一々数えてみようとしなかったが、五十を越える台数があったような気がした。戦車の上には暗緑色の布が天幕のように拡げられていたが、小さな窓からのぞいているシリア兵の顔は、さすがに暑さにうだっているように見えた。

「あの中はかまどのようなものでしょうね」

橘信之はそう言って少し仇をとったような顔をした。

「暑いでしょうね。五十度はあるでしょう」

田岡医師は笑って言った。戦車のあとから重量戦車をのせたトレーラーがつづいた。

トラックと戦車の大集団が通りすぎたあと、砂漠は突然もとの空虚な静寂に戻った。暑熱と、ぎらぎら光る白褐色の砂漠と、光の靄にかすむ地平線のほか、見渡すかぎり何もなかった。地平線のところどころに黒ずんだ柱のようなものが見えたが、田岡医師の説明では、それは竜巻だということだった。

矢口忍は、突然現われて通りすぎた戦車の大集団にしても、遠く地平線に見える黒い竜巻にしても、ひどく現実ばなれしたもののように見えた。

「ぼくが砂漠の奥の楽園といわれたパルミラにゆくこと自体、おとぎ話かもしれない」

矢口はそう思った。

さすがに平坦な砂漠にも山脈のようなものが見えはじめ、車は、乾いた、古代の恐竜のような山を巻くようにして越えていった。一木一草もない裸の山が白褐色に眩しく輝いていた。車のまわりでは熱風がごうごう唸った。

矢口はミネラル・ウォーターを何回か飲んだが、それは半ばお湯になっていた。しかしその水のまずさも、灼熱も、身体にまつわりつく砂のざらざらした不快な感触も、いっこうに苦にならなかった。

矢口の心のなかには、むしろ喜びの感情に近いものが溢れていた。

山を越えると、ふたたび砂漠が拡がり、その遙か涯に、光の靄にゆらめいて淡青い山脈のかげが見えていた。

「あの山脈の切れ目の谷を通ってゆくと、いよいよ目的地です」

田岡医師はそう言った。

「まだかなりありますね」

橘が大きく息をついて言った。

「ここまでくれば着いたも同然です」

矢口は田岡医師の言葉を聞きながら、さっきまで感じていた砂漠の虚しさが、まったく心から消え去っているのに気がついた。一人一人の喜びや悲しみにまるで無関心な砂漠の沈黙と拒絶感の前で、どうにも拭い切れなかった人間のみじめさ、卑小感が、いつか、矢口の気持のなかから流れ去っていた。

パルミラが近いということが矢口の喜びを高めていた。

「たしかに砂漠は人間の悲しみや喜びに何の関心も示さない。泣こうが叫ぼうが、砂漠の砂一つ動くわけじゃない。だからと言って、ぼくがいま感じているこの喜ばしい気持は、孤独で無意味なものだろうか。いや、そんなわけはない。砂漠はぼくらに無関心だが、ぼくらは砂漠に無関心ではいられないのだ。砂漠がぼくらを無視し、かたくなに沈黙していても、人間のほうはそうはゆかない。だが、それが人間の意味ではないのだろうか。人間にもし価値があるとしたら、この沈黙した宇宙のなかで、人間だけが喜んだり悲しんだりできるからではないのだろうか」

矢口がそこまで考えていたとき、橘が不意に「矢口さん、棕櫚の林じゃありませんか」と叫んだ。

車は山と山の間をぬけて、前方にまた砂漠が拡がっていた。

右手から岬のように突き出している山の鼻の向うから、車の動きに従って、せり出してくる黒ずんだ横長のシルエットが見えた。それは横に拡がる林のようにも見え、地平線に低く連なる雲のようにも見えた。光のかげろうが地面と空の境にゆれていて、どこまでが地面でどこから空なのか、はっきりしなかった。暑熱は極点に達していて、手で金属の部分に触れることはできなかった。田岡医師は時どきミネラル・ウオーターを瓶からラッパ飲みしていた。

「まさしく棕櫚《パルミエ》の林です。パルミラです」

田岡医師は瓶を横に置くと言った。

矢口は不思議な感動が身体を貫いてゆくのを感じた。棕櫚の林が横に長くつづいていたが、それが途切れたあたりに、光のゆらめきのなかから、まるで空中に浮んだ宮殿のように、淡いかげになった石柱の列が浮び上っていた。きらきらする透明なかげろうが揺れていて、柱列はその光のゆらめきのなかに並んでいるように見えた。

矢口は一瞬声が出なかった。江村からさんざん聞かされていたのに、ただの廃墟がこれほど典雅な趣を湛えて、砂漠の虚しさのなかに立っているとは想像もできなかった。

車が近づくにつれて、一筋の柱列に見えたものは、幾つかの寺院の柱だったり、別の建物や柱廊ふうの柱だったりした。棕櫚の林も平坦な黒いシルエットから、暗緑の葉を密集させた木々の集りに変っていた。乾いた砂漠のなかに、突然、この緑の林が現われること自体、千夜一夜の魔法を見るような感じだった。

どの建物も屋根や壁は落ちていた。石柱の並びだけが残っていた。しかし矢口の眼には、宮殿の他の部分は光のゆらめきのなかに包まれていて、ただ柱だけが見えているように感じられた。事実、彼は一瞬、壮麗なパルミラの宮殿と都市を眼で見たような気がしたのだった。

「思ったより何も残っていませんね。もう少し建物や神殿があると思っていました」

車が停ると、橘信之がそう言って遺跡の遠くを見渡した。枯草の間に無数の石材が転がっていた。土台石もあれば、崩れた柱の破片もあった。遠くに古代神殿と凱旋門が見え、凱旋門から一キロほど見事な柱列がつづいていた。

矢口は橘とちがって、これだけ古代都市の面影を残す遺構が建っていることが奇蹟的なような気がした。彼が古代都市の壮麗さや華やかな賑わいを想像するにはこれで十分だった。矢口は駱駝の列が次々に砂漠を越えて到着するのが見えるように思った。

三人は遺跡の一隅に建っているホテルに入った。ホテルのロビーも部屋も鎧戸を閉めていて薄暗く、ひんやりした空気が漂っていた。

とりあえず食事をとって一時間ほど休憩した。しかしベッドに横になっても矢口は仮睡することができなかった。町角や神殿の前で古代の人々が彼を呼んでいるような気がした。森閑としたホテルの廊下の向うで誰かが話す声がかすかに聞えていた。

約束の時間に矢口忍がホテルのロビーに出てみると、橘信之が受付の前で三、四人の若いフランス人と話していた。矢口はそのなかに、フランス隊の発掘現場を見て廻ったとき、彼に煙草を差しだした青年がいるのに気がついた。

しかし矢口は橘ほど懇意なわけではなかったので、ロビーの革のソファに腰をおろして、窓の向うに青く拡がっているパルミラの空を眺めていた。

「また、あの連中です」橘は矢口のところへ来ると言った。「あのあと、かなり有望な遺構にぶつかったようですよ。他の発掘を中断して、そこだけを集中的に掘っているようです」

「じゃ、ぼくたちと同じじゃありませんか」

「たしかにぼくたちもそうですね」橘は皮肉な笑い方をした。「ただ違っているのは、フランス隊はもうかなり良質の粘土板が出はじめている点です。彼らは粘土板以外のものはすべて犠牲にしているようです」

「ぼくたちだってもう一息でしょう?」矢口は橋を元気づけるように言った。「墓窟の上端は掘り出せたわけですから」

「ええ、それはそうなんですが、ともかく力のかけ方が違うんです。連中を見ていると、まるで楽しんで発掘しているみたいです」

「日本隊はそうじゃないんですか?」

「悪口を言うわけじゃないけれど、ぼくにはどうも難行苦行という感じですね。真面目で勤勉ですけれど、息苦しくて余裕がありません。フランス隊のほうは発掘現場でも昼食に二時間使い、うまい葡萄酒を飲んでいます。生活があってのうえの発掘です」

矢口は橘信之がフランス隊の連中に会うたびに不満を訴えるのを、むしろほほえましいような気持で聞いていた。

矢口には、やはり日本隊には日本隊のあせりがあるのだと思った。フランス隊はどうやって金を集めるのか知らないが、彼は江村卓郎が発掘費用の調達で、駆けずり廻っていたのを知っていた。若い木越講師が壺の破片に眼の色を変えるのも、はるばる二十時間近くも飛行機でやってきたメソポタミアの地面から直接発掘されたものと思えば、それも当然のことだった。パリからは僅か三時間半でダマスクスに着く。忘れ物を取りに帰ることも不可能ではないのだ。

それに、富士川教授や江村をのぞくと、隊員すべてがはじめて国外に出たのであった。若い研究生が空港でフランス語が通じたといって興奮して話していたのも当り前だった。矢口は自分自身を含めて、そうした経験の浅さが多くの誤解を生み、本来の実力を出せないでいることを感じた。

しかし橘信之にはそのことは黙っていた。

田岡医師が眼をしょぼつかせて出てきたとき、午後の暑熱も峠を越えていた。

「お疲れでしょう」

矢口が言った。

「ひと眠りしたので元気になりました」

田岡医師は両手を前後に振り、それからドアを開けた。ホテルの前に白い廃墟が拡がっていた。

遺跡の北西に小高い岩山が連なっていて、逆光のなかで紫がかった影絵になって見えた。棕櫚の林は矢口たちのいる場所からは、遺跡を越えた向う側に拡がっていた。矢口忍は、古代の民が砂漠の烈風を山でさえぎられたこのオアシスを、いかに地上の楽園と感じたか、その地形を一望しただけでわかるような気がした。

田岡医師の開いた地図を見ると、パルミラはシリア砂漠のちょうど中央に位置していた。バグダッドを出た隊商が駱駝を連ねてユーフラテスをさかのぼり、現在のイラク国境のアブケマルあたりで河を離れると、ただ真西に道をとれば、おのずとパルミラに達する。それをさらに西にむかえば、矢口たちが通ったホムスの町を経て地中海に出ることができる。

「地理的条件からいっても、パルミラは繁栄する要素を持っていますね」

矢口は地図を見たとき、思わずそう言ったが、現に、ベル神殿から壮麗な凱旋門を通ってゆく中央通りの両側に並ぶ円柱の列を見ていると、そこに雑踏する古代シリアの人々の姿が自然と眼に浮んだ。そこには利害にさといアッシリアの商人たちもいれば、駱駝に華美な財宝を積んだバビロニアの役人たちもいた。砂漠の向う側で栄えているマリの町から来たアッカドの職人たちもいれば、地中海からきたフェニキアの船乗りもいた。言葉も違い風俗も違うこれらの人々が、壮麗な円柱のつづく大通りにごった返し、大声をあげ、身ぶり手ぶりで、物を売ったり買ったりしていた。ネブカドネザルの兵隊たちが神殿の階段の前で、赤い布の下に豊満な身体をのぞかせている商売女といちゃついていた。それを見ている黒い衣に身を包んだ痩せた小アジアの女たちもいた。

橘信之の説明によると、パルミラの前身タドモールの名はすでに紀元前二千年に小アジアの奥地から発見された粘土板文書のなかに見られるというのだった。

「そうすると、短く見積っても、パルミラの上を流れた時間は四千年ですね」

矢口忍は呆然としたような表情で言った。

「パルミラと呼ばれたのはギリシア、ローマになってからですが、それからだって二千五百年にはなりますね」

橘信之は十メートルほどの円柱の一つに手を当て、高い頂きを仰ぎながら言った。

「一口に二千年、三千年と言いますが」田岡医師は柔かい銀白の髪に囲まれた顔を左右に振った。「実際は私らの想像を越えていますね。もしそれが実感されたら、あまりの時間の長さのために眩暈《めまい》を起します」

円柱に挟まれた中央通りは四角い切り石が敷きつめられ、その敷石は数千年、人々の足に踏まれて、角がまるく滑らかになっていた。

「円柱の中ほどに四角い台座が残っていますね。あの台座の上に彫刻が置かれていたんです。台座の上に刻んだ銘文が見えますか。あの銘文で誰の彫刻であったのか、わかるのです。この円柱の上に女王ゼノビアの彫刻が立っていたらしいですね」

橘は夕日の影を長く曳いている円柱の前に立って、身をそらすようにして言った。

矢口忍はふしぎと女王ゼノビアという響きのなかに梶花恵の姿が呼び起されるような気がした。それはローマ帝国の支配に反抗して、自ら東方諸国を統治しようとした美貌の女王の権勢欲と自負心が、何となく花恵の野心と放埒さを連想させたばかりでなく、ローマ軍に捕えられ、首都ローマを引き廻された折も首を反らして傲然としていたと伝えられるその不敵な性向が、花恵の冷たさを思わせたからであった。

ゼノビアの不敵さは、彼女の男まさりの勇気というより、むしろ自分以外の人間に対する徹底的な軽蔑から生れていたように矢口には見えた。それは、花恵が離婚のときに示した冷笑するような態度とどこかひどく似かよっているように思われた。矢口が彼女と別れる決心をしたとき、花恵は叫びも喚きもしなかった。彼女は頬の窪みに指をあて、唇を歪めて、かすかに笑った。

「もちろんそれ相応のことをしてくださるなら、私も同意するわ」花恵は低い、暗い声で言った。「私たちの結婚は誰が見たって、うまくいっているとは思えないもの。手を打つなら早いほうがいいわ」

矢口忍は後になってから、梶花恵のような女でも涙を見せるようなことがあるだろうか、と、よく考えたものであった。どんな場合にも花恵は決して泣いたりせず、最後まで冷たさを失わないであろう。だが、それは彼女が強いからではなく、自分以外のものを心から軽蔑しきっているからなのだ――矢口は女王ゼノビアの円柱の前に立ったとき、突然、かつての自分の苦痛と困惑を思い出した。

その瞬間、ふと、ゼノビアの彫刻が置かれていた場所に、首を反らした花恵が立っているよ

のだろう」

「どうかしているな」矢口忍は二、三度、首を振った。「なぜ花恵のことを思い出したりした

うな気がした。

田岡医師と橘信之は何か話しながらすでに円形劇場のほうへ足を向けていた。それでも矢口は、しばらくゼノビアの円柱の前に立っていた。

「ぼくはまだあの女から自由になっていないのだろうか」矢口は円柱の中段の空虚な台座を見つめながら考えた。「リディアの声を聞いて当惑したり、ゼノビアの伝説に動顛したりするなんて、いったいどうしたのだ？」

矢口は、一瞬、自分が心のどこかで、なお花恵の魅力に捉えられているのではあるまいか、と思い、身体をびくっと震わせた。

「まさか、まさか、まさか」

矢口忍は声に出してそう言った。それからもう一度首を強く振って歩き出そうとした。そのとき矢口は円柱のそばに何か赤い石のようなものを認めた。

赤い石のようなものは石だたみの石と石の隙間に落ちていた。彼は身をかがめて、それを拾いあげた。

矢口は円形劇場で橘信之に追いついたとき、その赤い石のようなものを彼に示した。

「これは何ですか。まさか古代のものじゃないでしょうね」

矢口はそう言って、橘の顔を見た。

「これは珊瑚ですね。どうですか？」

橘はそれを田岡医師に渡した。

「珊瑚ですね、たしかに」

ドクターは柔かいもじゃもじゃの銀髪を撫でながら言った。

「何か彫刻してありますね」

「ええ、これは蟬じゃありませんか。まさかスカラベじゃないでしょう」

橘がもう一度珊瑚を手にとって言った。

「スカラベね？」田岡医師は考えこむようにそれを見た。「もしそうだったら、古代エジプトのものですか？」

「それはまず不可能ですね」橘は笑った。「矢口さん、どこでお見つけになりました？」

「その柱列の下です」矢口は彫刻には気がつかなかったので、橘から珊瑚を受けとると、しげしげと眺めた。「石だたみの間に落ちていました」

「誰か観光客が落したものじゃありませんか？　ブローチか、ネックレスの石か、そんなものでしょう。うしろに小さな孔がありますから」

「しかし蝉はよくできていますね」

「たしかにいいものです」橘は珊瑚の蝉を見ながら言った。「古代エジプトほど古くなくても、時代ものですね。すくなくとも現代のものじゃありませんね」

「落した人はがっかりしているでしょう」田岡医師は赤い蝉を手のひらにのせて言った。「こういうものは類似品がないですからね」

「警察にでも届けましょうか」矢口が言った。「珊瑚なら、やはり価値があるし……」

「いや、届けたって、なくした人の手には戻らないと思いますね」田岡医師が言った。「みんな警官が懐に入れてしまいますから」

「しかしこれを持っているわけにはいきませんね」

矢口は困ったように言った。

「いや、持っていらっしゃい。パルミラのいい記念になります」

「どうも困りました」矢口は橘に言った。「ぼくが持っていたって仕方がないから、橘さん、持っていてください」

「ぼくだって、持っていても仕方がないほうですよ」橘は手を振った。「むしろ田岡先生に持っていていただいたほうがいいですね。誰か珊瑚の蝉をなくした人にお会いになるかもしれませんから」

「ともかく一時お預かりしておきます」田岡医師は蟬の彫刻を見ながら言った。「これは見事な細工ですね。考古学局の専門家に見てもらってもいいですね」

矢口忍は夕日を浴びている円形劇場を改めて見まわした。半円形の観客席はほとんど完全な形で、すり鉢状に、後方に迫り上っていた。橘の説明では、円形劇場としてはずっと小型のものだということだった。

矢口忍の立っていたのは、劇場の舞台に当る場所だった。彼がはじめて戯曲『かわいた泉』を書いたとき、演出家の下宮礼二が、顎のひげをごしごしこすりながら、「この戯曲には円形劇場が一番ぴったりするんだがな」と言った言葉を思いだした。彼はその頃まだ円形劇場とはどんなものか知らなかった。

「なるほど、こんな劇場なら、下宮の演出も自然で、効果的だったろうな」

矢口は眼をあげて観客席を見渡した。

矢口たちがホテルに戻ったのは、すでに夕日が岩山の向うに沈んで、遺跡全体に青白い宵闇が流れだす頃だった。ベル神殿の上に白い星が光りはじめていた。

「お疲れでしょう?」

田岡医師はもじゃもじゃの柔かい銀髪を掻きあげて言った。

「先生こそお疲れじゃありませんか」矢口はホテルのロビーの古い革張りの椅子に腰をおろし

ながら言った。「運転のあと、すぐ案内していただいたのですから」

「案内なんて言われると、穴があったら入りたいですね。私はただお二人と一緒に歩いていただけです」

「いや、先生がおられなかったら、こう短時間に全部を見られなかったと思います」

「明日の午前中、遺跡の外側に墓窟が幾つかあるのです。それを見てまわりましょう」

「それにしても、ぼくたちだけじゃありませんね、この炎天下に遺跡を見て歩いていたのは。さすがはパルミラですね」

「どこかの考古学調査隊の連中じゃないですか。ふつうは季節がもっとよくなってからでないと、ここまではきませんね。そのかわり、季節がよくなれば観光バスが何台も来ます」

そのとき奥の廊下から、着換えをした橘信之が姿をみせた。

「おさきにシャワーを浴びてきました。ちゃんと水が出ます」

「それはホテルですからね」田岡医師が苦笑した。「テレビだって見られますよ」

「それは初耳です。パルミラ地区はテレビはうつらないと江村氏が言っていましたが」

「ええ、この春、日本のNE社が中継塔を建設したばかりです。だいぶきつい作業だったようですが」

「しかし日本人もよくやりますね。砂漠を緑化するかと思うと、テレビ塔を建てたり……」

「地面を黙々と掘っている連中もいる……」

「そのとおりですね」

三人は声をあげて笑った。

矢口忍がシャワーを浴びてロビーに戻ってくると、そこには橘も田岡医師もいなかった。食堂に顔を出したが、まだ時間が早いらしく、客らしい人影はなかった。

矢口はホテルの外へ出てみた。外はまっ暗で、夥しい星が輝いていた。夜空にぎっしり星がつまっている感じだった。それでも彼は、そこに夏の星座を——首を長くのばした白鳥座や眼の赤いさそり座を——見わけることができた。

昼のあいだ、矢口の空想のなかであれほど賑やかだった柱廊のある大通りも凱旋門も円形劇場のあたりも、太古以来の砂漠の闇が深々と覆っていた。崩れた大理石柱も、石段も、台座も、すべて静かな夜の歩みのなかで、ひっそり息づいていた。

矢口忍はその星座の幾つかを仰いでいるうち、かつてあれほど恐れた花恵のことや、芝居のことを、ごく自然に自分が思い出していたのに気づいた。そこには何の恐怖も嫌悪もなかった。彼はあたかもパルミラの町で昔起った男女の物語でも見るように、自分の過去を見ていたのであった。

第十章　幻　影

矢口がホテルのロビーに戻ると、すぐそのあとから橘信之が玄関口に姿を現わした。

「田岡さんがここの遺跡監督官のハラフと会いましてね、彼がわれわれを食事に招待するといってきかないのです」橘は車のキイを指先にぶらさげながら言った。「ドクターは監督官と先にレストランにいきました。まるで拉致されるような具合に連れてゆかれました」

「ぼくらは邪魔になりませんか？」

「ぼくもそう言ったんです。そうしたら監督官は怒りましてね。ドクター田岡と私はそんな間柄じゃない。義兄弟だ、と、そう言うんです。そしてすぐ矢口さんを迎えにゆけ、と、車のキイを渡しました」

「ホテルの食堂のほうはいいんですか？」

「監督官が自分で断わりにゆきました」

「ふつうの関係じゃないですね」

「なんでも監督官の息子の病気をドクターが治したらしいんです。ハラフ家じゃ神様扱いじゃないですか」

二人は車に乗ると、暗い並木の間をぬけ、乏しい街灯の立っている人気のない村落に入った。

「まるで深夜ですね」

「ここにレストランがあるのがふしぎなくらいです。観光客がなければ、やってゆけないでしょうね」

車をおりると、路地奥のひんやりした闇のなかに、昼の空気のぬくみが、液体でも漂うように、残っていた。

矢口は橘のあとから、高い天井に青白い蛍光灯の光っている、暗い、がらんとしたレストランに入った。

コンクリートの床の上に金属製の古いテーブルが並んでいて、レストランというより、兵営か寄宿舎の食堂といった感じであった。

監督官のハラフは田岡医師と並んで、いちばん奥のテーブルに腰を下していた。

矢口はハラフのがっしりした手に自分の手が包まれるような感じがした。大きな顔に太い眉や、ぎょろりとした眼や、盛り上った鼻がついていた。声は低く、砂でもまじっているようにざらざらしていた。ハラフはアラビア語で喋りまくった。多弁な男だった。

「あなたがたはアラビア語はわからない？」ハラフは太い眉をあげ、眼をぎょろつかせて、英語で言った。「わかるのはドクター・タオカだけ？　それは残念。それは残念」

しかし彼は英語で話しているうち、すぐアラビア語に変った。

背の低いボーイが十五、六種類の前菜を運んでテーブルいっぱいに並べた。

「豪華版ですね」

橘信之が嬉しそうな顔をして言った。

そのとき入口から四、五人の客が入ってくるのが見えた。入口のほうを向いていた矢口忍は、それがフランス考古学調査隊の隊員であることがすぐわかった。

すこし遅れて、もう一人濃紺のスエードのハーフコートを着た若い女性が入ってきた。彼女はまっすぐフランス隊員たちのテーブルに歩いていった。

若い女性は両手の先をポケットに突っこみ、少し顔を前へ出すようなしなやかな歩き方でテーブルに近づくと、笑いながら仲間に何か喋り、矢口のほうに横顔を向けるようにして坐った。

彼女は腰をおろすとき、右手で髪を耳のうしろへ掻きあげるような動作をした。

矢口と女性との距離がかなり離れていたにもかかわらず、彼は、その日本女性が、いつかモンパルナスのカフェでフランス人たちと話していた若い女性に違いないと思った。

不意に、ステンドグラスの聖母を仰いだときの、甘美な酩酊感が矢口の胸のなかを貫いた。

矢口の向いにいた橘信之が、矢口の表情の変化に気づいた。彼は眼で「どうなさったのです」というような顔つきをした。

「フランス隊の連中がきています。ペリエ氏が言っていた日本女性もきています」

「フランス隊？」橘信之はくるりと身体をねじまげた。「あの連中ですね。ちょっと挨拶をしてくるかな」

橘はハラフに「友人がきているので、中座させてほしい」と英語で言った。

「友人？　それは何より大事なものだ。私もドクター・タオカと会ったから何もかも棄てて、彼のところへ飛んできたんだ。行きたまえ。行きたまえ。何で遠慮をする？」

ハラフは太い眉を上下に動かし、眼をぎょろつかせた。

橘信之はナプキンを置くと、いつもの気軽な様子でフランス隊のテーブルに近づいていった。矢口は、発掘現場で紹介されたジャン何とかという青年がそこにいるのに気がついた。紹介されたとき苗字を聞きそびれて、矢口は聞き返そうと思いながらついそのままになっていた。ふわふわした金髪の、気のいい、開けっ拡げの感じの青年だった。

橘信之はジャン青年と握手をし、それから次々とテーブルにいた仲間の手を握っていった。最後に、ジャン青年が濃紺のスエードのハーフコートの女性を紹介していた。橘信之はしきりに顔をうなずくように動かし、それから女性のほうに手をのばした。

おそらく橘が何か言ったのであろう。フランス隊の連中がいっせいに顔を矢口たちのテーブルのほうに向けた。

「どうも失礼しました」

橘は席に戻るとハラフに英語でそう言った。ハラフは大きな手を振り、また田岡医師にアラビア語で何かまくしたてていた。

「むこうはまた粘土板が出たらしいですね」橘信之は前菜をつつきながら言った。「こんど突き当ったのは神殿の遺構のようだと言っていました」

田岡医師が横でそれを聞いてハラフに通訳した。ハラフは大声で何かわめいた。

「日本隊の発掘場所も有望だと彼は言っていますよ」

田岡医師の柔かな銀髪が窓からの微風にゆれた。

「彼らも長いんですか、掘っているのは?」

「いや、彼らはみんな新顔だそうです。水没前に掘り出すため、かり出された口です」

「じゃ、あの日本のお嬢さんも、シリアは初めてなんですか?」

「そうだそうです」橘はうしろを振り返るような様子をして言った。「彼女は芸術考古学研究所のほうに所属していると言っていました。同じ考古学でいままで会ったことがないのは変だと思いましたが、研究所が違うんです」

「パリには長いかたでしょうね」

矢口は若い女がほとんど日本人という意識もなくフランス人のなかにとけこんでいる様子を見て、そう言った。

「おそらく長いひとでしょう。二、三年いたぐらいでは、ああはいきませんから」

それから橘はジャン青年にペリエ氏と同じようにからかわれた、と言った。

「あんな綺麗なひとをとられたのは、確かに残念ですね」

矢口も橘の気持に同調して言った。

「それならお二人で取り戻しにいったらどうですか?」

横から田岡医師が愉快そうに笑って言った。

「ぼくらには実力がありませんよ」

橘信之は外国人のように肩をすくめた。

「実力って?」

田岡医師が怪訝な顔をした。

「それは、実を言うと……」矢口忍が橘の言葉を引きついで言った。「シャワーのことなのです」

「ほほう、シャワーがどうかしましたか？」

矢口忍は発掘隊宿舎での橘の奮闘を物語った。

「しかしフランス隊の宿舎も質素なものですよ」田岡医師が言った。「行ったことはありませんか？」

「いいえ、ありません。ただ人伝《ひとづて》に日本隊のようなみじめなことはないと聞きました」

「日本隊がみじめかどうか知りませんが、フランス隊も質素なものです。もっともシャワーはありますが」

「そうだとすると、ぼくらも希望が持てるのかな？」橘信之は持ち前の軽妙さを取りもどして言った。「シャワーの勝負なら負けないかもしれませんからね」

矢口はその後で橘からフランス隊の隊員はダマスクスにあるフランス学院《エコール・フランセーズ》を恒久的な根拠地にしているので、砂漠の宿舎はいわば彼らの前線基地であり要塞にすぎないのだ、という説明を聞いた。フランス学院《エコール・フランセーズ》はローマ、アテネをはじめ中近東の諸都市に置かれた古典学、考古学の現地での研究所で、研究員のための宿舎も兼ねていた。

「学問の厚みが違うんですよ」橘が悲観的な顔をした。「日本じゃ、おえら方が学問なんか一文の得にもならんと思っているんだから。政府だって財界だって、一文の得にもならんものには、援助しようなどと思いもしませんからね。こんどの発掘だって……」

橘は口をつぐんだ。江村が金策のために奔走したという矢口の話を思いだしたからであった。

「ぼくはこれからだと思いますよ」

矢口は煙草に火をつけた。

「これからですとも」

田岡医師も力をこめて言った。

「しかし実際に日本の女性考古学者がぼくらと一緒に砂漠で仕事ができるようになるには、まだ時間がかかりますね。なにも施設がいい悪いじゃなく、気持のうえで準備ができていない感じです」

ハラフは太い眉を動かし羊の肉にかぶりつきながら、橘信之の顔をぎょろ眼で見つめた。田岡医師がハラフに橘の言葉を通訳した。

するとハラフは頭を強く振り、羊の肉を皿の上に投げ出すと、なにか叫びだした。

「ハラフ氏はね、そんなことはない、と言っていますよ」ドクターはアラック酒を飲んでから言った。「去年会った学者グループには女性がいたそうですよ」

「それは初耳です」橘信之は一瞬ぽかんとして田岡とハラフの顔を見つめた。「日本を留守にしているあいだに、女性革命が進行したのかな?」

「日本にだって、まだまだ砂漠志望の女性はいますとも」

矢口は笑って言った。

「いても、男のほうが来させないと思いますね、いい意味にも、悪い意味にも」

「橘さんは意外に悲観的なんですね」田岡医師が言った。「私は、日本の男がそんなに物わかりが悪いとは思えませんが」

「いや、世界でいちばん駄目ですね」

橘信之は大げさに首をふってみせた。

「そうですか」

「そうですとも。ほかのことはともかく、これだけは本当です。私の母も嘆いていました。母に言わせれば、私も駄目だそうです」

「橘さんにしてそうであれば」田岡医師が笑いながら、アラック酒のコップを高くあげた。

「われわれはみんな失格者だ」

ハラフが田岡医師から話の内容を聞いていた。説明が終ると、ハラフは羊肉を持った手を振って、アラビア語で何かどなった。

「ハラフは、女性など発掘させてはいかん、と言っていますよ。女性は美しくして、家の奥においておかなければならぬ。外の仕事は男の仕事だ、そう主張しています」

「日本も昔はそうでした」橘は英語でハラフに言った。「でも、いまは、誰でも、自由に自分の生き方を選ぶ権利があります。ぼくは三人も四人も妻を抱えて、家のなかに閉じこめておくのには賛成できません」

ハラフはいきなり立ち上り、天を仰ぐような恰好をし、羊の肉でべとべとした指をなめると、また席についた。矢口忍は橘が思ったままを口にしたので、内心はらはらした。しかしハラフは黙って、また羊肉にかぶりついた。

食事を終えて席を立ったときハラフは三人をホテルまで送ってゆくと言って諾《き》かなかった。橘はフランス隊の席に寄って挨拶をした。矢口もこんどはジャン青年と握手し、若い日本女性と目礼した。

「失礼なことを言ったので、ハラフ氏にあやまっておいてください」

橘は車のなかで田岡医師に言った。田岡がアラビア語でそれを通訳すると、ハラフは両手をハンドルからはなし、高くあげた。車がゆれた。

「彼はあなたの意見に賛成なんですよ」

ドクターはゆっくり頭をたてに振りながら言った。

ホテルのロビーで三人はもう一度ビールを飲んだ。

「ハラフ氏が立ち上ったとき、ぼくはびっくりしましたよ。橘さんが決闘でも申し込まれるのじゃないかと思って」

矢口忍は痛いように手を握って帰っていったハラフのことを思いだして言った。

「いや、彼は外見は豪放磊落ですがね、本当は気のいい、やさしい人柄です」田岡医師は銀髪を掻きあげて言った。「息子が治ったとき、私の肩に顔をつけておいおい泣いたものです」

「いい人ですね」橘もうなずいた。「ドクターと義兄弟だというのはよくわかります」

「いや、私もね、橘さんの言葉は耳に痛い。別れた妻のことを考えると、たしかに落第点をつけられても仕方がないところがありました。仕事だ、仕事だ、といって一切の負担は妻に背負わせていたわけですからね」

「といって、ドクターが仕事を断わるようなことはおできにならなかったわけでしょう?」

「ええ、それはできませんでした」

「それなら、ドクター個人の責任より、ドクターをそうした状態に追い込んだ社会の体質に、問題がありはしませんか?」

「フランスじゃそんなことはないですか?」

「個人の生活を押しつぶすなんてことは、感覚的に考えられないんじゃないですか。たとえば休日を返上するなんてことはまずないですね。それに、だいいち休日の観念が違います。日曜《ディマンシュ》はつまり主の日《ディエス・ドミニクス》――神に接し安息する日ですから」

「なるほど」

「安息日は自分に戻り、静かに精神の世界に触れる日なんです。すくなくとも初めはそうなんです」

「私はね、あのお嬢さんを見たとき、日本のふつうのお嬢さんとちょっと違うなと思いました。それが、何であるか、よくわかりませんでしたが、きっと、その安息日のせいですね」

田岡医師は一息に残っていたビールを飲みほして言った。

矢口忍は安息日という言葉から、ステンドグラスの聖母を見たときの柔かな優美な気持を思い出した。

「私は、あのお嬢さんに何ともいえぬ静かなものを感じましたね」田岡医師は考えるような表情で言った。「あんなに綺麗で、身軽なひとなのに、妙に、しんとした静けさを感じましたね。私はなぜだろうと思いました。それで、いま、安息日と言われたので、ひょっとしたら、そのせいじゃないかと思ったのです。あれは安息日の静けさのように思いますね」

矢口忍は田岡医師がレストランを出るとき、ほんの目礼しただけなのに、それだけのことを見ているのに、ある驚きを感じた。そして矢口がパリで初めて彼女を見かけたとき、不意にステンドグラスの聖母のことを連想したのも、同じ思いからであったのに気づいた。

「さっき橘さんからお預かりした赤い珊瑚がありましたね？　あれ、あのひとのじゃありませんか？　どこか日本の細工のような感じもありますね」

ドクターはそう言って橘のほうを見た。

翌朝、矢口忍はまだ夜が明けないうちに眼が覚めた。眼覚めた瞬間、彼は自分がどこにいるのか、よくわからなかった。夢をみていたらしく、しきりと風の音を聞いていたような気がした。

彼はベッドをはなれ、カーテンをあけた。すでに空は青みわたり、夜明け前の薄明りのなかから、黒いかげになって遺跡の柱列や神殿が浮び上っていた。矢口はそのまま着換えをすると、静まりかえったホテルを出た。橘信之は他のローマ遺跡を見ているし、パルミラにだって何回かくることができるかもしれないが、自分は、恐らくこれが最後だろう——矢口はそんなことを考えながら、眼に入るすべてのものを記憶のなかに刻もうとした。カメラを持っていたが、写真をとる気持にはならなかった。

矢口は石材の散乱する荒地のなかを方向も定めずに歩いた。夜明け前の空気はどこか露を含んだようにひんやりしていた。砂漠は静まりかえっていた。遺跡の石柱も土台も、昼の光で見るより、いっそう沈黙し、首をうなだれて物思いにふけっているような感じだった。

見事な柱列に挾まれた大通りも、凱旋門も、石塔も、遠くに堂々と建つベル神殿も、棕櫚の林も透明感を加えてゆく空を背景に、黒く、ひっそりと芝居の書割のようにたっていた。

矢口が前日に想像したパルミラの町の雑踏は、もはやそこには感じられなかった。次第に明るくなってゆく空の下で、遺跡の石柱や土台石が、黒いヴェールをはがれるのを悲しんでいるように感じられた。

矢口がベル神殿の巨大な石段をおり、凱旋門の下から柱列の間を歩いているとき、地平線に日がのぼった。一瞬、遺跡の石という石が、ばら色に染まった。柱列も、枯草の間の崩れた柱も、土台石も、石だたみも、内側から華やかな火がとぼされたようだった。

その瞬間、物思わしげなかげは、一挙に掻き消された。朝の光のなかで、矢口は自分白身もばら色に染めあげられているのを感じた。彼は石だたみの上に長く横たわっている自分の影に見とれていた。

しばらくして彼がもう一度太陽のほうを振り返ったとき、逆光になった柱列の先を誰かが歩いてくるのが見えた。赤い太陽は地面を離れ、円柱と円柱の間にかかっていたので、その人影は、赤い太陽から、とけるようにして出てきたギリシア神話の若い神のように見えた。

矢口は反射的にそれが橘信之であろうと思った。彼はいくらか心待ちにするような気持で、赤い太陽を背負って歩いてくる人影を見つめていた。

しかし橘にしては歩き方が違っていた。田岡医師はもっとずんぐりしていた。矢口はそのときになって、それがゆうべ出会って目礼を交わした女性であることに気づいた。表情はわからなかったが、濃紺のハーフコートには見憶えがあった。

矢口忍は一瞬どうすべきか判断に迷った。そんなところに突っ立っているのも、ひどく能がないように思えた。といって、いまさら、そっけなく知らん振りをするわけにもゆかなかった。

矢口は仕方なく円柱を仰ぎ、何となくその場に立っていた。

若い女が近づいたとき、矢口は「ずいぶんお早いんですね」と声をかけた。相手は両手をスエードのハーフコートのポケットに軽く差しこんだまま、身体だけを軽く前へかがめるような仕草をした。

「いいえ、私はついさっきホテルを出たところなんです」若い女は右手で髪をかきあげながら言った。「そうしたら、遠くに、お姿をお見うけしたものですから、お礼を申しあげようと思って……」

矢口忍は相手の言葉がよくわからず、一瞬、怪訝な表情をした。

「実はこうなんですの」女は、矢口の表情を見ると、笑って言った。「ゆうべ橘さんが私の部屋にいらっしゃいました。そして私に何かなくしたものはないか、っておっしゃるんです。私、その前に珊瑚のブローチをなくしたものですから、そう申しあげました。そうしたら……橘さんって、おかしな方ですわ。ぼくは千里眼だから、それがどこにあるか当ててあげるとおっしゃって、あなたの枕の下にありますなんて予言するんです。私、冗談だと思って枕の下に手を入れたら、本当にブローチがあったんです。そのときは、私、とても驚いて、あっと声をあげてしまいました。そうしたら橘さんて、急に笑い出して本当のことを教えて下さいましたの。これを見つけて下さったのは、矢口さんだってことを」

矢口忍は声を出して笑った。いかにも橘がやりそうないたずらだった。

「彼はどうやって枕の下なぞにブローチを隠せたんでしょうね」

「あの方、それはそれは得意で、何もおっしゃろうとしないんです。私が椅子をとりにいった隙に、入れておいたんだと思います」

「彼に奇術の才があるとは思いませんでしたね。どうも驚きました」

「でも、本当にありがとうございました」女は濃紺のハーフコートの衿を開くようにして、そこにあるブローチを示して言った。「これは姉の形見なので、私、なくすわけにゆかなかったんですの。この二日ばかり、ブローチのことを思うと、涙が出そうでした」

矢口忍は若い女の顔をはじめて正面から眺めた。その瞬間、彼は何かに胸をつかれるような気がした。雰囲気も喋り方もまるで違っていたが、どこか眼のあたりに、卜部すえを思わせるものが漂っていた。

若い女は鬼塚しのぶであると自己紹介した。

「それはまた、妙なめぐりあわせですね」矢口は言った。「ぼくも同じ名前です」

「まあ、本当ですの？」鬼塚しのぶは右の人さし指を軽く頰のあたりに当てて言った。「なんだか、また橘さんの奇術にかかったみたい」

「本当ですね」矢口は笑った。「彼は融通自在ですから、人を煙にまくのは朝めし前でしょう」

「昔からのお友達ですの？」

「いいえ、つい最近知り合った友人です」

矢口はそう言って、シリアにくる前にパリに立ち寄ったことなどを話した。

「実を言いますと、ぼくは、あなたを、そのとき、パリでお見かけしたのです」

鬼塚しのぶは信じられないという表情で矢口を見あげた。黒い、潤んだ眼が濃い睫毛の間から、じっと矢口のほうを見つめていた。喋り方も、雰囲気も違うと、矢口は自分に言いきかせたが、その眼は卜部すえの眼だった。息をつめるようにしてじっと見入るその見方まで、よく似ていた。矢口は悲哀に似たものが心の奥を貫くのを感じた。

「あれはたしかモンパルナスの角のカフェだったと思います」矢口は記憶を呼びだしでもするように、眼を伏せて言った。「橘君と一緒にシャルトルから戻ってきたときでした。あなたの他、ジャンやルネもいたと思いますが」

「こちらにたつ前の晩ですわね？」

「ええ、前の晩です。翌日のダマスクスゆきの飛行機で、ジャンたちにまた会っているんです。

そのときあなたはお見かけしませんでしたけれど」

「ええ、私は二日ほどあとの便でしたの。でも、本当にふしぎですわ。そんなふうにお会いしているなんて」

「橘君なら、事実は小説より奇なり、なんて言うところでしょうね」

「本当にふしぎなことって、この世にあるものですわね」

「ぼくは思いがけずシリア砂漠にきたということもありますが、この世って、ふしぎなことに満ちているな、と感じることが多くなりました。人が出会ったり別れたり、文明が栄えたり滅びたり……」

「私たちが地上に生れたことも、ふしぎと言えばふしぎですわ」

「砂漠にいると、そのことを実にしばしば考えますね。夾雑物《きょうざつぶつ》を剝ぎとられているためでしょうか」

「矢口さんはご専門はやはり考古学？」

「いいえ、ぼくは違うんです」矢口忍はあわてて打ち消した。「ぼくだけは雑役係でついてきているのです。連絡係、食糧買出し係等々です。江村卓郎をご存じですか。ぼくは江村に呼ばれてシリアに来ているんです」

二人はいつか柱列のあいだの道を円形劇場にむけて歩いていた。

「ぼくが珊瑚のブローチを見つけたのはここです」

矢口忍は女王ゼノビアの円柱の前で言った。鬼塚しのぶは朝日を浴びて赤く染まっている古代の柱を仰いだ。

「そう言えば、パルミラに着いた日、ここに来たのを憶えていますわ」

鬼塚しのぶは矢口のほうに眼を戻して言った。矢口は、モンパルナスのカフェでも前夜のレストランでも鬼塚しのぶの横顔しか見ていなかったので、彼女の黒い潤んだ眼が卜部すえに似ているのに気がつかなかったのだ、と思った。もちろん卜部すえはずっと控え目で、白い菊に似た清楚な寂しさがあったが、鬼塚しのぶは、橘信之の軽妙な冗談を軽々と受け流してゆく楽しげな明るい気分を持っていた。

スエードのハーフコートのポケットに軽く両手の先を突っ込んだり、右の指をある優雅な形に曲げて髪を掻きあげたり、首を傾《かし》げて笑ったりする癖は、卜部すえにはなかった。しかしそうした、どこか都会ふうにポーズした軽やかな身ごなしの奥に、田岡医師の言う「静かなもの」が漂っているのも事実だった。

矢口はそれを彼女の黒い潤んだ眼のせいかと思ったが、それだけではないような気がした。シャルトルの聖母を仰いだときの、落着いた、柔和な、充足した思いが、単なる青、赤、緑のステンドグラスの色の濃さだけではなく、もっと奥深いところから呼び起されていたように、鬼塚しのぶの静けさも単なる彼女の美しい容貌から生れているのではない、と矢口は思った。

「橘君はあなたがフランスにお長いように言っていましたが、何年ぐらい?」

「私は高校二年のとき、ちょうどフランスに帰国される神父さまがいらっしゃったので、一緒に連れていっていただいたのです。ですから、もう七年になりますわ」

「ずいぶん早く留学されたのですね」

「正式に留学と呼べるのかどうか、よくわかりませんけれど」鬼塚しのぶは枯草の茎を無意識に抜いて、それを指にまきつけながら言った。「でも、どうしても外国にゆきたくて」

「日本にはお帰りになってないのですか?」

「ええ、まだ帰っていないんですの」

「七年といえば、ずいぶん日本も変ったと思いますね」

矢口忍がすえに会ったのも七年前だった。

「時どきお目にかかる旅行者のかたから、お話はおききしていますの。建物も道路もどんどん変っているそうですのね」

「ぼくはそう思いますが、橘君は反対意見なのです」

「変っていないとでも?」

「ええ、変っていないって主張するんです」

「あの方の反語《アイロニー》じゃありませんの？」

「もちろんその意味合いもあります。しかし彼に言わせると、どうも日本は、昔からあまり変化がないんだそうですね」

「冗談をおっしゃっているんですわ」

「必ずしもそうとは思えないふしがあるんですね。橘君は日本に点が辛いんです。彼は憂国の思いに燃えていますね」

「外国にいらっしゃるせいじゃありません？　外国にいると、生れた国のいいところも悪いところも、それははっきり見えてくるんです」

太陽がのぼると、急に暑熱が地表に漂いはじめた。鬼塚しのぶは濃紺のハーフコートをぬごうとした。矢口は後からそれに手をかした。

「日の出前は寒いほどですのに」鬼塚しのぶはハーフコートをぬぎながら言った。「急に、暑くなりますのね」

「ここでは何でも極端ですね。ぼくらの感覚の尺度では間に合わないことばかりです」

「本当に。私もハーフコートを持ってくるように言われたとき、何でなのか、さっぱりわかりませんでした」

鬼塚しのぶはハーフコートを腕にかかえた。淡いブルーのブラウスの胸に珊瑚のブローチがよくうつり合っていた。

「じゃ砂漠はまったく初めてなわけですね」

「ええ、初めてなんです」

「そう見えませんね」

「そうでしょうか？」

「何度もいらしているという感じです」

「きっと暑さに強いせいですわ」

「砂漠は平気なんですね？」

「ええ、わりと平気なほうです」

「虚無感に圧倒されるなんてことはありませんか？」

「はじめのうち、すこしこわかったんですけれど、もう慣れました。砂漠にだって、ちゃんと住んでいる人がいますもの」

矢口は驢馬に壺を積んで泉まで水を汲みにゆく村の女たちのことを思った。彼が発掘現場の村で、最も心を動かされたのは、女たちのこうした水汲み姿であった。矢口は、そこに、文明社会が長いこと失っていた生活の根源の姿が見てとれるように思ったのだった。矢口は鬼塚しのぶにそんな話をした。

「ぼくは砂漠にきてみて、はじめて人間の生活って、本当はどういうものなのか、わかった感じがしました。文明社会では水道の栓をひねれば水が出ます。いや、お湯さえ出ます。欲しいものは何でも買えます。パンは家のかまどで焼く。しかしここでは、水は泉まで汲みにゆく。着物は羊の毛をつむいで織る。パンは家のかまどで焼く。すべて自然とじかに接触しています。自然と戦うときもあります。自然の恵みを受けることもあります。しかしともかく自然から切り離されていません。人間の生が、自然のなかにすっぽり入りこんでいるんですね」

「私もそんなふうに感じていました」鬼塚しのぶは黒い潤んだ眼を矢口にむけて言った。「誰もが落着いていますのね。泉に水を汲みにゆく女たちも、誰ひとり、急ごうとするひとはおりませんのね」

「いませんね。壺を頭にのせた女なんか、ゆっくり、確かな足どりで戻ってゆきますね。ぼくは、ひどく堂々とした、自信に満ちた生き方を感じました」

二人は柱列を行きつくして古代の円形劇場に出た。それから幾つか神殿の跡を見てホテルに戻ったとき、すでに七時に近かった。夜明け前の涼しさはどこにも残っていなかった。

「ぼくたちは昼前にたつことになると思います。また、橘君とでも一緒にお目にかかれたら嬉しいですね」

矢口はそう言って鬼塚しのぶと別れた。

矢口と橘がパルミラからアレッポを経由して発掘現場に戻ったのは、その日の暮れ方に近かった。

「ずいぶん長いこと留守をしたような感じだな」

矢口は宿舎の前で出迎えているがっしりした江村卓郎を見るとそう言った。

「おれのほうも丸二日休養したよ。もっとも二日とも、ひどい砂あらしがきたから、休んでよかったようなものだ」

「たった二日かな?」矢口は金色の靄にかすんでいる地平線に眼をやった。「ずいぶん長かったように思うがね」

「パルミラはどうだった?」

「古代都市の廃墟っていいものだな。神殿や柱列や彫刻などもよかったがね、消えはてた昔の民衆を町々に想像してみるのは楽しかった。まるで人生を初めから終りまで見てしまったような、ふしぎな寂寥感と感慨があった」

「それだけ見てくれれば十分だな。シリアに誘った甲斐があったよ」

あとからジープをおりてきた橘信之が「休ませていただいて気力が出ました」と江村のほうに白い歯をみせて笑った。

「ドクターは大丈夫だったかね？」

江村は橋の荷物を持とうとした。

「アレッポまで送っていただいて、そこで別れました。ぼくらがパルミラに大満足だったので、ドクターもすっかり喜んでおられました」

「ほほう、橘まで大満足したのかい？」

「ぼくだって大満足しますよ。江村先輩も来られるとよかった」

「おれは前に二度いっている」

「それは知っていますが、こんどは、美女と会いました」

「そんなことだろうと思ったよ。橘がパルミラに大満足とは変だからな」

「また、ばかに、ぼくに対して点がからくなりましたね。パルミラの遺跡を美女と散歩したのは、ぼくじゃなくて、矢口さんです」

「矢口は別に美女がいなくたって、パルミラに堪能できる人間だ」

「もちろんぼくだってそのくらいわかります」橘信之は荷物を江村と半々にぶらさげながら、宿舎の入口を入った。

「しかしパルミラのよさが美女によって倍加したのは本当です。矢口さん、そうですね？」

矢口は橘の言葉に笑いながらうなずいた。

「この前、フランス隊のペリエ氏が言っていた日本女性と、パルミラで会ったんだ。妙なことが機縁で知り合いになった」

「それじゃ橘は早速われらの宿舎にその美人を招待したいわけだな」

橘と江村は荷物を倉庫の入口に置いた。荷物の半分はアレッポでアブダッラが買った食糧だった。

「江村先輩はばかに冴えていますね。どうしてぼくの心のなかが、そうはっきり見えるのかな」

「おれも二日休んだからな。頭ぐらい冴えなくってどうする」

矢口は二人のやりとりを聞きながら、たしかに鬼塚しのぶと知り合ったことで、パルミラの感じは違ったのかもしれない、と思った。

少くとも矢口が女王ゼノビアの円柱の台座に、ゼノビアの彫像のかわりに、梶花恵の姿を想像したとき、パルミラ全体は一種荒廃した、石材がむなしく散乱する遺跡に見えていた。隊商の賑わいも、神殿前の雑踏も、一人の気ままな、傲慢な女のために、無残に踏みにじられ、建物は崩れ、炎をあげて燃えていた。それはほんの一瞬のことであったが、彼自身の生活が暗い奈落に向って崩れていったときの感覚と記憶を呼び起した。矢口は、その幻影があまりなまなましかったので、思わず眼の前に手をあげてそれを振り払おうとしたほどだった。

しかし朝の太陽のなかから鬼塚しのぶが現われたとき、矢口はむしろ黄金調に描かれた古代の町が幸福な人々のさざめきで満たされるような気がした。たしかにそのとき矢口はそれをはっきり意識していたわけではなかったが、後になって考えると、そうとでも言わなければ説明のつかないある酩酊感を覚えていた。

橘信之が大満足だったと言った言葉も、まんざらでたらめとばかりは言えなかった。

食事のとき、アレッポの北のサン・シメオン修道院遺跡にいった三人の研究生をのぞいては、全員が顔を揃えた。

「木越さんはいつお帰りでした?」

矢口忍が料理人ムーサのつくった味噌汁をすすりながら訊ねた。

「ぼくはアレッポに寄らず、セルギオポリスからまっすぐ戻ってきました。この前出た大甕の復元が気になっていて、とても泊る気になれなかったものですから」

頭を短く刈った木越講師はほとんど顔をあげずにそう言った。彼は食事をしながらも、パズルのような土器の破片の組み合わせを考えているのではないか、と思われた。

「きのうもA地点を見てきたんだが、あと二週間はかかるね」

江村が言った。

「そんなにかかるのか?」

矢口忍が眼をあげて江村のほうを見た。

「まあ、そのくらいはかけて慎重にやったほうがいい。こんどは間違いなさそうだ」

「どうですか、世話になった大使館や考古学総局の人たちを呼んだら？」

橘信之が江村を見て言った。

「呼ぶって、いつ呼ぶんだ？」

「いや、出土品はかならずありますからね。その気配が濃くなったら、です」

「お前さんは強気なうえに、楽天主義だな。おれだって、そんなことは考えつかんがね」

「ついでにフランス隊も呼びましょう」

「例の美人を、だろう？」

江村がこわい顔をして橘を睨んだ。

「あのひとにこだわりませんが、むこうは来たいんじゃないでしょうか」

「お前とはあまり議論したかないね。ま、それだけ強気なら、何かは出るだろう」

「しかし三人組は大丈夫かな？」

食事が終りに近づいたとき富士川教授が顔をあげて木越講師のほうを見た。

「サン・シメオン修道院遺跡だけなら、もう帰ってもいい頃ですね」木越は富士川にそう言ってから、矢口に「アレッポのほうは検問はどうでした？」と訊ねた。

「ダマスクス街道はたえず検問でした。ただぼくらのほうはドクターがいましたのでフリーパスでしたし、先へどんどん追い越してゆきましたが」

「じゃ、アレッポの町は無事だったわけだね」

江村が言った。

「アレッポは別に変ってなかったな。周辺に戦車部隊を見かけたがね。ドクターもはっきり言っていなかったが、何かが起ってはいるね」

「何か起ってはいます」木越は短く刈った頭をランプに近づけ、煙草の火をつけた。「ぼくらのほうは砂漠のなかの道なき道でしょう？　案内のジュマが途中で、道を迷ったらしい、なんて心細いことを言いますのでね、ぼくも、よほど引き返そうかと思ったんです。そしたら、そのとたんに軍隊に出くわしたんです。あそこで軍隊に会わなかったら、セルギオポリスにゆけなかったかもしれません」

「ぼくのほうは各国とも調査隊はわりとのんびりしていたね」富士川一彦は一番最後に、細巻の葉巻をとりだして言った。「シュミット女史は何も言わなかったし、アパメア地区のベルギー隊は全く浮世離れしていたからね」

「アパメアは何かめぼしいものをご覧になりましたか？」

橘信之が食後のコニャックを飲みながら言った。

「現在は教会遺跡から西側地区を掘りさげていたがね。連中はまた床モザイクでも出ることを期待しているようだったけれど、この夏は、まだ発見はないようだね。しかし連中はシリア政府から百年契約で発掘をやっているから、一年二年を争うことはないわけだ。もっともアパメア遺跡を完全に掘り出すにはあと五百年かかるそうだがね」

橘信之もさすがに黙って首を振った。

「われわれも時間感覚を変えないといけませんな」江村卓郎が、橘からコニャックの瓶を受けとり、それをコップにつぎながら言った。「一年二年の短期決戦というのじゃ、人類の歴史を明らかにすることができません」

食後、矢口忍が星を眺めに戸外に出ると、江村卓郎が暗闇のなかに立っていた。

「こんなところにいたのか?」

矢口は驚いて、星明りにすかして江村の顔を見つめた。

「例の三人組がちょっと気になってね」

江村はアレッポの方向へもう一度顔を向けた。おそらく車のヘッドライトでも見えないか、と、江村は台地のはずれまでいっていたのであろう。

「この暗い夜空の下でいったい何が起ろうとしているのかね」

江村はそう言って腕組みをした。

「おれの感じでは、軍隊がこう動くのは普通じゃないと思うね」

江村は星空を仰いだ。

「ホテルではイラクと何かごたごたがあると言っていたがね」

「どうやらクーデタや叛乱ではないな。そうだったら、すぐラジオがわめきたてるはずだからな」

「ドクターの話だと、以前、クーデタが起ったりすると、砂漠は無法地帯になったらしいね。ドクターが遊牧民のテントを訪ねようとすると、暴徒にやられないように注意されたそうだ」

「その点はいまも変りないな」

「そんなに物騒かね？」

「ああ、物騒だと思うね」

「もうちょっと詳しくアレッポで情報を集めてくるべきだったね」

「いや、噂程度のことしかわからんと思うね。こういうことは、一般には発表されないでどんどん進むのが普通なんだ」

「そう言えば、アレッポには英字新聞もあまり見当らなかったな」

「情報伝達に関しては信じられぬほど遅れているんだ。ニュースは相変らず外国新聞に頼っているんだから」

「そうだとすると、砂漠が無法地帯になるというのも、まんざら嘘じゃなさそうだね」

「ともかく物騒なところだよ、おれたちのいる場所は」

「少しもそんな気がしなかった。いまも、そんな実感はないよ」

「お前さんは、騒ぎの最中だって、この世に何かいいことを見つける人だからな」

「さ、それは起ってみないとわからないけれど、すくなくとも、いまはそうだな。パルミラから戻ってきたら、一層そうなっているのに気がついた」

「おれは前からそんな気がしていたよ。パルミラはお前さんに向いているんだ。おれでさえあそこに立つと、悠久感というか、永遠感というか、そんなものを感じるな。あそこはなぜか半ば東洋風の幻想があるんだな」

「いつか話してくれた漢錦のせいかな」

「そうかもしれない」

「しかしパルミラから漢錦が出土したと聞いても、また実際に、あそこに立ってみても、そう簡単には信じられない気がするね。古代中国の布がシリア砂漠で使われていたなんてね。砂漠や山脈を何千キロと越え、しかもただ歩くだけで運ばれてきたんだから」

「ともかくそうやって人間は何かを運んだんだな」

「思うだけで気が遠くなるような距離だね」

「歩きに歩いたんだな、人間は」

「ぼくはパルミラでね、そのことを思ったんだ。人間の不屈さというかね、そういう生きることへの意志をね。それは砂漠にきてから、ずっと感じつづけていたものだけれど、パルミラで一層強く感じたな。あの廃墟の石だたみを無数の人々がひたひた歩いてくるんだ。幻影になってね。ひたひた——ひたひた——ひたひた、とね」

「時間を越えて人間は生きているんだな」

江村は腕を組んで砂漠の闇の奥を見つめた。

「時どき、そのひたひたいう足音が辺りに満ち溢れて、ぼくは息ができないような気になったよ。戦争があったり、ペストがはやったり、暴動があったり、飢饉になったり、虐殺があったり、考えただけでも人間の歴史は悪夢の連続のようなものだけれど、それでも、このひたひたいう足音は絶えたことがないんだな。ひたひた——ひたひたひたとね」

「人間は時間を越えて生きつづけるんだな」

江村は闇の奥を睨みながら同じことを繰返した。

「ぼくは、砂漠にくる前には、とてもこんな気持にはなれなかったと思うけれど、いまは、自分も、ひたひた歩く足音のなかにまじって、ただ歩きたいと思うね。ぼくは卜部君の死を担ってゆくことになると思うけれど、それでも、こんどは、ともかく、歩いてゆけそうな気がするね」

「ひたひた、ひたひた、とか？」

「ああ、ひたひた、ひたひたとね」

「すえちゃんも喜んでいるだろう」

「そう思うかい？」

「そう思うよ」

「パルミラで会った日本女性ね、さっき話した……」

「橘の言っていたひとだな？」

「ああ、それが、実は、ぼくが橘君とモンパルナスで見かけた女性だったんだ」

「前にそのひとのこと、話さなかったかね？」

「話したと思うな」

「ステンドグラスの聖母のことを言っていたな？」

「よく憶えているもんだな」

矢口忍は闇のほうへ顔を向けている江村を、横から見て言った。

「たしかステンドグラスの聖母の与える感じとよく似ていると言っていたな」

「ああ、そのとおりだ」

「橘情報では、そのひとと散歩をしたといっていたな」

「ああ、夜明けにパルミラを一緒に歩いた。もちろん偶然にだがね」

「橘情報も時には正確なわけだ」

「まあね」矢口忍は口ごもった。「おそらく前だったら、ぼくは、そんなことを自分に許さなかったと思うがね。ステンドグラスの聖母を見たとき、ぼくは、ふしぎな酩酊感を覚えた。それはどこか春がくるときの喜びの感情に近いものだった。前には、卜部君のことを思うと、そんな気持を自分には許せなかったんだ。だいいちそんな気持にもなれなかったけれど。でもパルミラのひたひたいう幻想の足音を聞いていると、ぼくは、このステンドグラスの聖母を仰いだときの喜びを、素直に受けていいのだ、と思えたんだ。妙な言い方だけれど、ぼくは、そのとき、卜部君のことを誰よりも強く思い浮べていた。卜部君も幻影となって、ひたひた歩いているように思えたんだ」

矢口忍はほとんど独りごとのように喋っていた。江村は腕を組んだまま、黙っていた。

矢口が星明りにすかせて腕時計を見たとき、すでに十時をまわっていた。

「今夜はもう帰らないと思うな」矢口は江村を慰めるように言った。「もしアレッポに夕方着いたとしても、日本化工の連中が引きとめるだろうね」

「桃井たちはあまり経験がないからな」江村卓郎はそれでもなおしばらく台地のはずれに未練

がましく立っていた。

「砂漠の暗闇のなかを迷ってやしないかと思うと、どうも気が落ちつかない」

「夜、アレッポを出るなら、誰かいい道案内がいるはずだと思うな。明日まで様子を見たほうがいい」

二人が宿舎に入ると間もなく、外で車の停る音がして、誰かが大声でどなっている声が聞えた。

「やつらだ」

江村ははね起きると、パジャマのまま飛び出していった。

部屋に入ってきた研究生たちはさすがに興奮していた。

「とめられたのはアレッポに出るまでです」研究生の桃井が上着をぬいで言った。「欲を出してトルコ国境まで行ったのが悪かったんです。ずいぶん検問に手間取りました」

「それはそうだろう。アレッポには何時頃着いたんだ?」

江村はベッドの端にへたへたと腰をおろした。

「五時頃でした。すぐ日本化工の支社にお邪魔して、夕食をご馳走になりました。それから、運転手のイッサをつけて車を出してもらったんです」

「ともかく、よく帰ったな。おれはもうそれだけで沢山だよ」

江村は太い息をついた。

翌朝、矢口忍は江村と発掘現場に出かけた。すでにA地点では橘信之が人夫頭のアブダッラを指揮して、墓窟の掘り出しにかかっていた。

矢口忍は遺丘《テル》の上から強烈な朝日に照らされたユーフラテスの谷間を眺めた。わずか数日の旅であったが、中部シリアの大砂漠を見てきた眼には、やはりユーフラテス流域は肥沃な土地に見えた。黒ずんだ緑の木々や草地が茶褐色の流域一帯の起伏のうえに縞模様になって拡がっていた。見渡すかぎり人家一つない砂漠に較べると、ここは乏しいながら村落もあれば、村落に通じる道もあった。

乾いた、眩しい大砂漠もよかったが、ユーフラテスの谷間の寛《くつろ》いだ気分も悪くないと矢口は思った。パルミラでは遺跡の柱列のあいだから幻想の足音が聞えていたが、遺丘《テル》のまわりには、人々が水を汲み、羊を追い、隣村に驢馬でゆく姿が見えた。

「いまだって何一つ変っていないんだな」矢口はすでに暑くなりだした日ざしの下で地面を掘りつづけている人夫たちを見ながら考えた。「彼らもこういう形で歩きつづけている。ぼくも歩いている。江村も橘も歩いている。人間というのは、自分でも信じられぬほど力強く歩くものなんだな」

矢口は竪穴に近づき、少しずつ頭を出しはじめた墓窟の石積みを眺めた。

「いまのところ、盗掘はなかったようですね」

石積みの縁を入念に掘っている人夫のそばにしゃがみこんだ橘信之は、丘をのぼってきた江村にそう言った。

「まず墓窟であることは間違いないいな」

「ええ、それは間違いないと思います。あとは盗掘されていたらと心配でしたが、ここまで掘ってみても、形跡がない以上、手つかずの墓と見ていいですね」

「いいだろうな」

江村もしばらく墓窟の縁に立って、人夫たちが並んで土を掘り、土を掻き出し、それを担いでゆくのを見ていた。

そのとき砂漠の涯から突然もの凄い音がして、暗緑色の軍用ジェット機が空を斜めに飛び去っていった。人夫たちはいっせいに空を仰いだ。

「どうも、もう一度、アレッポにいって考古学局の連中と連絡をとって貰わないといかんな」

江村は矢口に近づくと、サングラスをはずし、眩しそうに顔をしかめながら、ジェット機の飛び去ったあとを見て言った。「どうせ町の噂など信用できないから、考古学局の意向を確かめるのが一番だろう。彼らが発掘しつづけてもいいと言えば、大したことはないはずだから」

ちょうど二回目の支払いのため、銀行から預金を引き出す仕事もあった。矢口は発掘現場から立ち上った。

「連絡部隊も楽じゃないな」江村は遺丘《テル》の途中まで送ってきた。「疲れていたら、そう言ってくれ。若い連中をかわりにやるから」

「いや、疲れてなんかいるものか」矢口忍は遺丘《テル》の斜面に立っている、江村のがっしりした身体を見上げて言った。

「シリアに来たのはこの太陽に灼《や》かれるためだったからね。どうやら太陽に灼かれていると元気になる」

「おれもお前さんの意見に同感だな」江村は矢口の肩を叩いた。「いまほど矢口忍がタフだったことはなかったな」

矢口が人夫頭のアブダッラの運転するジープでアレッポに着いたのは、その日の夕方であった。町にはそろそろ人が出はじめていた。

矢口忍は考古学局のマハメッドに会い、江村の意向を伝えて、首都の考古学総局と電話連絡を頼んだ。マハメッドは背の低い、眼の窪んだ、口ひげのある男で、シリア北部の発掘の出土品も管理していた。

「私の見解では、大したことは起っておらんと思うね。一応、ムッシュウ・エムラの言葉どおりダマスクスには電話を入れるがね」

しかし首都との電話連絡はどうしてもつかなかった。

「なに、大したことはない。明日また連絡すればいい」マハメッドは黒い毛のはえた指をぽきぽき鳴らした。「それより、ムッシュウ・ヤグチ、私の考古学コレクションを見ないかね？もちろん気に入ったものは買ってもらってもいいのだがね」

矢口はそれどころではない気持だったが、マハメッドが机の上に並べる壺やガラス器やとんぼ玉を眺めた。

遺跡からの出土品と見せかけた巧妙なにせ物も多いと聞いたが、まさかマハメッドがそんなものを持っているとは思えない。矢口は銀色に光るローマン・グラスや、紀元前二千年のものだという頸飾りを手にとった。

しかしマハメッドの言う値段は、とても矢口に手のでる数字ではなかった。

「見るだけで楽しめました」矢口はフランス語で言った。

「では、明日、電話の連絡を頼みます」

矢口忍は考古学局を出ると、銀行にまわり、人夫頭アブダッラにひとまず先に帰るように言った。

「目下、ダマスクスとの電話連絡はできない、と伝えてくれ。明日連絡がとれれば、ぼくはすぐ帰る。とれなければ、ダマスクスまで何とかしていってくる。ともかくマハメッドの様子では何かぼくたちに隠している気がする」

アブダッラは前歯のかけた人の好い顔で、にやっと笑い、「承知しました」と言った。彼の考えでは、明朝ダマスクスと連絡がとれれば、非常の場合なら、日本化工の津藤に車の手配を頼むこともできると思った。前日、研究生が世話になったばかりだが、この際、そんなことは言っていられなかった。それに、発掘が危険になるほど事態がさし迫っているなら、当然、灌漑計画のほうも安泰というわけにゆかないはずだった。

矢口はホテルに部屋をとり、そこから津藤に電話した。出てきたのは光村浩二だった。

「津藤はいま現場です。何かご用ですか」

光村の歯切れのいい日本語が受話器の奥でびんびん聞えた。

矢口は用件を言った。

「大した心配はないと思いますがね」光村は矢口の説明をきいてから言った。「軍隊なんて、いつも大移動していますよ。なにしろこういう情勢ですからね。江村さんも身体に似合わず、神経が細いんだな」

「砂漠のまん中にいると、まるきり情報はないし、ひどく地の涯にいる感じですからね。江村じゃなくても、心細くなります。それに彼は隊員に対して全責任を持っていると思っていますからね。昨夜だって、例の三人組が帰るまで、彼はいても立ってもいられない様子でした」

「とにかく何かあったら、ぼくが運転して矢口さんをダマスクスなり発掘現場までつれてゆきます」

「それで安心しました」矢口は光村の快活な調子につられて言った。「ぼくは本当を言って外国には慣れていないし、どうなるものかと不安でした」

「今夜は気分なおしにシリアの踊りでも見にゆきませんか。軍隊が大移動しても、市民生活は平穏だってことを、ご自身の眼でたしかめられますよ」

「さあ、それは」

矢口はためらった。

「実はね、今夜、そこにリディアを招待してあるんです」

光村の声はどことなく浮き浮きと聞えた。

矢口忍は、その瞬間、強い電流が身体のなかを走りすぎたような気がした。彼は自分でもなぜリディアという名前に、それほど、びくっとしたのか、わからなかった。

彼女の声がよしんば梶花恵のことを思い出させたとしても、すでにパルミラの経験は、そうした過去の出来事を冷静に見られるようになったことを教えていた。

「まだ、自分は花恵から自由になっていないのだろうか」

矢口は反射的に、暗い、自己嫌悪に似た気持でそう思った。

「このところ、ずっとリディアに会っていますが、いつも矢口さんのことが話に出るんです。矢口さんが来てくだされば、あのひと、喜ぶと思いますがね」

光村浩二の言葉にはどこか有無を言わせぬ調子が含まれていた。それに矢口は、自分のなかの本当の気持を、もっとはっきりたしかめたいような気もした。リディアはただイリアス・ハイユークの妹ではないか――そう思っていながら、彼女が、何か別の映像と重なっているように思えることも気になった。

「花恵とリディアは別人なのだ。それに花恵はぼくのなかでとっくの昔に消え果てているのだ」

矢口は思ったことを声に出しそうになった。

電話の向うで、光村がレストランの名前を言っていた。

「今夜はこれで楽しみが倍加しました。アレッポの市民がどんなに享楽好きか、ぜひご覧にならなければいけませんよ」

矢口忍は無意識にレストランの名前をメモしていた。しかし自分のなかのためらいにもかかわらず、矢口は、リディアに会えることは嬉しかった。

「花恵のことなど考えず、リディアとして見ればいいんだ」矢口はそんなことを考えながら上着をとった。身体じゅうが汗と塩と砂でざらざらしていた。彼は湯槽の栓をひねった。

しかし熱い風呂に身体を沈め、快い湯気が彼を包むと、発掘現場にいる砂まみれの仲間の顔が眼に浮んだ。彼らにとってアレッポとは、この熱い風呂の代名詞だった。

「これだけは発掘現場に運ぶわけにゆかないな」矢口は湯槽の中で身体をのばした。「いままで何度風呂に入ったか知らないが、風呂って、こんなに快適で、豊かで、ゆったりしたものだったかな」

矢口忍はこの人生で、いかに多くのものが、自明のこととして、その本当のよさを気づかれぬまま、ほったらかしにされているか、を、改めて考えていた。

彼は、大叔父が病気で、小便をするたびに痛がっていたのを、子供のとき、気の毒に思ったことがあった。それで、わざわざ川の堤にゆき、そこから、音をたてて小便をした。そのあと、なぜか、そうして楽々と小便が出ることがひどく嬉しいような気がしたものだった。

湯槽のなかで、気持よい湯に浸っていると、彼は、そのときの嬉しさを、不意に思い出した。

矢口は窓をあけて、日が沈んだばかりの西空を眺めた。金色の羽毛のような雲が砂漠の古い都会《まち》の上に浮んでいた。

突然、日暮のアザーン（回教の祈り）が聞えてきた。半ば歌うような、半ば訴えるような、ながながと引きのばされた祈りの声が、回教寺院の塔の上から、町々の屋根を越えて流れていた。矢口忍は千夜一夜の世界にまぎれこんだような気持で耳を傾けた。

矢口がステンドグラスの聖母を見たシャルトルの町で夕暮を迎えたとき、そこの大聖堂の鐘が古さびた音で鳴り響いていた。それはいかにも終日歩いたり働いたり喋ったりして勝手気ままになった世界を、もう一度、神の秩序に合わせてととのえ直しているように感じられた。高く低く流れてゆくアザーンの声も、いささかもそれと変っていなかった。そこには現世の秩序とは全く別の、眼に見えぬ神の秩序が生きていた。

若い研究生のなかには人夫が朝夕、地面に敷物を敷いてメッカに向って礼拝するのを軽蔑するような眼で見ている者もいたが、矢口には、むしろそうした研究生の思い上った気持のほうが痛ましいように思えた。

たしかに高層建築は建ち、車は都市に雑踏し、四六時ちゅう賑やかに繁栄しているが、日本の社会のどこに、こうした敬虔な、精神の香りに満ちた場所があるだろう。心の優しさまで剝ぎとられ、単なる物質の集積と、ぎすぎすした人間集団にすぎなくなった日本のことを考えると、矢口は、この貧しい、砂埃にまみれた古い都会《まち》が、紫の羊皮紙に描かれた黄金の都市に見えてくるのだった。

「かつてこういうものがあったのだ。ぼくらの国にも、眼に見えない高貴な秩序があって、それに従って人々は品よく、優しい思いやりで暮していたのだ」

矢口はそう思うと、旅に出てはじめて日本に対するふしぎな愛情が胸もとにこみ上げてくるのを感じた。

旅に出る前には、自明のものと思われた緑の野山、神社の森、青々とした水田、黒瓦に白壁の家が、版画のなかの風景のように鮮やかに矢口の眼に浮かんだ。

「こんな美しくいいものを持っていたのに、どうしていままでそれに気がつかなかったのだろう」

矢口は子供の頃、姉と遊んだ雛祭りや、母が寂しげに立っていたお盆の送り火を思い出した。

「どうやらホームシックにかかっているらしいぞ。矢口、しっかりしろ」

矢口忍は窓際を離れると、声を出してそう自分に言った。しかし彼の眼の前に現われた日本の季節季節の風物の美しさは、そんなことでは消えようとはしなかった。

矢口は夢でも見るように故国の秋の空を思い、冬の暖かい団欒《だんらん》を思った。

反射的に彼は、砂漠を緑化しようとしている連中も、こうした故国の懐かしさに耐えて仕事をしているのだ、と思った。

矢口は自分が日本の美しさのなかに素直に立っているのを感じた。

矢口は光村に言われたとおり、タクシーを拾って、そのレストランの名前を告げた。すると運転手は肩をすくめ、のけぞるようにして振り返った。彼は何か冗談めいた口調で言ったが、もちろん何を言ったか矢口にはわからなかった。ただ運転手の様子から、そこが、なんとなく男たちの気になる、華やいだ場所であることは感じられた。

タクシーは宵の口の雑踏で賑わう繁華街をぬけ、急に人気のない住宅地に入り、さらに暗い広場や、露店の並ぶ場末町を走った。矢口は、どこか繁華街の中心にゆくものと想像していたので、幾分、不安な気持がなくはなかったが、何が起ってもあわてないだけの度胸がすわってきたような気がした。

そんな暗い道を二十分ほど走ると、不意に、明るいイルミネーションに飾られた生木のアーチが現われた。門のなかは糸杉やユーカリやポプラが植え込まれていた。

回転ドアの玄関を入ると、薄暗く照明された低い天井に青や赤の電光の斑点がくるくるまわり、奥のほうから音楽が聞えていた。

矢口は出迎えたボーイに光村の名前を言った。ボーイはしなやかな身ぶりで矢口を奥のほうへ案内した。

奥のホールは玄関の間と同じように薄暗く、電気の斑点が目まぐるしく廻転し、音楽ががんがん鳴っていた。まん中に四角いフロア・ステージがあって、そこだけ色変りの光線で明るく照明されていた。ステージのまわりには、ぎっしりテーブルがひしめき、テーブルの上には、赤いシェードのスタンドが置かれていた。

すでにあちらこちらのテーブルに三人、五人と客が集っていた。

「やあ、よくいらして下さいましたね」

矢口を見ると、光村浩二は立ち上った。

「いや、ぼくのほうこそ、お言葉に甘えました」矢口は光村の手を握った。「リディアはまだですか?」

「さっき迎えに寄りましたら、親戚の老人が来ていて、すぐ出られなかったのです。三十分もしたら来るはずです」

「かえってご迷惑をおかけするみたいで恐縮です。ぼくもアレッポに来てもほとんど誰にも会えない始末ですから、こんないい機会をつくっていただいて、感謝のほかありません」

「感謝も何もありませんよ。ぼくはリディアにちょっとお礼をしたいことがあり、リディアはリディアで矢口さんに会いたがっているんです。それなら三人が集るのが自然の解決法じゃありませんか?」

「ぼくは今夜は素直に光村さんのご好意に甘えられるような気がします」

「以前はそうじゃなかったのですか?」

「ええ、そうじゃありませんでした。何か楽しいことがあると、ぼくは、それに背を向けました。そんなことを自分に許す気持にはとてもなれなかったのです」

「信じられませんね」

光村はぴったり髪を撫でつけた頭を傾げて言った。

「実は、ついさっきのことですが一つ発見をしましてね」矢口忍はフロアで踊っている人々を見ながら言った。「ぼくは長い間、自分を苦しめるような生活をしてきました。ある人が死んで、ぼくはそれに責任を感じたものですから、その人のためにも、人生を楽しむべきではない、と思ったのです」

光村浩二は距離をおくような眼で、黙って矢口を見つめていた。

「ところが、さっき風呂に入っているとき、まるで天国のような快適な気分を味わったのです。もちろん砂漠のざらざらした生活のおかげで、熱い風呂がことさら心地よく感じられたわけです。風呂のほうは別に何の変りもない普通の風呂ですからね。そのとき、ふと、ぼくは子供の頃のことを思い出したんです。大叔父がおりまして、結石か何かだったと思いますが、小便をするとき痛がりましてね。田舎にいったとき、それを見てひどくショックを受けたんです。それでわざわざ川にいってそこで小便をしました。子供のぼくは、小便が何の苦もなく出るのに、一種の安堵感と優越感を覚えて、思わず笑ったものです。ぼくは小便が楽々と出ることがひどく幸福なことに思えたんです」

矢口忍はテーブルの上に組んだ手をじっと見つめて、しばらく考えを追っていた。

「発見というのは、つまりこうなんです――風呂にしたって、小便にしたって、ふだんは日常ありふれたことで、別にとりたてて言うべきことじゃありません。しかし何かの機会に、それは、本当は、天国のように心地よく、仕合せなことなんだ、と、突然気がつくことがありますね。おそらく眼が見えることだって、話ができることだって、歩けることだって、信じられぬほど仕合せなことであるはずです。しかしそれがあまり当り前なので、まったくそれに気付いていない――そうぼくは思ったのです」

光村浩二は身体をそらせて矢口を見つめていた。

「物を見たり、話したり、歩いたりすることが、それだけで天国のように幸福であるなら、本当は〈生きていること〉は、ただそのことだけで、幸福な、恵みに満ちたことなのではないか――ぼくはそう思いました。そしてそう考えてくると、いままで、楽しみを切り棄ててきたことも、実際はそうではなかったのではないか――そんなふうに感じられてきました」

矢口はしばらく言葉を切り、フロアからダンスを終った人々が席に戻るのを眼で追った。

「ぼくは砂漠にきて、本当の乏しさを知りました」矢口は言葉をついだ。「日本では、四季の豊かさに恵まれているので、その有難味に気づきません。しかしぼくが拒もうがどうしようが、恵みが与えられている事実には変りないんです。ぼくは幸福を与えられているくせに、それをただ見まいとしていただけだったわけで、結果的には、それに気づかずにいる人と何ら変りはなかったのです」

矢口がそう言い終って眼をあげると、ホールの入口から黒いショールを肩にかけたリディアが入ってくるのが見えた。

光村浩二は反射的に席を立つと、リディアを迎えた。

「やっと矢口氏をつかまえました」

光村はふだんはリディアとアラビア語で話していたが、このときはフランス語を使った。

「何度もアレッポを通りながら、お目にかかる機会がなくて……」

矢口はゆっくりフランス語で言った。

「発掘のお仕事があるのですから、それは当然ですわ」リディアはテーブルに着くと、矢口を見てほほえんだ。「でも、兄も私も、とても残念だと言い合っておりましたの。今夜は、兄が来られないので、どんなに口惜しがっているでしょう。ここずっとダマスクスに出かけておりますの」

リディアの暗い嗄《かす》れた低い声を聞くと、矢口は身体のなかで何かが震えるような気がした。

「発掘が終れば、数日アレッポに滞在することになっています」矢口はリディアの眼を見ながら言った。「そのときイリアスとゆっくり話すつもりです」

「でも、こうしてお会いできて仕合せです。光村さんもたまにいいことをして下さるのね」

「たまに、ですか?」光村は身体を後にそらすようにして並びの綺麗な、白い歯を見せて笑った。「ぼくはリディアさんにはいつも身も心も捧げているんですがね」

「さあ、それは話半分に聞いておいたほうがいいみたい」リディアも低い乾いた声で笑った。

「それが本当だと、私もいろいろ都合をつけないといけませんもの」

「今日は何かのお礼だとおっしゃいましたね?」

矢口は日本語で光村に訊ねた。

「ええ、リディア嬢がぼくのために例のコーヒー占いをやってくれたんです。こんども一身上のことで、占ってもらって、それで、とてもいい結果になったんです」

矢口忍はほとんど占いを信じていなかったので、光村が本気でそう言っているのか、リディアを誘う口実にしているのか、よくわからなかった。光村は敏感にそれを察したらしく、リディアに何かアラビア語で言った。リディアは乾いた声で低く笑った。

「ほら、リディアも認めてくれているんです。彼女の占いはまさに神技の域に達しているんです」

矢口は光村の言葉を聞きながら、リディアの頰の窪みにできるかげをじっと見ていた。イリアス・ハイユークの話で、リディアがアレッポ大学の薬学部を出て、県の衛生局で働いているのを矢口は知っていたが、彼女を見ていただけでは、むしろ神秘な、円屋根のある、アラビアふうの建物のなかにいるのがふさわしいような気がした。

「あれはまったくシリア女性にめずらしい自由思想の持ち主だな」

いつか江村がそんなことを言っていたが、矢口は逆の印象を持っていた。うまく言えなかったが、リディアのなかに、シリア砂漠が生みだした、説明のつかない暗い激しいものが隠れているような気がした。

客たちが集り、どのテーブルにも前菜の皿が並び、アラック酒やら葡萄酒やらが運ばれてくると、楽団の演奏にも熱がこもり、フロアでダンスをはじめる男女も幾組か現われた。

「まるで音楽に誘いだされるように、出てゆきますね」矢口は楽しそうに踊る人々を眼で追った。「どこでも、こんなふうですか？」

「シリア人は踊りが好きですね。ぼくも嫌いなほうじゃありませんが、彼らは、踊りに陶酔しますね。没入して踊ります」

たしかに幾組もの男女が入れ替ったが、誰ひとり照れるでなく、恥ずかしがるでなく、ただひたすら踊りたいために踊っていた。若い女もいれば、頭の禿げた年配の男もいた。肥ったのも、痩せたのもいた。しかし誰もが、およそ自意識などなく、ただ踊りつづけていた。

ほとんどの組がアラビアふうに男と女が離れて、それぞれ自分の即興で手を動かしながら、リズムに乗っていた。

矢口の隣のテーブルからフロアに出ていった若い娘は、首にまいていた絹の赤いスカーフをとると、ある優雅な動作でそれを腰のあたりに結んだ。若い娘は、その赤いスカーフでことさら強調された腰の動きを、人々の前に誇示するようにして、踊っている男女の群れのなかに混っていった。

矢口はそのなまめかしい、甘美な腰の動きから眼を放すことができなかった。それは、開け拡げな、大らかな官能の謳歌であった。そのように美しいものはなく、そのように濃厚に人の心を魅惑するものもない——それは、人々の、熱烈な、讃嘆する眼ざしによって幾世代も幾世代も見つめられつづけた、しなやかな、健康な、逞しいエロチスムであった。

「どうも、ぼくは眼を見張りますね」矢口は光村に言った。「サロメの後裔《こうえい》たちはどうやら健全なようですね」

光村は笑ってそれをアラビア語でリディアに通訳した。すると、リディアは謎めいた灰青色の眼で光村を見ると、テーブルから立ち上った。

ちょうどアラブふうの激しいリズムの音楽が始まったところだった。

何人かの男女がフロアから戻ってくるとともに、それ以上の男女がフロアにおりていった。

矢口は光村とリディアが人々の間で巧みに踊るのを見つめた。リディアも、さっきの若い女のように、青いスカーフをとると、それを腰に結んだ。

「たしかにこうした官能のなまめかしさを心から謳歌し、男も女もそれに夢中になることが、生きることの原初の形であるのかもしれない。それが、さまざまな形で抑圧され、覆いかくされ、とうとう現在のような、ほとんどグロテスクと呼んでいいような怪物になったのだ。泉に水を汲みにゆく女たちの美しい肢体の動きと同じように、ここには何という自然の、やすらかななまめかしさが溢れていることだろう」矢口はリディアの身体が物狂おしく踊るのを、燃えさかる炎でも見るような気持で、見つめていた。

リディアたちの踊りが終ると、あちこちのテーブルから拍手が起った。テーブルに戻ってきたリディアの額に汗が光っていた。

「見事なものですね」矢口は自分の感じの半分も表現できないもどかしさを覚えながら光村に言った。「リディアの踊りを見ていると、ぼくたちは一歩一歩、生の根源に――血の匂いのする生命の根源に、下りてゆくような気がしますね。日常的な平穏な生の下にうごめいている、不気味な血のざわめきが聞えるようです。息苦しい、甘美な、物狂おしさとでもいうものが、身体のなかに悶えているのが、まざまざと、眼の前に、引き出されてくる感じでした」

光村は矢口の言葉をアラビア語でリディアに通訳した。リディアは踊りのあとの放心状態から、しばらくぼんやりした表情で、光村のほうを見つめていた。しかし光村が話し終ると、その顔に、ともし火でもついたような、いきいきした表情が戻ってきた。眼がきらきら光った。

「矢口さんはシリアの踊りの心がわかっているのです」リディアはフランス語で矢口に言った。

「シリアの踊りは愛を呼び起す踊りですから。生きることに——あなたの言葉で言うと、甘美な物狂おしい欲望に——炎を吹きこんでやるのが、シリアの踊りの意味です」

すでにテーブルはぎっしりの人で埋っていた。ボーイたちが忙しげに料理を運び、葡萄酒をコップについでまわっていた。音楽が鳴り、めまぐるしく廻る赤や青の光の斑点が、ホール全体を息づまるような酩酊感で満たしていた。笑声が響き、コップがかちかち触れ合い、話声が、夜の海の波のように、音楽の流れの底で、高まり、ざわめいていた。

しばらくすると、一段と激しいリズムの音楽が鳴り響くと、フロアに、若い踊り子たちが走りこんできた。

「有名なベリーダンスの踊り子です」

光村は矢口の耳もとで大声で言った。耳をつんざくような音楽がホールに気違いじみた熱狂を巻きおこしていた。拍手や口笛や掛け声がホールを満たした。

薄いヴェールの下でしなやかにうねる踊り子たちの裸の肢体は、矢口に、千夜一夜の、幻想に彩られた後宮の姿を思い描かせた。

「バグダッドの隊商にでもなって、どこかの後宮にまぎれこんだみたいですね」

矢口は光村浩二の耳もとでそう言った。

「ベリーダンスに、ぼくは、後宮の女の悲しみを感じますね」光村は葡萄酒のコップを手にしたまま踊り子を見ていた。「あれは男の愛をかちえようとする女の、訴えであり、誘いであり、懇願であり、恨みであるのです。ぼくはベリーダンスを見ていますとね、愛とはこういうものなんだな、と思います。ここには理屈も何もありません。あの、かぐわしく、甘美で、悩ましい肉体があるだけです。肉体が肉体を求めているんです。ぼくは、これ以上に美しいものがあるとは思えません」

光村の言葉が終らないうち、ホールの端で何か人の叫びのようなものが起った。反射的に矢口はそのほうへ眼をやった。

矢口が見たとき、ホールの端のテーブルで数人の人影が入り乱れ、激しい、ぶつかるような音がした。次の瞬間、電光でも走るように、殺気立った気配が、ホール全体に伝わった。男たちはいっせいに立ち上った。

何かが矢口の耳もとをかすめて飛んだ。あっという間もなかった。男たちは激しくぶつかり合い、殴り合っていた。誰が敵で、誰が味方かわからなかった。いったい何が起ったのかも、まるで理解できなかった。ただテーブルのまわりの男という男が、牡牛のように、血に狂って、音をたててぶつかり合っていた。誰かが矢口の身体にぶつかってきた。矢口は反射的にリディアをかばった。

その瞬間、電気がいっせいに消えた。まっ暗闇のなかでなお、男たちのぶつかり合う音が聞えた。ホールのまわりから叫び声が起った。矢口には意味はわからなかったが、騒ぎをとめている声であるらしかった。

音楽はすでにやんでいた。何人かのののしり合う声が、ホールの外へどやどや、なだれ出てゆくのがわかった。その声が遠ざかると、急に、あたりの殺気立った重い気配が、空気でもぬけるように、静まっていった。

電灯がついたとき、矢口はリディアを片手で抱きかかえたままなのに気づいた。

「大丈夫でしたか?」

矢口はリディアの身体から手を放すと、眩しいものを見るような表情で言った。

「かばって下さって有りがとう。矢口さんこそ、何かぶつかったんじゃありません?」

「いいえ、大したことはありません」

矢口はそう言って、あたりを見まわした。

ほんの一瞬の出来事であったのに、テーブルは乱れ、椅子はひっくりかえり、料理は床に飛び散っていた。

「どうしたんですか?」

矢口が訊いた。

「どうやら、隣同士で椅子をとったとか、とらないとかで、争っていたようですね」

光村は身体をそらせたままの姿勢で言った。

「だって、ホールの半分が殴り合いに巻きこまれたわけでしょう?」

「連中は無動機で喧嘩をするんです」光村が説明した。「鮫が血の匂いに狂うといいますね。あれと同じです。アラブ人は戦いに狂うんです。今夜は、これでも怪我人が出ないだけいいほうです。いつもなら、誰かが刺されています」

矢口は、乱雑に荒れはてた喧嘩の跡を眺めながら、信じがたいものを眼にするような気がしていた。大半の女たちも、すでに引きあげていて、その一画はがらんとしていた。

矢口は自分の腕のなかに抱いていたリディアの柔かな身体の感触が、優しい甘美な痺れとなって自分の身体に残っているのに、そのときになって気付いた。

「これとあれとは別々のものではないのだ。血に狂った彼らの熱狂が、そのまま、リディアの踊りのあの身悶えするような動きのなかに燃えているのだ」

矢口はそんなことを考えながらリディアの横顔に眼をやっていた。

第十一章　砂　塵

矢口と光村がリディアを家まで送りとどけてから、ホテルに戻ったのは真夜中に近かった。二人は薄暗いサロンに入り、フロントの男にトルコ・コーヒーを頼んだ。

「ずいぶん遅くまでお付合いいただいて恐縮です」光村が言った。「せっかく情報を集めに来られたのに、かえってお邪魔した恰好になりましたが、明朝までに、ぼくのほうの情報網から手に入るものは、すべて集めておきます」

「いいえ、ぼく一人で駆け廻ったって、集められる情報は知れたものです。結局は光村さんにお願いするほかないわけですから、リディアに会えたり、踊りを見られたりしただけ、ぼくは時間を有効に使ったようなものです。それに、今夜のあの騒ぎは、うまく口では言えませんが、何か砂漠の人たちの激しさに触れたような気がします。荒々しい風のなかでじかに生きている人間たちって、ああいうものなんでしょうね」

「ぼくは、彼らのあの激情が好きですね。生きることにも、愛することにも、あの激しさが燃え上るんです」

矢口忍は、光村浩二がリディアのことを思い浮べながら、そう言っているような気がした。

「ひょっとしたら、現代文明は、この激情を失ったことが最大の不幸かもしれませんね。ぼくはダマスクスに着いたとき、ここの市場《スーク》で八十種類もの香料が売られていると聞いて、食べることにそれほど情熱を傾ける人たちがいるのに驚かされました。パルミラでも、何千年もの間、人間がひたすら生きているのだという印象が圧倒的でした。ぼくは到るところに文明を運んでゆく人間の足音を聞くように思ったのです」

「いや、実際、その位激しく生きる意志がなければ、砂漠のあの暑さのなかじゃ生きられませんよ。生きること——生きのびること——それがここでは善いことなんです」

フロントの男がドアを開けて、小さなカップに濃いコーヒーを運んできた。

「矢口さんですね?」男はカップをテーブルに並べながら言った。「フロントに電話がかかっています」

矢口は立ち上った。

「津藤重役がぼくを捜しているのかもしれませんね」光村は曖昧な微笑を浮べた。「もし用事のようでしたら、ここにいると言って下さい。酔っていたら、帰ったことにして下さい」

矢口忍が受話器を取りあげると、喋っているのはリディアであった。

「いま、家に戻りましたら、兄から電話がありましたの」リディアは低い、嗄れた、暗い声で言った。「何か家へ帰れないような事件が起っているらしいんです。矢口さんのことを申しましたら、ぜひ連絡してほしいと言って、アドレスだけ残してゆきました」

矢口はリディアの言う住所を書きとめると電話を切った。「何があったのでしょうかね」矢口は光村に紙きれを示した。「イリアス・ハイユークがここでぼくを待っているらしいんです」

「郊外ですね」光村浩二は住所を眺めて、考えるような表情をした。「とにかく何かあったことは間違いないですね。自分の家にハイユークが戻らないところを見ると、陰謀か、クーデタか、そんなことかもしれませんね」

「イリアス・ハイユークがそれに加わっているわけですか?」

矢口忍は胸のあたりに冷たい不安を感じて言った。

「いや、それはわかりません。しかし軍隊が動いていてその動きが公表されていないとすると、政府内部の抗争という線も考えられますね。この国では、まだまだ旧勢力と新勢力の争いは激しいし、アメリカやソ連、それに英仏などの旧権益国が、もつれた糸のように新旧勢力と絡みついているし、アラブ民族の独立をめぐって、アラブ国家相互に親和や反撥がありますからね。階級対立と宗教的な対立も深刻化しています。政府内部の対立だって、すべて国外の動きと一本の糸で結びついているんです」

「イリアス・ハイユークは何か立場の悪くなるような政治運動でもしていましたか？」

「さあ、詳しくは知りません。しかし津藤重役などは、イリアス・ハイユークは中立派だと言っていましたが」

「ともかく、彼の隠れ家にいってみます」

矢口はコーヒーを飲むと腰をあげた。

「ぼくが送ります」

光村が言った。

「いや、そんなにしていただいたら申し訳ありません。それに今夜は遅いし、明日のお仕事もおありでしょう。ぼくは、情報蒐集が仕事ですから、今夜は、タクシーでも何でも拾って出かけます」

「タクシーはまずいかもしれませんよ。もし本当にハイユークが身を隠しているんだったら」

矢口忍は立ったまま、髪をぴったり撫でつけた光村の顔を見つめた。

「本当にそうかもしれませんね」

「ぼくの車でいきましょう。ぼくだって会社の情報関係を受け持っているんです。これも仕事のうちに入りますよ」

矢口忍は光村の好意に頼るほかないと思った。

光村は暗い通りから通りへ車を走らせながら、何年か前にあった政府転覆の陰謀計画について話した。

「CIAが工作していたという噂もあるし、反エジプト勢力が地下で動いていたという説明もありますが、真相は誰にもわかりませんね。ソ連と組みたい奴もいるし、イラクの反動勢力と連絡している連中もいるし、アメリカとサウジアラビアの連合に加わりたいと思っている議員もいるし、アラブ諸国のなかでリーダーシップを取ることに専念している将軍もいますからね」

矢口は光村の説明のすべてがなかなか頭に入らなかった。説明を聞けば聞くほど、それは黒でいて白であり、白のまま赤である、といったような混沌不分明な勢力の絡まり合いを感じた。

二人が着いたのは、まだ新築されたばかりの四階建の家だった。家の前は、暗い広い空き地になっていた。呼鈴を押すと、誰かがドアに近づいた。

矢口忍はドアの向うの声に、自分の名前を告げた。足音はいったんドアから遠ざかっていった。住宅街のはずれの森閑とした気配が矢口の身体を包んだ。生暖かい空気が花の香りをまじえて夜気のなかに漂っていた。

足音がふたたび近づき、ドアが開くと、二十四、五の、口ひげをはやした浅黒い男が「こち

ら へ」 というように無言のまま顎をしゃくった。

矢口は光村を促すと、暗い廊下をぬけ、奥の部屋に入った。廊下には、新しい建物らしく、湿っぽい漆喰の匂いが残っていた。奥の部屋は濃い緑色のカーテンで一方を仕切った事務室兼用の客間で、革のソファが四脚置かれていた。

まん中のテーブルにイリアス・ハイユークが坐り、その横に、この家の主人らしい、年配の、鼻の大きな、短く刈りこんだ銀髪の男が立っていた。二人はずっと何かを話しこんでいて矢口たちが入ってきたので、銀髪の男が立ち上ったといった様子に見えた。男はハイユークに頭で合図をすると、矢口たちに目礼して黙って部屋の外に出ていった。

「日本化工の光村さんです。ご存じでしたね」矢口忍はハイユークの手を握ってから言った。

「突然だったし、車もなかったので、一緒にきてもらったのですよ。構わなかったですか?」

「構いません。構いません」ハイユークは眼尻の上った、青い眼で笑いながら、日本語で言った。

「さあ、どうぞ。私のほうこそ、失礼しました。こんな夜なかに呼びだしたりして、びっくり、なさったでしょう」

「ええ、リディアの声が不安そうだったので……」

「別に、大して心配は要らないのです」ハイユークはテーブルに両肘を突くと、身体を前に乗りだしてフランス語で言った。「このところ、事件が起っています。私にも、まだ、全体がよくつかめません。ただ、ダマスクスでもホムスでも政府の高官や、議員の逮捕がつづいています。いずれも、国民党に属していた人です」

「国民党というのはシリアの保守系の政党で、だいたい地主階級、資本家階級の意向を代表しているんです」

光村がハイユークの話を横から矢口に説明した。

「そう、そう。その通りです」ハイユークは日本語で言って大きくうなずき、またフランス語でつづけた。「私はハマでこの報せを聞き、アレッポでも間もなく、逮捕がはじまるだろうというわさを耳にしました。そこで、私はまだハマから戻っていないことにしてここにきたのです。さっきここにいたのは国民党の有力者で、父の友達だった人です。私は、彼を何とかベイルートに逃がさなければならないのです」

「何か国外へ出なければならぬ理由があるのですか?」

矢口忍は冷静なイリアス・ハイユークの顔をまじまじと眺めた。日本で国外亡命などといえば、途方もない犯罪に結びつく。こんな平然とした顔はできないはずだ。

「いいえ、ただ逮捕がはじまっていますので、一時、身をかくす必要があるんです」

矢口はそのとき、前後の脈絡なく、光村が「生きのびることが善だ」と言った言葉を思いおこした。

「理由がなくて逮捕されることがあるんですか?」矢口忍は信じかねるというような表情でイリアス・ハイユークを見つめた。「日本なら、とても、そんなことは考えられません」

「ここは日本じゃありません」イリアス・ハイユークは電灯のかげに顔を引き、遠くから矢口と光村を半々に眺めた。

「日本のようにできあがった国じゃありません。いま、できあがる途中なのです。権力をとっても、それを、自分の手で、まもらなければならないのです。自分の手で——自分の武器で。でないと、敵にやられてしまうのです。日本や欧米のように、権力が、どんな場合にも、議会で、認められている、というわけにゆかないのです。議会はあります。憲法もあります。でも、権力者は、油断をすれば、すぐクーデタで、つぶされます。ここでは暴力が、まだ、切り札です」

矢口忍は部屋の隅の重い濃緑のカーテンが、まるで悪夢のなかの一場面の背景のように、どこからか吹きこむ夜風に、かすかに揺れるのを眺めていた。彼は新聞の外電が伝える南米やアフリカのクーデタについて何度か読んだこともあり、専門家の分析した暴力革命論などにも眼を通したこともあった。

しかしそんなときでも、どこか非現実な感じがつきまとっていた。頭では、いま、その瞬間に、地球上の別の場所で、銃弾がうなり、人の血が流されているということはわかっていても、実感としては、ぴんとこなかった。それは、矢口が日常見なれた現実とは異質な世界の出来事のような感じだった。

たしかにシリアには砂漠が多く、燃えるような暑さが大地を包み、人々の暮しも素朴で単純だった。しかしそれでも町には車が走り、スークは人々で賑わっていた。それは、まぎれもなく矢口の感覚になじんだ平穏凡庸な日常生活であった。その日常生活と、映画のなかでのような流血のクーデタとが一つになるということは、矢口の理解を越えていた。

「信じられませんね。とても、とても……」

矢口忍はうめくように言った。

「ここでは、まだ何かがつくられている最中です。できあがっていないのです。向うがクーデタを打てば、こちらはやり返すだけです。しかし何人か、何十人かの、生命は失います。だから、私たちは、向うがやる前に、手を打たなくてはなりません。私が、さっきの人を逃がすのも、そのためです」

家の裏で車のエンジンの音がしていた。

「ゆっくり、お話、できないのが、残念です」イリアス・ハイユークは立ち上ると日本語で言った。「でも、このあと、いつ、お目にかかれるか、わかりません。早く、戻れるかも、しれません。お目にかかれないかも、しれません。それで、ここまで、来ていただいたのです」

さっき玄関に顔を出した青年が入ってきて、イリアス・ハイユークに何か言った。イリアス・ハイユークはうなずき、矢口をシリアふうに抱いた。矢口も胸がつまって声が出なかった。彼はそうして友達を抱きかかえたことは一度もなかった。

「とにかく元気でいて下さい」矢口はやっとそれだけ言った。「ご無事を祈っています」

イリアス・ハイユークが部屋を出て間もなく、車の出てゆく音が聞えた。矢口も光村もしばらくそこに立って、濃緑色のカーテンが揺れているのを眺めていた。

矢口忍はずっと前に、日本のある工事現場で、鉄板を吊っていたワイヤーが切れるのを見たことがある。風圧か何かの加減で、そんな事故が起ったらしかったが、矢口はそのとき、ねじ切れたワイヤーの無残な切り口を見て、そこに加えられた巨大な力を、まざまざと感じ、戦慄に似たものを覚えた。

イリアス・ハイユークが出ていったあとの、がらんとした部屋に矢口忍が感じたのは、このねじ切れた太いワイヤーの切り口に似たものだった。そこには、何か日常生活をむりやりに引きちぎった無残さがあるとともに、眼に見えぬ途方もない力が、有無を言わさぬ実在感となって、のしかかっていた。

矢口は、政治が権力であると頭でわかっていながら、そのときほど、その力を、まざまざと眼にしたことがなかった。

「権力者は力で自分を守るほかないのかな。これじゃまるでシェイクスピアの世界だ」

ハイユークの隠れ家を出て車に乗ったとき、光村浩二は独りごとのように言った。

「ぼくはシリアの政情にうといので、何が何だかわかりませんが、軍隊の動きと国民党の逮捕とはどういう関係にあるんですか？」

矢口はエンジンをかけている光村を見て訊ねた。

「ぼくだって、シリア通というわけにはゆきませんから、推測が間違っているかもしれませんよ」光村は暗い夜道をヘッドライトで照らしながら、車を町の中心に向けて走らせた。「ぼくの勘で言いますと、国民党の逮捕は、国外の動きと絡んでいます。軍隊が動いている以上、そう考えるのがすじですね」

「国外って、シリアの亡命者が国外にいるわけですか？」

「いや、国外って、つまり外国政府そのものです」

「それじゃ内政干渉になりませんか？」

「もちろん内政干渉ですが、互に巧みに相手国のなかにスパイを送ってやりますから、表向きは無関係です」

「すると、国民党の連中が逮捕されたのは、前もって、その特定の外国との連絡を断つためですか？」

「まあ、そう考えるべきでしょう」

「じゃ、その外国って、どこですか？」

「ぼくは、ひょっとしたら、それはイラクじゃないかと思います」

光村浩二は身体をそらせるようにしてハンドルを左に切った。ヘッドライトが公園の植込みのようなものを、なめるように照らしていった。

「イラク？」

「ええ、アラブ諸国の関係はわかりにくいこともありますが、国民党の有力者を狙いうちにするところを見ると、これは、イラクですね」

矢口はしばらくアレッポの街灯が後に流れてゆくのを見ながら、黙っていた。

「これは以前実際にあった事件ですが、イラク政府はスパイを潜入させてシリア政府の転覆を計ったことがあるんです」光村は前を見たままで話をつづけた。「これにはCIAも一枚嚙《か》んでいたというスパイ小説もどきの事件でした。このあたりの国は、アラブ人間の自尊心の激しいせり合いがあるんです。団結すると同時に反撥し、愛し合うと同時に憎み合っているんです」

矢口はベリーダンスの官能的な激しさも、単に男の欲情を掻き立てるだけでなく、どこか男への憎しみがあると思った。それに、踊りの最中に起った殴り合いのことを考えると、そうした愛にも憎しみにも、乾いた砂漠と同じような限度のなさを感じた。

リディアにしても、イリアスにしても、なんであのように暗い激しいものに衝き動かされているんだろう——矢口は車が明るい広場に入ってゆくのを見ながら、そんなことを考えていた。

光村はそこで車を停めた。

「そこのバアで飲みなおしましょう。イリアスのニュースのおかげで、かなりいい線の情報がつかめましたね。特派員だったら、スクープものですよ」

光村浩二はバアに入るとき、そう言って笑った。バアには珍しく冷房が入っていた。室内の灯は暗くしてあり、テーブルごとに、濃いオレンジ色の笠をかけたスタンドがついていた。

「いまのと反対の事件もありましてね。つまりシリア政府がイラク政府を転覆しようとした事件もあったのです」

「最近ですか?」

「いや、もう十五年ほど前になりますか。北イラクのある小都市に武装叛乱を起させる計画でしてね。このときはエジプトのナセルが一枚加わっていたといいます。これも未然に発覚しましたが」

「驚きましたね。CIAだけじゃなくてナセルもですか」

「ええ、そういうところなんです、シリアは。ですから、国民党の有力者がつかまったとなると、彼らとつながっている線があるはずです。国民党は地主階級を地盤としているので、政府の土地改革には一貫して反対だったのです。現政府はユーフラテスの水利問題の処理で、しばしば反イラク的な動きが見られます。政府に反対する党であればイラクは喜んで援助するでしょう。国民党が現政府に反対しているというだけで、それはイラクと結びつきますね」

頭に白い布をかぶり、黒い留輪をした、たっぷりしたアラブ服の大男が三人、何かアラビア語で話しながら入ってきた。その瞬間、光村浩二の身体が後に少しのけぞるようになった。矢口はそれが緊張したときの光村の癖であるのに気づいていた。

「アレッポにも軍隊が入ってきたようですね」光村浩二は男たちのほうに眼をやりながら言った。「彼らはそのことを喋っています」

「というと、ハイユークたちはつかまったわけですか？」

矢口忍は身体が恐怖で凍りつくような気がした。彼自身が軍隊に追われているような感じだった。

「それはわかりませんね。あの連中は、こういうことにかけては研究しぬいていますから、何とか抜け道を見つけると思いますね」

矢口はしばらくテーブルの上に肘をついたまま、気息音の多いアラビア語に聞き入っていた。

「イラクのことですが」矢口は頭をあげると言った。「前から、そんな緊張関係があったんですか?」

「ええ、イラクにとってはユーフラテスの上流をシリアに押えられていることになりますから、シリアがダムをつくって川の水を堰《せ》きとめると、イラク側の農耕地は何万ヘクタールかがすっかり干上ってしまいます。イラクも砂漠の国ですからユーフラテスは生命の川です。イラク政府が代々ユーフラテスの上流地方——ふつう肥沃な三日月形地帯と呼んでいますが、その地方を統合したいと望むのには、強い理由があるんです」

「なるほど、水の問題で国が対立するなんて日本じゃちょっと考えられませんね」

「シリア政府はシリア政府で、イラクが石油資源を抱えて反動化するのを恐れていますからね。たえずイラクの進歩派と連携しようと画策しています。そこに昔からの協定やら、砂漠遊牧民の対策やら、政党間の連携分裂の歴史やら、家族同士の関係やらが、ごっちゃに入りまじっていて、それこそ一つ一つの要素が複雑に絡まり、もつれ合って、まるで万華鏡を見るような具合になっているんです」

「イラクと国民党ですか……」

矢口忍は独りごとのように言った。

「いや、そう決ったわけじゃありませんが、季節的にも、シリア政府は水利問題を楯にイラク側に圧力をかけることは考えられます。それで、きっとイラクが国民党に何か働きかけたんでしょう」

そのときバアのドアが開いて、どやどやと自動小銃を手にした兵隊たちが乱入してきた。

矢口忍は驚いて立ち上った。

「何かあるまで坐っていたほうがいいですよ」光村浩二は落着いて言った。「パスポートはありますね」

矢口は胸の上に手を当てた。

「ええ、持っています」

「こうなると、ぼくたちを守ってくれるのは、あの一冊の小さな手帖みたいなものしかありませんからね」

事実、兵隊たちはテーブルの人たちに身分証明書の提示を求めていた。矢口忍は汗臭い兵隊の匂いを感じた。

兵隊たちが客を調べ終ると、若い口ひげをはやした将校ふうの男が、アラビア語で何か言い、それからすぐフランス語で、楽しみを中断したことを詫び、緊急事態が発生したので、すぐ家に戻るように、と言った。

「いよいよきましたね」

光村浩二は白い歯を見せて笑った。興奮をむりに押えつけているような、ぎごちない、こわばった感じが、その態度に感じられた。バアに集っていた人たちは、がやがや話しながら立ち上り、肩をすくめたり、両手をあげたりしながら、戸口のほうに向った。戸口の両側には、自動小銃を黒く冷たく光らせた兵隊が無表情に並んでいた。

「これはソヴィエト製かチェコ製です」

兵隊たちの前を通った時、光村浩二は小声でそう言った。

この小さな口径が火を噴けばぼくらはみんな殺されるんだな——矢口はそんなことを思いながら、不気味に、こちらに向いているその黒い小さな孔を見つめた。無言の圧迫感があった。権力という眼に見えぬものが、兵隊と自動小銃という形で、そこに、具体物となっていた。兵隊たちは相変らず表情を外に表わさず、銃口を前に突きだしてそこに立っていた。

「この広場はホテルのある広場ですね?」矢口はバアの玄関を出たとき、むっとした夜気が、ぬるま湯のように身体を包んでくるのを感じた。「さっき入るときは気がつきませんでしたが」

「ええ、そこのネオンがホテルのネオンです」

光村浩二は髪に櫛を入れて、きちんととかしながら言った。

「それじゃここでお別れします。光村さんも早くお帰りになったほうがいいですから」

「ホテルまでゆけますか?」光村が矢口を見つめた。「そこのネオンのある建物です」

「ええ、これならぼくも迷いようがありません。とにかく情勢がはっきりしたので助かりました。もう明日まで考古学総局との連絡を待つ必要がなくなりました。アブダッラが来次第、すぐ帰ります」

「じゃ途中気をつけて下さい」光村は矢口の手を握った。「何かリディアに伝言はありませんか?」

「ぼくにはシリアがどうなっているのかわかりませんから、ただ元気でいてほしい、とだけ伝えて下さい」

矢口忍は光村と別れると、広場のまん中の芝生に沿って街灯のかげを歩いた。シリア人はこんなことに慣れっこなのであろうが、矢口はまるで地震か暴動か、そんな異常な出来事のなかにまき込まれているような気がした。胸のあたりに冷たい不安がよどんでいた。

街路の奥で兵隊たちが走ってゆく足音が聞えた。冷房のなかから出てきたので、街の空気はいつもより暑く、重く感じられた。

そのとき広場の前方で何人かの人影が入り乱れ、叫び声が起った。

矢口忍はびくっとして足をとめた。ホテルのネオンは眼の前にあったが、そこへゆくには、その黒い人影のそばを通ってゆかなければならなかった。彼は一瞬ためらった後、また歩き出した。

兵隊たちに囲まれていたのは一台のジープだった。矢口忍は暗い街灯の光のなかで、ちらとそれを見ただけで、むしろ兵隊たちの群れから遠ざかろうとした。

するとそのなかの一人が矢口に気づき、懐中電灯の光をむけ、何か叫んだ。兵隊たちはその声を聞くといっせいに矢口のほうを振り返った。

「あなたは日本人《ヴ・ゼ・ー・ト・ジ・ャ・ポ・ネ》か？」

ジープのそばにいた将校ふうの男がそう訊ねた。矢口忍はそうだというように、頭をたてに振った。

「ちょうどよかった」若い精悍な顔をした将校が言った。「日本人の婦人がホテルがなくて困っています。あなたの宿舎は何とかなりませんか？」

矢口は相手の言うことが、一瞬、のみこめず、聞き返すような表情をした。すると、ジープの運転台から矢口のほうを見ていた若い女が、いきなり彼の名前を呼んだ。

「私です。鬼塚です」

鬼塚しのぶは運転台から下りてくると、矢口の前で軽く会釈した。

「驚きましたね。どうなさったんです？」

鬼塚しのぶは男の着るような淡い褐色のジャンパーを着て、サングラスを頭の上にあげていた。

「君たちは知り合いですね？」将校は言った。「とにかく今夜は非常事態宣言が出ていますから、これ以上、都市《まち》に出ることは禁じられています。すぐ宿舎に引きあげて下さい。宿舎はどこですか？」

矢口はホテルの名を告げた。すると将校は鬼塚しのぶに向って「あなたは運がいいですね。彼がいなかったら、警察署で夜を明かすことになるところでしたよ」と言った。

鬼塚しのぶはジープを道路の傍に停めると、将校に早口のフランス語で何か言った。

「驚きましたね。いったいどうなさったんですか？」

兵隊たちが広場から暗い街路のほうへ巡回してゆくのを見送ってから、矢口はもう一度同じことを言った。

「実は今日の午後、ダマスクスのフランス学院《エコール・フランセーズ》まで連絡で出かけたんですけれど、ずっと検問、検問で、こんな遅くアレッポに着いたんです。仕方がありませんから、アレッポに泊ろうと思って、ホテルを当ってみたら、急にこんなことになったためか、どのホテルも空き部屋がなくって、私、どうしようかと思っていましたら、あの巡邏隊につかまりましたの。今夜は、外出禁止令が出たので、これからあとは、もう外を歩くことはできないんです」

二人はホテルの前に立っていた。ホテルの玄関はすでに薄暗かった。鬼塚しのぶはそこに立って、広場のほうに顔を向けていた。

「お入りになりませんか?」

矢口がうながした。

「ご迷惑ですわ」鬼塚しのぶは矢口のほうに眼をむけて言った。「私、ホテルの人に言ってロビーにでも休ませてもらいます」

「いや、ぼくがそうしますから、とにかく入って下さい」

矢口忍はフロントで鍵を受けとると、夜番の男に心付けを握らせて言った。

「明日二人分を払っておくから、そう記入してくれ給え」

男は心付けをポケットに入れると、片眼をつぶって笑った。

「大丈夫ですよ。うちのパトロンは物わかりがいいですからね」

矢口忍は余計なことは言う必要はあるまいと思った。鬼塚しのぶも黙ってエレベーターに乗った。エレベーターは廻り階段の間に、あとになって取り付けたものらしく、鉄柵の囲いがついているだけで、一階一階の暗い、森閑とした廊下が、その階ごとに見わたせた。

「本当に空き部屋がないんでしょうかね?」

矢口はそうした廊下の奥を見て言った。

「ええ、ここも、向いのホテルも、当ってみたんですの」鬼塚しのぶは肩を縮めるようにして言った。「まさか、アレッポ泊りとは思っていなかったので、全然手配をしないできたんです。

私が来たこと、きっとご迷惑ですわ」

「いいえ、困ったときはお互いさまですよ。それに、あの将校が、あなたのこと、運がいいっ《ボンヌ・シャンス》て言っていましたね。その言葉にかけても、あなたを迎え入れる義務があります」

「椅子でも貸していただけたら、それで十分ですの」

「何とか工夫します」矢口はエレベーターから出ると言った。「ベッドだって二つありますし、部屋もかなり広いんです。あなたのほうこそ、ぼくの部屋に泊るなんて――どう言ったらいいのか、ぼくには、うまく言えませんが――かえって、気を重くされているんじゃないんですか？」

「私が？　なぜですの？」

「なぜって……」矢口はドアに鍵を差しこみ、それから鬼塚しのぶのほうを振り返って言った。「なぜって、つまり、ぼくが、男だし、あなたが女だから」

鬼塚しのぶは右手で髪を掻きあげるようにして、おかしそうに笑った。

「矢口さんには私がそんな古風な女に見えますの？」

「それで安心しました」矢口は鍵をまわし、ドアを開けて言った。「ぼくは夜番の男に片眼でウインクされただけで、何とも落着きのわるい気持になりました」

「やはりご迷惑をおかけしているんですわ」

「いや、迷惑でないことだけはたしかです」矢口は先に部屋に入り、窓を開け、扇風機をまわした。「さ、お坐り下さい。ちょっと散らかっていますけれど」

鬼塚しのぶは部屋に入ると、淡い褐色のジャンパーをとった。それから古いソファに坐った。

「私ね、矢口さんのおっしゃることを信じます。ですから矢口さんも、私のこと、ご心配なさらないで下さい。私は、自分で、ここに来ることを決めたんです。それが嫌なら、警察でだって一晩過せたはずです」

矢口は鬼塚しのぶのジャンパーをハンガーにかけようとした。

「それは砂で汚れています。部屋の隅に置いて下さい」

「とにかくお風呂にお入りなさい。ぼくはもう夕方入りました。今夜は、何もかも忘れて眠ることです」

矢口忍はそう言ってから、果してきょうだいでもなく、友達でもない女性にそんなことを言っていいものかどうか、急に、戸惑った気持を感じた。

「ええ、そうします。身体じゅうの砂が洗えたら、どんなに生き返った気持になるかわかりませんもの。私ね、もうすこし気取っていようかと思ったんですけれど、お風呂の誘惑にはかないませんわ」

矢口は鬼塚しのぶのユーモラスな調子に誘いこまれて、思わず笑った。

「ぼくは橘君のように融通自在というわけにはゆきませんから、あなたに気取られたら手も足も出ないところでした。お風呂から上るまでに、寝る場所をつくっておきます」

幸いベッドは二つあり、ベッドとベッドの間にナイト・テーブルが置かれていた。矢口はその間隔をもう一メートルほど拡げた。それから窓際に立って、暗いアレッポの市街を眺めた。

そのとき、何の連想からか、ふと、光村のことが思い浮び、フロア・ステージで踊っていたシリアの女たちや、突然の殴り合いや、抱きかかえたリディアの柔かな身体の感触が、一度に、彼の記憶によみがえった。

さっきこの窓際を離れてから六、七時間過ぎただけであったのに、矢口忍は実に多くのものを、まるでフラッシュで次々に照らしだしてゆくように見たのだった。濃い緑のカーテンの揺れていたイリアス・ハイユークの隠れ家にしても、もし言葉でそれを説明しようとすれば、一冊の本が書けるほどの内容が、その一瞬の情景のなかにつまっているような気がした。アラブ人の激情や、物狂おしい官能への惑溺や、音をたてて一切を剝ぎとる権力を、矢口は、実際眼で見えるようなものとして、まざまざと、心に摑んでいた。日本にいたら、ただ言葉の上だけでしかわからなかったものを、彼は、手で、肌で、感じたと思った。

こうしたものは実際にあるんだ。空想なんかではないのだ――矢口は改めて異国の風土というものを感じた。ただ風習や考え方が違うというのではない。そこでは、人間の生き方そのものが違っている。愛し方も、金銭の感じ方も、時間の観念も……。

愛し方も？　矢口はリディアの、低い、嗄れた声を思い出した。一瞬、矢口は身体の奥で火のようなものがちらちら燃えるような気がした。反射的に、彼は梶花恵のことを考えた。

「あのとき、ぼくはこの火を詩と取り違えたのだ。すでに感動を呼び起してくれなくなった大都会の風物や、日々の暮しに、この甘美な酩酊感が、詩を呼び戻してくれると思ったのだ……」

彼は、自分がリディアに惹かれているだけ、リディアも自分に好意を寄せているのだ、と思った。それは自惚《うぬぼれ》ではなく、何か心底からの確かな感じとなって彼に直覚できた。ただ昔と違っていたのは、それが詩のために求められていないという点だった。

そのとき鬼塚しのぶが部屋に入ってきた。

矢口は窓から外を見たまま言った。

「すこし部屋を出ていましょうか」

「矢口さんさえよろしかったら、私は構いませんの。少し失礼だと思いますけれど、これも発掘現場のつづきだと考えて許して下さいません？」

「ぼくは構いませんよ」

「それなら、もうそんなところに立っていらっしゃらないで。私、お先に寝る仕度をしています」

鬼塚しのぶは薄い青のナイト・ガウンを上に羽織っていた。

「寝るときも、優雅なんですね」

「女ってこういうものは一揃い持って歩くものなんです」

「おしゃれなんですね」

「気を引き立てるためだと思いますわ」

「気を引き立てるって？」

「自信をつけること……」

「まるで自信がないみたいに聞えますね」

「自信なんて、もともとありませんもの」

「本当ですか？」

「本当ですわ。女って、そういうものなんです。気を引き立てて、それでやっと生きているんです」

矢口は鬼塚しのぶがそんなことを言うとは、ちょっと想像できなかった。万事に控え目だった卜部すえなら、あるいはこうした言葉を口にしたかもしれない。しかしパリで暮し、遺跡発掘に加わっている彼女が、そんなことを考えているとは思いもよらなかった。

「矢口さん、ベッドをお動かしになりましたの？」

鬼塚しのぶはそこに立ったまま訊ねた。

「ええ、ちょっと間隔を広くしておきました。このほうが安全ですから……」

「安全？」

鬼塚しのぶはベッドに腰を下した。

「ええ、あなたにとって、このほうが、安全じゃありませんか？」

「危険なものがありますの？」

「そりゃ……」

矢口は一瞬口ごもった。

「私ね、三四郎のことを思い出しましたの」鬼塚しのぶはくすくす笑った。「漱石の『三四郎』です」

矢口は何のことかよくわからなかった。

「あの小説の初めのところに、三四郎が知らない女のひとと同じ部屋に寝るところがありますでしょう？　憶えていらっしゃいません？」

「ああ、あれですか」矢口も急に笑いだした。「シーツをくるくる巻いて、二人の間に置くんでしたね」

「矢口さん、ちょっと似ていますわ」

「でも、安全なほうがいいですよ」

「ええ、それは安全なほうがいいに決っていますけれど、私、はじめから、危険だなんて思っていませんわ」

「喜ぶべきですか？　悲しむべきですか？」

「どちらにとっていただいても結構ですけれど、私ね、矢口さんや橘さんにお目にかかったとき、ずいぶん日本の男のかたも変ったなって思いました」

「橘君はフランス流ですが、ぼくなんか旧態依然です」

「いいえ、私は反対だと思います」

窓の下から巡邏兵の足音が聞え、しばらくして町角に消えた。大都会といっても、今夜はとくに深山のような静けさだった。ホテルのなかも森閑としていた。時おり涼しい風が吹きこんだ。屋根の上に月が青く光っていた。

「橘君はたしかに日本人ばなれしています。考え方も合理的だし、てきぱき行動するし、だいいち変に深刻がりません。爽やかなユーモアもあります。ぼくはその逆です」

矢口は一瞬、自分の過去を話したい欲求を感じたが、辛うじて自分を押えた。

「ええ、橘さんはいいかたですわ。何度も笑わして下さいました。すてきなかただと思います。

でも、矢口さんは、もっと別なものを持っていらっしゃいます。こんなこと、面と向って申しあげるの、変ですけれど」

「買いかぶりだと思いますね」矢口忍は頭を振って言った。「橘君だったら、砂漠の幻影だと言うかもしれませんよ」

「私ね、さっき日本の男のかたも変ったって申しましたでしょう。日本の男のかたは、どこか、人生のぎりぎりの場所で、逃げているところがあるんです。決して人間の自由とか、精神の尊厳とか、そうした問題に、本気で、のめりこまないんです。そういうのを野暮だと思う気風もありますし、照れたり、大げさだと感じる敏感さもあります。でも、それは大体口実です。外国にきている日本の男のかたを見ていると、よくわかります」

　矢口忍は腕を組んで床を見つめていた。たしかに鬼塚しのぶの言葉にはあたっているところがある。しかし十把ひとからげに論じうる問題だろうか——矢口はそう思ったが、黙っていた。

「日本の男のかただって千差万別です」鬼塚しのぶは両手を膝の上に置き、その手を見つめながら言った。「真面目なかたや、冗談好きなかたや、抜け目ないかたや、ぼんやりしたかたや……。でも、共通しているのは、人生のぎりぎりの場所で、逃げているということなんです。どこか、ごまかしているところがあるんです。ごまかすと言って悪ければ曖昧にしたまま、と言い直してもいいと思います。仕事は熱心です。思いやりもあります。この頃は、しゃれたかたも多くなりました。でも、人間が死に立ち向ったとき、本当に考えなければならない問題を、心のなかに持つことがないんです。それを人生の究極の目標にして生きることがないんです」

「ヨーロッパには、それがあるんですね?」

矢口は鬼塚しのぶの横顔に眼をやった。

「ええ、少くともフランスには」鬼塚しのぶは首をたてに振った。「長く住めば、欠点はいくらでもあります。でも、本当の意味で、あの国は人生のぎりぎりの場所で真剣です。人間のあるべき姿を本気で求めているようなところが、社会の体質のなかにあるんです。だから大臣が演説していても、新聞記者が記事を書いていても、歌手がステージで歌っていても、この人生のぎりぎりの場所で真剣なんです。だから、大臣や記者や歌手の向うに、本当の人間の顔が見えています。孤独な、厳しい顔です。でも、人生のぎりぎりの場所での真剣さがなかったら、愛だって生れないんじゃないでしょうか」

鬼塚しのぶは眼をあげて矢口のほうを見た。

矢口は鬼塚しのぶの視線が眩しい光の矢ででもあるかのように眼をそらせた。それを見つめつづけることはできなかった。

「神はまさしくしかるべきときにしかるべき鞭を下されたのだな」矢口は心なかでつぶやいた。

「たしかにこのひとの言う通りだ。ほかの連中のことはともかく、ぼく自身に関してはこのひとの言う通りだ。ぼくにとって卜部すえの死は、何一つ解決していない。その罪をぼくは償いきっていないのだ。たしかにシリア砂漠にきてから、ぼくは、別の形で自分の人生を見られるようになった。前よりも、もっと、この地上に与えられているものを、親しい貴重なものと感じられるようになった。だからといって卜部すえの魂の叫びを聞かなかった罪は消えやしない。人生のぎりぎりの場所で、彼女は真剣に生きていた。それがなければ死をとるほかないような、せっぱ詰った気持で生きていた。鬼塚しのぶの言うように、たしかに愛が成りたつのは、そこだけだろう。その声を聞くことができなかったのは、ぎりぎりの場所がどんなものかぼくが知らなかったからだ」

矢口忍は顔をあげると、鬼塚しのぶのほうに、もう一度眼をやった。

「ほかのひとのことはわかりませんが、ぼくに関するかぎり、おっしゃる通りです。この砂漠にいても、人間がいかに、ぎりぎりの場所で、真剣に生きているか、わかります。一杯の水が人の生死にかかわることを、ぼくは砂漠にきてはじめて知ったんです。いままで頭ではわかっていても、本当に知ってはいなかったのです。真剣に生きるとはどういうことか、ぼくは、遅まきながら、日本の外に出て、はじめて知ることができたんです」

「いいえ、矢口さんだけは、ほかの男のかたのようではない、って申しあげたかったんです」

鬼塚しのぶの眼が、ふしぎと卜部すえの眼に重なった。「私には、それがよくわかります。矢口さんがどうおっしゃっても、どこかが違っているんです。日本の男のかたも変ったな、って思ったのはそのためだったんです」

矢口忍はリディアを見ていたとき、生命の根源に燃える火のことを考えた。しかし鬼塚しのぶを見ていると、彼はモンパルナスで見かけたときの、あの、ステンドグラスの聖母の、静かな、柔和な印象が呼び起された。それはガラス器に盛った夏の朝の果実のように、甘い健康な香りをあたりに漂わせながら、どこか、一点、澄んだ、冷たい甘美な感じがあった。

「あなたがどう言われても、ぼくはそんな人間ではありません。実に曖昧に生きてきました。恥ずかしいことですけど」

「いいえ、私の言い方が下手なんですわ」鬼塚しのぶは右手で髪を耳のほうへ掻きあげて言った。「私がはじめてパルミラでお見かけしたとき、矢口さんが、ひとりきりで立っていらしたのが印象的でした。ひとりきりというのは、一人でいるという意味ではないんです。矢口さんは橘さんや田岡先生と一緒のときも、ひとりきりという感じでした。私ね、それがすばらしいと思ったんです」

天井の電灯のまわりに蛾が飛んでいた。矢口は立って窓を閉めた。

「冷えてくるといけないから、窓は閉めておきましょう」

「ずいぶんお喋りをしてしまいましたわ」鬼塚しのぶは矢口のほうを見て言った。「生意気なこと、言ったと思います。でも感じたことだけは申しあげたかったんです」

「とても有りがたかったと思います」矢口も寝る仕度をしながら言った。「ぼくも、自分のことで、いろいろ引っかかっている問題があるんです。あなたが言われたことで、何度か、はっと思い当ることがありました。この前、お会いできただけで嬉しかったのですが、今夜、ぼくは、こうした奇遇を何かに感謝したい気持です」

「そうおっしゃって頂けて、ほっとしました」鬼塚しのぶは青いナイト・ガウンを脱ぐとベッドの上に坐った。「おかげさまで、警察の固いベンチで寝ないですみますわ」

「電気はつけたままにしておきましょうか」

「私のほうは構いませんわ。消したほうが休めるんじゃないでしょうか」

　電気を消すと、カーテンを開けたままの窓から月が青く射しているのが見えた。矢口忍は、なまめかしいものの横に自分がいることを感じたが、それは田舎に帰ったとき、姉と隣合って寝たときの感じに似ていた。

「ひと言だけ」と矢口が仰向けになってから言った。「よろしいですか」

「ええ、どうぞ」

　小さな声だった。

「ぼくは肝心なことをお訊きするのを忘れていました。あなたは明日、ダマスクスにゆくって言われましたね？　どんな用事だったのですか」

「フランス隊の東の発掘現場で、青銅の扉のようなものが見つかったんです」

「青銅の扉が？」

「ええ、まだ、全部、掘り出したわけじゃありませんけれど、紀元前二千年紀の神殿のものだろうと言うんです」

「大きいものなのですか？」

「ええ、もちろん」鬼塚しのぶは頭を動かした。「もし全体が発掘されたら、四メートルを越えると思います。ただ青銅はぼろぼろで取扱いが難しいんです。みんな、てんてこまいなものですから、私、むりやりにペリエ隊長に志願して出てきたんです。私はそれを運ぶための資材をダマスクスに頼みにゆくところだったんです」

矢口忍は声が出なかった。江村がこのニュースを聞いたら、どんな気持になるだろうか、と思った。むろん考古学者としては、こうした貴重品の発見を喜ぶには違いない。しかし内心では、さぞかし口惜しがるであろう。日本隊はあれから何か見つけただろうか。江村はきっとフランス隊の選んだ土地がよかったと言うだろうし、橘信之はフランス隊が過去半世紀にわたってシリアを掘りつづけた当然の結果だと主張するであろう。

しかし何はともあれ、古代神殿の正面を閉ざす青銅の扉が見つかったとすると、考古学界でも、久々に大ニュースで湧くことになる。フランス隊の発掘現場は観光客の訪れる名所にもなりかねない。

そんなことを考えているうち、矢口はいつか深い眠りに入っていた。

誰かがしきりとドアを叩いていた。はじめそれが何の音であるのか、矢口にはよくわからなかった。

しかし何秒かして、矢口ははっとして飛び起きた。すでに外は明るく向いの古びた建物に朝日が赤く当っていた。

ドアを叩く音はつづいていた。矢口は裸足のままベッドから出ると、ドアを開けた。

立っていたのはアブダッラだった。浅黒い、人の好い顔で、彼は、にっと笑った。

「江村さんが心配しています。大丈夫でしたか？」

「ぼくは大丈夫だ。情報がまったく入らなかったので、一晩泊る羽目になってね」

「ラジオで非常事態宣言が出されました。イラク国境に軍隊が集っています」

「で、日本隊は？」

「しばらく様子を見ているそうです」

「じゃ現場にいるんだね？」

「ええ、現場で掘りつづけています」

アブダッラは欠けた前歯をみせて笑った。

矢口忍はそのときになって、前夜のことを思い出した。ベッドには鬼塚しのぶが寝ているはずだった。もちろん何も隠すべきことはなかったが、第三者の眼に触れれば誤解を招きやすい状況であることは間違いなかった。

矢口はアブダッラを押し出すようにして、自分もドアの外へ出ると、すぐ仕度するからロビーで待つように、と言った。

「もう交通は自由なんだね？」

「日の出までで外出禁止はとかれるんです」

矢口忍がドアを閉めて、ベッドを見ると、すでに、ベッドはベッドカヴァがかけられ、人の寝た形跡は消えていた。

矢口はあわてて鬼塚しのぶの名前を呼んだ。しかし洗面所からも返事がなかった。

彼はそのときになって、ナイト・テーブルの上に、何か置手紙のようなものがあるのに気がついた。

「矢口様。日の出から外出できますので、ご挨拶もぬきで出かけます。あまりよくお休みなので、そのほうがよろしいかと思います。昨夜は、勝手なことばかり申しあげました。図々しくお部屋をお借りしたばかりではなく、思ったことを、遠慮も何もなく口にしたりして、さぞかしお驚きになられたかと存じます。私のブローチがご縁でございましたけれど、ひとこと、私の気持を申しあげずには、いられませんでした。どんなふうに申しあげるのが、一番よい方法であるか、わかりません。でも、私が、ここに参りましたこと、そのことでも、本当は、私の気持を、矢口さんに、わかっていただきたかった、と思いました。ほとんど一晩、私は眠っておりません。とても、眠れませんでした。ふしぎな喜びの気持に包まれていて、それどころではなかったのだと思います。今日はダマスクスゆきを取りやめ、発掘現場に戻ります。何だか情勢が差し迫っている様子ですから、お大事になさって下さいませ」

矢口は人気ないベッドを放心したように見つめた。

矢口がロビーに降りてゆくと、アブダッラは、早くアレッポを出たほうがいいから、朝食は車のなかでとったらどうか、と言った。

「発掘現場に着くまで食事は要らない」

矢口は手を振って言うと、フロントにゆき、日本化工の出張所に電話をかけた。

「昨夜は失敬しました」光村浩二の声が聞えた。「無事に帰られましたか？」

「こちらは無事でした。そちらこそ、どうでした？　兵隊につかまりませんでしたか？　急に非常事態宣言が出たそうですね？」

「ええ、昨夜もう出ていたんです。今朝になって、市民は大あわてにあわてています」

「予想通りイラクでしたね？」

「放送ではさかんにイラクへの敵対心を煽っています。事実、イラク国境に軍隊が集結しているようです。どうもトルコも同調している素振りが見えますね」

「本気で戦争をする気なんですか？」

「それはわかりません。シリア側としては戦争そのものより、こうした緊張状態が砂漠の遊牧民たちを刺戟しはしないかと恐れているんです」

「それはどういう意味ですか？」

「シリア政府の一連の進歩的な政策についてゆけない部分が、当然、出てきますね。たとえば農地解放に対する地主階級のようなものです。地主階級と並んで、近代化政策に不満を持っているのが、遊牧民です。政府は彼らの定住化をすすめています。政府は、それが彼らの福祉の増加にもつながると考えていますが、彼らはそう思ってはいません。彼らはいまやシリアでもっとも不平不満な部分なのです。以前にも、彼らの不満が爆発して、かなり大規模な叛乱に拡がったことがありました。そのときの情勢と、現在と、もの凄くよく似ているんです」

「昨夜の国民党の逮捕も、そのことを考えると、うなずけますね」

「叛乱の起ったのはイラク国境からトルコ国境にかけてです。砂漠の民には国境がありませんからね。彼らが叛乱を起すと、手がつけられません」

「万一、そんなことになった場合、発掘現場は安全でしょうかね？」

「あそこは大丈夫と思いますがね」光村浩二はすこし言いよどんだ。「私たちの作業現場はデル・ゾールからくる街道に面していますので、万一のとき全員アレッポに帰します」

「ドクターの話だと、砂漠は無政府状態になるそうですね」

「ふだんでも、人っ子ひとりいないんですから、自衛しなくては危険です」

「ともかく一度発掘現場に帰ります」

「誰が車を運転します？」

「アブダッラが来てくれました」

「それなら大丈夫でしょう」

矢口忍が電話を切って外へ出ると、すでに朝の太陽に照らされた地面から暑熱がむっと立ちのぼり、そこに熟れた果実の匂いがまじっていた。朝市は平日のように賑わっていた。ただ町角に兵隊たちが自動小銃を持って警戒しているのが、いつもと違っていた。

矢口たちのジープが市街を出るまで何度か兵隊たちの検問に出会った。そのたびに矢口は考古学総局総裁のサインの入った発掘許可証とパスポートを提示した。

早朝の太陽に照らされて、大地の凹凸がはっきり見えた。平坦な砂漠だと思っていたシリアが、巨大な海原のうねりのように、大きく起伏しているのに、矢口はあらためて気付いた。

三十分もたたないうちに、ジープのなかは燃えるような暑さになった。矢口は何度も生ぬるくなったミネラル・ウオーターを飲んだ。空腹であったが、緊張しているせいか、あまりそれが気にならなかった。ジェット機が砂漠の向うを低く飛び去っていった。光村の話では、国境地方でたとえ交戦状態に入っても、ユーフラテス上流に位置する発掘現場は不安がないというが、矢口は、田岡医師が語った砂漠の村々の焼打ちや略奪の話を思い出し、万一そうした叛乱が起った場合、果して自衛手段はあるのだろうか、と考えた。

「それは私たちの感覚では信じられませんよ。家という家は、全部が破壊され、男は殺され、女は凌辱されるんですから。何か物凄い残忍な獣たちが通っていった跡のような感じですね。私は一度しかそんな村落は見ていませんが、医者の私でさえ、正視できぬような無残な殺されかたをした屍体が、そこらにごろごろしているんです。これが、電気もあり車も走る二十世紀の出来事か、と、ちょっと信じられないような気持になります」

田岡医師が、パルミラからの帰りに話した略奪の物語は、矢口に悪夢をみているような気持にさせた。

しかし熱風の唸る乾いた砂漠を見ていると、地平線から、突然、そうした暴徒の群れが現われてくるのも、嘘ではないような気がした。

「彼らは激情に酔うのかもしれない。昨夜みたあの一瞬の喧嘩も、あっという間に、ホールの半分の男を巻きこんだではないか。何か火のようなものが、アラブの男たちを、瞬時にして、狂わしてしまうのかもしれない」

アレッポを出て二時間ほどで、ユーフラテス上流地方の農産物集散の中心である小都市に入った。

市街といっても、並木のあるだだっ広い道を囲んで、二つ三つのコンクリートの建物が建っているだけで、あとは、日干し煉瓦に泥壁の四角い家が並んでいるだけであった。すでに太陽は南に上っていて、強い日ざしが家々のかげを濃く地面に焼きつけていた。ジープは並木の入口で兵隊たちに停められた。

アブダッラが泣きわめくような声をあげて何か言った。兵隊たちの顔には、さっきと違った表情があった。

「市街をぬけないでも、行けるだろう?」

矢口はゆっくりフランス語で言った。

「もちろん行けます。でも、ガソリンを入れていきたいんです。彼らは、これから先は危ないと言っているんです」

「なぜだね?」

「メソポタミア地方で暴動が起ったそうです」

アブダッラは肩をすくめた。

矢口忍はアブダッラと兵隊たちのやりとりを、まるでスローモーション映画でも見ているような気持で眺めていた。

「何としても発掘現場で隊員と会う必要がある。彼らにそう説明してほしい」

矢口はアブダッラにそう言った。彼らに証明書を見せても、すぐ承知しなかったのは、そこから先が叛乱地域と見なされているためかもしれなかった。

矢口は、アブダッラに、念のために暴動の起きた場所を訊ねさせたが、兵隊たちも、正確な情報は得ていないらしかった。

アブダッラは何度も肩をすくめたり、証明書を振りまわしたりして、ようやくガソリンスタンドにゆく許可をとりつけた。小さな古い建物が、古タイヤを積み上げた倉庫と並んでいて、その前に、ひどく汚れた給油スタンドがあった。自動車が十台ほど列をつくっていた。

「この騒ぎでガソリンを買溜めしているんです」アブダッラが前歯の欠けた歯を出して笑った。

彼は別に急いでいる様子はなかった。人々がガソリンの買溜めをするのを眺めて楽しんでいるような人の顔をしていた。人々はポリ容器の中にガソリンをつめてもらっていた。

シリア人たちが財産を金に換えて貯えているというのも、こうした騒ぎを見ていると、実感としてわかった。銀行などはいつ閉鎖になるかわからず、政府だっていつ別の政府にとって替るかわからなかった。紙幣の山が一瞬のうちに紙の山に変ることも、ないとはいえなかった。自分の身体だって、軍隊や警察の保護にゆだねて十分だというわけにゆかない。すべて自分で守らなければならない。自分で逃げなければならないのだ。

アブダッラはガソリンを満タンにすると、すぐ並木の通りを出て、人気のない裏通りに入った。

「別の方角へ出ましょう。大まわりですが、いったん町から離れてから、発掘現場のほうに戻りましょう」

たしかに砂漠の道は到るところについていた。道は勝手にどこにでもついていると言うこともできた。アブダッラの言うように、何も、発掘現場をめざしてこの小都市を出る必要はなかった。反対の方角へ戻ると見せかけることもできるのだった。

ジープは乾いた耕作地帯を横切り、車体は波に乗ったように前後に激しく揺れた。

太陽の加減からいって、ジープは東南にむかって走っている感じであった。

「いつもの渡し船ではなく、もう一つ下流の渡し船をつかまえましょう。だいぶ下りますが、ここで停められているよりいいですよ」

「ああ、そのほうがいい。ともかく早く江村たちと合流しなければならないんだ」

スピードをあげると、車体は上下に激しく揺れた。

矢口忍は正午に近づいた強烈な太陽の照り返しのなかで、砂漠が、白褐色の靄に包まれながら、燃え上ろうとしているように思えた。ジープの中は四十度を越え、汗は瞬時にして乾いた。矢口もアブダッラも、時おりミネラル・ウオーターをラッパ飲みにしたが、渇きはそれでも癒えなかった。

「車らしいね」矢口は眼の前の光のかげろうのなかを一台のトラックが走ってくるのを見て言った。「軍隊の車だろうか？」

「停めてみましょう」

アブダッラはヘッドライトを点滅しながら近づき、車から出ると、両手を振った。相手もすぐ停った。顔を出したのは同じアラブ服の男で、荷台にもシートの下にアラブ人が十人ほど乗っていた。

アブダッラはしきりと何か早口に喋っている。相手も負けずおとらず喋りたてた。話の内容がわからないので、口論でもしているような感じだった。

やがて二人はアラブ式の敬礼をすると車に戻り、それぞれ砂漠の灼熱のなかを出発した。

「フランス考古学調査隊で働いていた連中です」アブダッラは地面の窪みを避けるためハンドルを左右に切りながら言った。「向うも不穏な噂が流れているようです。連中の話だと暴動はハサケネあたりで起っているようですが、あの近辺の村も一つ二つ襲われたと言っていました」

「あの近辺て？」

「フランス隊の発掘現場の近辺です」

「ハサケネというのは？」

「メソポタミアの奥です。イラクにもトルコにも近い小都会《まち》です」

「じゃ、フランス隊の発掘現場とは離れているのではないか？」

「離れています。しかし村は襲われます」

「暴動を起した連中が襲うのか？」

「おそらく違うでしょう。危険な部族はその辺をうろうろしていますからね。正体は掴めませんよ」

「ぼくらがそいつらに出会ったらどうなるね？」

「やられますね」アブダッラは左手で喉のあたりを水平に切るような身ぶりをした。「助かりません」

「万一そうなったらどうする？」

「戦いますよ」アブダッラは人の好い笑いを見せ、アラブ服を開いてみせた。短銃と弾帯が腰についていた。「運転は矢口さんがやって下さい。私が撃ちまくります」

矢口忍はしばらく言葉がなかった。砂漠の奥は白くもえる靄でかすみ、村落らしいものも見えなかった。アブダッラが何を頼りに運転しているのか矢口には見当がつかなかった。ともかく早く渡し場まで出て、江村たちと落ち合わなければならなかった。

「さっきの連中はフランス隊だと言ったね？」

しばらくして矢口が訊ねた。

「ええ、そうです。この先の村の連中です」

「じゃフランス隊はどうしただろう？」

「フランス隊も引きあげたそうです」

「引きあげた？」

「ええ、連中はそう言っていました」

矢口はユーフラテスを車ごとフェリーで渡ってからも、ずっと鬼塚しのぶのことを考えつづけていた。

——フランス隊は発掘現場を立ち去ったというが、彼女もそれに加わっていただろうか。彼女がアレッポをたって発掘現場に帰ったのは、今朝早くだ。しかしフランス隊が引きあげた時間によっては、行き違いになる可能性もある。そうなったら、鬼塚しのぶはどうなるだろう？

矢口はそこまで考えると、その先を考えることはできなかった。「そんなことはない。そんなことはない」彼はそう自分に言いきかせるほかなかった。

矢口がフランス隊のことを聞くまで、奇妙なことに、鬼塚しのぶの姿は彼の心から完全に消えていた。鬼塚しのぶの書き残した紙片はポケットのなかにあったにもかかわらず、矢口は、彼女のことを考えてみようとしなかったのである。

もちろん彼はそこから逃げていたのではなかった。しかし彼のなかに、そうしたことにかかわってはならないと命じるものがあったことは確かだった。彼はほとんど自衛本能であるかのように鬼塚しのぶのことを考えなかった。

しかし彼の心が、一度《ひとたび》、鬼塚しのぶがフランス隊と出会えないのではないか、彼女が砂漠をひとりでさ迷っているのではないか、と思いはじめると、もう矢口は、そのこと以外を考えることはできなかった。それは恐怖に近い気持を心のなかに呼び起した。

日本隊の発掘現場に戻ったのは、午後三時をまわっていた。丘の上の宿舎から、隊員が次々に飛び出してきた。矢口はその一人一人と手を握った。

「心配をおかけしました。本当なら、とっくに戻っていなければならなかったのですが」

彼はそう言って、頭をさげた。

「いや、お前さんの報告でおれも決心がついたよ」江村卓郎は大きな身体をゆすぶって言った。

「事態がここまできていては、とる道は一つしかない」

「やはり切りあげるべきかね？」

富士川教授がテーブルの隅を指先で叩きながら、独りごとのように言った。

「もちろん先生のご判断によりますが」

江村は腕組みして考えこんだ。

「君はどう思う？」

富士川教授は木越講師のほうを見た。

木越は短く刈った頭を両手でかかえ、黙っていた。

「橘君はどうだ？」

富士川教授はテーブルの上でずんぐりした指を組み合わせた。

「ぼくは、もう一息なので、離れたくない気持です」

橘信之は矢口のほうをちらっと見て言った。

「その気持はおれも同じだが、矢口の話では、ここに残るのは危険だな」江村は煙草に火をつけた。それからすぐその火を消した。「明朝、早々、引きあげたら？」

「残念だが、一時的に、それもやむを得まいね」

富士川教授は橘に向って言った。

発掘機材はすべて宿舎に残すことにして、隊員は荷物を整理した。木越講師は発掘した壺や小像を箱に入れ、物置の隅に積んだ。

　橘信之は、数人の人夫に、墓窟の上を覆うむしろを持たせた。

「とにかくやるだけのことはやっておきます」橘信之は江村に言った。「ぼくは、あの墓窟を運んでゆきたい気持です」

「それ以上言って、おれを泣かせるなよ」

　江村は手を振って言った。

「ぼくも手伝いましょう」矢口忍は身のまわりの整理を終えてから小屋の外へ出た。「墓窟はどのくらい掘れましたか？」

「あと一メートル半ほどで掘り終るんです」橘信之はA地点のある遺丘《テル》の斜面をゆっくり上りながら言った。「三日もあれば十分なんですがね」

「何か出ましたか？」

「それが、ふしぎなことに、何も出ないんですね。おかしい位出てきません」

「全然？」

「ええ、一つ二つコインのようなものが出ましたが、これは埋めたものじゃないかもしれません」

「どうして出ないんでしょう？　盗掘はないと言っていましたね」

「ないんです。だから、勝負は、あと一メートル半なんです。江村さんも、あれだけの規模の墓で副葬品が何もないとは考えられないと言うんです。あるとすれば、あと一メートル半の、あの土の中です」

現場につくと、人夫たちは墓窟の上に木を渡し、その上にむしろを並べた。矢口は橘信之と深い円形の筒のように掘った墓窟をのぞきこんだ。まわりは硬い石で壁が築かれていた。

「あの中ですね？」

矢口は掘りかけたままの墓窟の底を見て言った。

「何とも残念です」橘信之は墓窟がむしろで覆われると、その縁から立ち上った。「ぼくはここを掘っていて、暴徒に殺されたって平気です。彼らだって、そこまではしないと思いますがね」

「いや、前だったら、ぼくもそう感じたでしょうが、この砂漠は、そんなところじゃなさそうですよ」

矢口はハイユークが亡命したことを話した。眼の前で何かがひき裂かれるような気がした、と説明した。

「それにフランス隊だって、青銅の扉をほうり出して引きあげたんです。やはり相当に危険が迫っているんじゃないですか？」

「フランス隊は青銅の扉を見つけたんですか?」橘は大声をあげた。「あの発掘現場でですか?」

「さっき、あまり暴動のことばかり喋って報告するのを忘れていましたが、アレッポで鬼塚さんに会ったんです。あのひとからその話を聞いたんです」

「本当に、青銅の扉が出たんですか?」

橘信之は人夫たちに帰るように合図をして、自分は墓窟のそばに立ったまま、何度も同じ言葉を繰りかえした。

「驚いたな。それは驚いたな」橘信之は墓窟の縁に立って、しばらく口がきけないような表情をしていた。「このメソポタミアから青銅が出ることは不思議じゃありません。しかし大体、青銅でできたものは、石と違って、腐蝕しやすいし、後代の連中が融《と》かして他のものに使ってしまう場合も多いんです。鏡とか器とか台とかならともかく、青銅の扉といえば、相当大きなものでしょう?」

「おそらくそうだと思います。詳しく聞いたわけじゃありませんが」

「よくそんなものが残っていたな。よほどの幸運が重ならないと、青銅の扉が残るなんてことはないんです。ほとんど奇蹟に近いようなものですよ」

「それじゃフランス隊が掘りあてたことも奇蹟に近いわけですね?」

「正直言って、この眼で見ないと信じられないような感じですね。いや、見たって、なかなか信じられないでしょうがね」

人夫たちのかげが遺丘《テル》の斜面に長く落ちていた。太陽は地平線に近づいていた。

「フランス隊も全部引きあげたわけですね？」

丘の斜面を下りながら、橘信之は矢口のほうを振り返った。

「人夫たちも引きあげたのだから、恐らく発掘隊も全員引きあげたと思います。ただ、鬼塚さんが、うまくフランス隊と会えるかどうか、ちょっと気になっているんです」

「それはどういうことですか？」

橘が訊いた。

矢口は、前夜からの経緯をかいつまんで説明した。

「いま、ぼくが心配なのは、あのひとがフランス隊と行き違いになりはしないかってことなんです。フランス隊は、鬼塚さんがダマスクスに向っていると思っているでしょうからね」

「そいつはまずいな」橘信之は独りごとのように言った。「それはどうもいけませんね。アブダッラは向うの地区のほうがここより危険だと言ってましたね」

矢口は黙って夕日の沈んだばかりのユーフラテスの流域を見渡した。地の涯を赤紫の光の靄が覆っていた。その靄の包む遠くを鬼塚しのぶの車が豆粒のように走ってゆくのが見えるよう、な気がした。

宿舎に戻ると、隊員たちはそれぞれ引きあげの仕度をつづけていた。明朝、夜明け前にアレッポに向うことになっていた。

夜の食事も何となく重苦しい気分に包まれていた。

食事を終えて矢口が戸外で星空を見ていると、江村卓郎が近づいてきた。

「さっき橋から話を聞いたよ」

「青銅の扉のことか?」

「それもだが、お前さんたちの騒いでいた例の日本女性のこともだ」

「どうも弱ったことになったよ」

「女ひとりで連絡にやるとは、どういう了見かな?」

「事態が急変したんだ」

矢口が言った。

「それにしても女ひとりで砂漠にゆくのはいかんな」江村は腕を組むと、暗い地平線のほうに眼をやった。「とくに、いまは、いかんな」

「しかしどうしようもなかったんだ」矢口は暗い眼をして江村のほうを見た。「まさか砂漠がこんな状態になっているとは、あのひとも想像できなかったと思う」

「だが、女ひとりでは、いかんよ」

江村は唸るような声を出した。

「実は、フランス隊の人夫に会ったとき、そのまま、あのひとを追いかけてゆこうと思ったのだ。しかし君に報告する義務があったから、それもできなかった。ぼくがもう少し砂漠のことを知っていたら、あのとき、歩いてでも、出かけたと思う」

「彼女はお前さんの部屋に泊ったそうだな」

「あの場合、そうするほか、なかったんだ」

「いや、言い訳を聞いているんじゃない。お前さんの気持として、彼女を砂漠に一人でほうり出しておけんと思う」

「しかしどうやって出かけたらよかったんだ？　ぼくだって、胸がつぶれるような思いだった。妙な言い方だが、あのひとはね、どこか死んだ卜部君に似ている。フランス隊の人夫と会ったとき、ぼくは、卜部君が郷里に帰る前、電話をかけてきた晩のことをなぜか思いだした。ぼくが会っていれば卜部君だって死ななくてすんだんだ。それなのに、ぼくは何もしなかった。何かすれば、鬼塚さんだって、危険をまぬがれるかもしれない。だが、こんどもぼくは何もできやしない。ぼくはつくづく自分という人間の不甲斐なさに腹が立ってくる。鬼塚さんに万一のことがあったら、せっかく戻ってきた卜部君を、また見殺しにしたような気になると思う」

「相当に危険な状態だが、もし行けたら行くかね？」

「ああ、行けたら行きたい。どんなことをしても、あの人を安全な場所まで連れ出したい。ぼくにできることは知れているだろうが、一緒にいるだけでも何かの役に立つだろうからね」

「しかしおれはお前さんのことで責任があるんだ」

「そんなことはどうでもいい。緊急の場合、そんなことを言っていられまい？　見知らぬ人が生きるか死ぬかだって、ほうっておけないのに、まして、あの人はぼくを信頼してくれた。ぼくに何か大事なものを、たとえ一晩にせよ、預けてくれたんだ。方法さえあれば、ぼくはすぐにもゆきたい。何か方法があるかい？」

「あの辺をアブダッラがよく知っている」

「しか彼は隊員引きあげには欠かせない要員だ。それに車だって、隊員だけでいっぱいいっぱいだ」

「それはどうにかできる。お前さんにジープをまわして、引きあげ用には村長のトラックを借り出そう。ただ、おれはお前さんを一人でやるわけにゆかん。おれが行けば一番いいが、隊員全体への責任がある」

「橘君はどうだろう？　鬼塚さんも知っているし……」

「まあ、こんなとき役立つのはあいつ位だろう」

矢口が橘とともにアブダッラの運転するジープで宿舎を出たのは、翌日の未明であった。隊員たちもアレッポへ帰る準備をすすめていた。

「矢口のことを頼んだぞ」

江村卓郎はまだ薄暗い遺丘《テル》の上で橘信之の背中をどやしつけた。

「何かあれば身をもって防ぎます」

橘は防塵眼鏡をかけながら言った。

「何もお前さんにそんなことを言っているんじゃない。だいいちそんな事態になったら、お前さん一人が頑張ったって、どうにもならんだろう。それより、早くそのひとを見つけて、アレッポに帰ってきてくれ。無茶だけはしてくれるなよ」

さすがに緊張していたせいか、橘信之もいつもの軽口は出なかった。ジープは遺丘《テル》を下り、上下するユーフラテス上流の流域をぬけ、日の出の頃、広い流れに出た。両側に白い切り立った崖が迫り、河は、その崖の足もとまでみなぎり、かなりの早さで流れていた。

アブダッラが番小屋を叩き、番人を呼び起した。男は眼をこすりながら、半裸のまま、フェリーのエンジンをかけた。河の半ばまでくると、太陽がのぼり、河面が赤味を帯びた黄金色に輝きわたった。空は異様に赤かった。その赤い空を背に、遠い地平線まで、砂漠につづく丘陵が連なっていた。

「妙な天気ですね。血を流したみたいだ」

橘は独りごとのように言ってから、アブダッラに何か言った。アブダッラは人のいい笑顔を見せ、欠けた前歯の間から息を吸った。

「きっと砂あらしがきますよ。こいつはその前兆です」

アブダッラはフランス語で答えた。

「その前に何としてもフランス隊の発掘現場に着くんだ」橘信之はアブダッラに言った。「もし着けないと、砂あらしの間、ぼくたちは立ち往生しなければならんからね」

アブダッラはまた欠けた前歯をみせて笑い、大きくうなずいてエンジンをかけた。

ジープは、上り斜面を左右に大きく揺れながら大砂漠へ向う台地へ出ていった。以前、矢口たちがフランス考古学調査隊の現場を訪ねたとき、「バグダッド街道入口」と書いた道標を見たことがあった。矢口はそのとき、その道標の向うに拡がる大砂漠を見て、これが、古代の民がユーフラテスをさかのぼり、肥沃な土地を求めて旅した道なのか、と、息をのんだものであった。しかしいま、その街道は、イラク国境からの、眼に見えない不気味な圧力を伝える導管の役目を果していた。アブダッラはバグダッド街道からはずれ、辛うじて車の跡だけ残る砂漠のなかを走った。太陽が地上を離れるとすぐ地面の気温は上った。

砂塵を巻きあげるジープのまわりで風が唸った。

「砂漠の遊牧民が暴動を起すというのは、よくよくのことでしょうね」

矢口忍は前方の砂漠の涯を見ながら橘に言った。

「政府は土地解放や遊牧民定住化を進めていますが、やはり時代の流れに取り残される部族がいるんでしょう。そんな不満を利用する連中も出てきます。こんな砂漠だって、歴史の外で静まり返っているわけにはゆかないのが現代ですね」

橘はそう答えた。

乾いた涸谷《ワジ》を幾つか迂廻したり、河底まで下ったりしながら、砂漠の道は果てしなくつづいていた。朝焼けが消えると、太陽は変りなく砂漠の上に輝きつづけた。矢口が眼をこらしても、淡い褐色を含んだ光のヴェールが地平線にたちこめ、影のような蜃気楼がゆらゆら揺れるだけで、人影のようなものは見えなかった。

もし暴動を起した部族の集団が現われるとしたら、まず砂塵が中天に巻き上るはずだった。矢口にできるのはそれを早く見つけることぐらいであった。一、二度サングラスをはずしてみたが、とてもまともに白い砂の反射を見ることはできなかった。胃のあたりに異様な緊張感が伝わってくるのがわかった。村落を避けているせいか、たえず砂塵の渦を通して見えるのは、平坦な砂漠だった。車のなかは燃えるように暑かった。

正午をすこしまわった頃、矢口たちはフランス隊の発掘現場に着いた。遺丘《テル》が重なり合って拡がっているためか、とくに鉢状に盛り上っているのではなく、土地全体が大きくふくれ上っているにすぎなかった。

矢口は三週間ほど前に訪ねたはずなのに、何一つ見憶えがなかった。憶えていたのは、広い台地のあちこちで大勢の人夫が掘ったり土を運んだりする姿だったが、いまは、それもなかった。発掘というより、土木工事の現場のように無秩序に掘り返された穴が、散乱している感じだった。無造作に壺や瓶がごろごろ転がっていた。盛り土の中の土器の破片に太陽がきらきら反射していた。動くものは何もなかった。長いこと打ち棄てられたような荒廃がすでに発掘現場の上に漂っていた。

「いませんね」矢口はジープをおりると言った。「行き違ったかもしれませんね」

「いや恐らく宿舎でしょう」

橘信之は発掘現場を素早く見渡しながら言った。

「もしここに戻っているとしたら、炎天下にいられませんからね」

矢口はふたたびジープに乗ると、現場から十キロほど離れたフランス隊の宿舎にいった。しかし宿舎の戸には錠が下り、窓も釘で打ちつけられていた。宿舎のある村落全体ががらんとしていた。三、四羽の鶏が家のかげで地面をつついていた。

「いませんな」橘信之が宿舎の戸を一つ一つ叩いてまわってから言った。「行き違った可能性もありますね」

　橘はアブダッラに「ぼくらは行き違ったのではあるまいか」とフランス語で訊ねた。彼は首を振って、街道のほうは封鎖されているから、この道を通るほかないだろう、と言うのだった。

「鬼塚さんは砂漠の中の道を走れると思いますか？」

「アレッポまで行った以上、知らないことはないと思いますが、迷うということは考えられますね」

　橘信之は村落の向うに拡がる地平線を見て言った。

　矢口忍はそのとき眩暈に似たものを感じ、思わずジープの把手につかまった。彼は一瞬、光のゆらめくなかを、ガソリンを使い果した鬼塚しのぶが歩いてゆくのを見たように思った。

「まさかと思いますが、もし彼女が道を迷うとしたら、ここから……までの間ですね」

　橘信之は眉と眉の間に皺を寄せて言った。矢口はその名前を聞きこそなった。名前を聞いても、何もわかるわけはなかった。

　橘はアブダッラに同じことをフランス語で言った。彼も頭をたてに振って同意した。

「ともかく、二つに別れて鬼塚さんを捜すほうがいいと思います。ぼくらの集合点はこのフランス隊の宿舎にしましょう。矢口さんは申し訳ありませんが、ぼくらが行って戻るまでここに頑張っていて下さい。その間に鬼塚さんが戻ったら、ここから動かないでいて下さい。ぼくらは、ここからまず日本化工の灌漑地区に向けて走ります」橘はそう言いながら、木の棒をとって地面に地図を書いた。「ここが現在位置としますと、こちらが発掘現場、こちらが日本化工の灌漑地区です。ちょうど扇形になっています。この先がアレッポ、こっちのほうがダマスクス街道です。発掘現場とここの間にはいなかったわけですから、彼女の車のあるもう一つの可能性は、この扇形の片方でしょう」

「しかしぼくが何もしないでここにいるなんて、申し訳ありません。ぼくにも何かさせて下さい。江村の言葉なんか、本気でとらないで下さい」

「それは大丈夫です」橘は防塵眼鏡をかけると、ジープに足をかけた。「ここにいることも、いまの場合、もの凄く大事なことです。いまは、手をつくして、あのひとと会うしかありません」

橘信之はアブダッラを促すと、砂塵をたてて、村落の外へ走り去った。

矢口は急に森閑とした影の濃い村落の中に取り残された。太陽はぎらぎら照りつけ、地面は白く眩しく光っていた。矢口は二十軒ほどの土壁の家々の間を歩いてみた。もともと窓のない、四角い、素朴な家であったが、人がいるのか、いないのか、ことりとも物音がしなかった。燃えるような真昼に、一切が沈黙し、動かなかった。家と家の間を歩き、二、三分すると、もう村落のはずれに出た。そこからは、見渡すかぎり、平坦な砂漠が燃えているのだった。砂漠は白く紫に見えた。透明な靄がたえず揺れつづけていた。

矢口はいままでこれほど自分が孤独だと思ったことはなかった。東京で絶望のどん底にあったとき、雨に濡れた町のネオンも、急ぎ足に過ぎてゆく人も、自分に何の関係もなく、自分がそうした一切に拒まれているような気がした。北国の五年間も彼は神社の森のわざめきを聞いて過していた。しかしいま、灼熱の太陽に照らされた無人の家々の間を歩いているときほど、自分が地上にただ一人きりだと思ったことはなかった。彼は一種の恐怖を感じた。しかし同時に、この静寂の中で本当の自分に出会ったような気がした。

第十二章　彷徨

矢口忍は村落の中心にあるテラス付きの家のかげに坐って、一時間ほど、鬼塚しのぶが現われるのを待っていた。

村落のなかは森閑と静まりかえり、相変らず物一つ動く気配はなかった。矢口は何回か村落を廻ってくると、また、日かげのテラスに腰をおろした。村落に入ってくる人影は、そこから見通すことができた。

しかし一時間ほどそこに坐っているうち、自分がこうしている間にも、鬼塚しのぶは砂漠のどこかを、水を求め道を求めて歩いているのではないか、という気がした。果してここにいても、彼女が辿りつけるかどうか、わかったものではない。ほんの五百メートル先、千メートル先で倒れていることもあるのではないか——矢口忍はそう考えると、それ以上そこに坐っていることはできなかった。

矢口はその瞬間、自分が地図もなければ磁石もなく、水筒さえ持っていないのを忘れていた。一歩踏みこめば、右も左もないシリアの大砂漠が彼を呑みこむことを忘れていた。矢口の頭には鬼塚しのぶが必死で歩いている姿しか浮ばなかった。

彼はまっすぐ歩いてゆけば、万一の場合にもただまっすぐ戻ってくればいい、と単純に考えていた。目標のない大平原では、人間は決してまっすぐ歩くことはできず、右か左に曲ってゆくことを知らなかった。

村落を出たとき、ともかくもう一度フランス隊の発掘現場まで歩いてみようと思った。車で二十分ほどの道のりだから二十キロか二十五キロであろう。そこを歩いて、もう一度発掘現場までいってみるのだ。橘信之は村落と灌漑地帯との間を走っている。そちらで見つければ、ここに戻ってくる。ここに戻れば、自分が発掘現場に向けて歩きだしたことがわかるだろう。

念のため矢口忍はフランス隊の宿舎のドアの前に、日本語とフランス語で発掘現場にゆくと書いた紙片を置き、紙片の上に石をのせておいた。橘信之がここに戻れば、紙片を見出すであろうし、フランス隊の誰かがきても、これを読むことができるだろう。

村落を出て百メートルほど歩いたとき、矢口は何気なく後を振りかえった。村落の家々は、広大な砂漠のなかで、身を寄せあう獣の小さな群れのように見えた。ちょうど島から海の中に泳ぎだしたときのように、急に空虚な手応えのない感じに包まれた。しかし矢口は発掘現場までどうしても歩かなければならない、と思った。

矢口忍は前に何度かシリア人たちが長衣を風にひるがえして砂漠を歩いてゆくのを見ていた。見渡したところ、村落も見えない大砂漠を、どうして彼らは歩くことができるのだろうか、と思ったものだった。事実、自分で歩いてみると、大地の起伏の向うにすぐ村落の屋根は隠れてしまい、涸谷《ワジ》に下りたり、斜面を上ったりしなければならないことがわかった。矢口は村落が地平線の靄のなかに消えてしまってから、はじめて砂漠をまっすぐ歩くことの難しさを知った。涸谷《ワジ》に下りて対岸に上ると、もう自分がどんな具合に歩いてきたか、確かめる方法はなかった。頼るのは時計と太陽の方角だけだった。

矢口は航海者のように時どき立ち止っては、方角を確かめ、発掘現場と覚しい方向に向って歩きつづけた。

ジープに乗っているときと違って、三十分も歩かないうちに、喉が渇きはじめ、地平線の白いかげろうのなかから、人影のようなものが幾つも現われてくるのが見えた。

はじめ矢口は、はっとして、その人影のほうへ走りだそうとしたが、間もなくそれが暑さからくる幻覚であることに気がついた。

矢口忍は江村卓郎が何度か喋った砂漠の恐ろしさをその時になって思いだしたが、彼はそれを真実おそろしいとは感じなかった。もしこのまま歩きつづけ、どこかで死ななければならないなら、それだっていいではないか——そんな気持がした。

万一彼の身体は倒れても、魂のほうはそのまま果てしなく歩いてゆき、いつか、その気の遠くなるような地の涯で、鬼塚しのぶと会えるような気がした。死ぬことも恐ろしくなければ、魂が歩いてゆくという考えも不自然には思えなかった。どこかをさ迷っている鬼塚しのぶのほうへ、彼はただそうやって、一歩でも近づくことが、彼の目的のすべてであるように思えた。

一時間ほど歩くと大きな地面の亀裂があり、その亀裂は長く先のほうへつづいていた。矢口はその凅谷《ワジ》を下りる道を捜した。しかし凅谷《ワジ》の縁は切り立っていて、それを渡ることは不可能だった。

矢口は太陽を見て方角を確かめることも忘れ、ほとんど夢遊病者のように凅谷《ワジ》の亀裂に沿って歩きだした。

やがて凅谷《ワジ》の縁が低くなった。矢口はそこからずり落ちるようにして、凅谷《ワジ》の底に下った。彼は自分が何をしているのかわからなくなっていた。ただ何かに向って必死で歩いていることだけを感じていた。

その何かが果して鬼塚しのぶであるかどうかもわからなかった。彼の心のなかでは、それは鬼塚しのぶであり、同時に卜部すえであるような何かだった。

矢口はそれを愛であるとは思わなかった。また罪の赦しを求める行いであるとも思わなかった。そんな言葉より前に、ただそうするのが、彼の生きる意味のすべてであることを感じていた。

「歩きつづけること――歩きつづけること――歩きつづけること」

矢口は声に出してそんなことをつぶやいた。

矢口忍は涸谷《ワジ》の窪みに下り、向いの崖の上り口を捜した。ずっと吐き気がつづき、頭痛が加わっていた。時おりその場にへたへた坐りこみそうになった。彼は眼の前の崖を上る気力が湧かなかった。

しかし涸谷《ワジ》の床を歩いていても、発掘現場に向って進めるわけがなかった。発掘現場に向わなければ鬼塚しのぶと会うことはできなかった。矢口は「鬼塚しのぶ」という名前を思い浮べたとき、力のぬけてゆく身体を、何かが支えてくれるような気がした。

矢口忍は自分が太陽の暑熱と異様な乾燥のため、肉体が衰弱し始めていることに気付かなかった。ただ疲労が鉛のように身体を包んでいると思っていた。

矢口はほとんど夢遊病者のように歩いた。何をするのでも、一々口に出して命令しなければならなかった。

「さ、矢口、しっかりしろ。低くなった場所を見つけて、向う側にはい上るのだ。匐《は》い上って、また、フランス隊の発掘現場に向って歩きだすのだ。右足を出せ。そうだ。それ、左足を出せ」

矢口はそうやって涸谷《ワジ》の底を一足一足歩いた。やがて涸谷《ワジ》が浅くなりはじめ、縁の崖も低くなった。そこは涸谷《ワジ》がくの字に曲っていて、車輪のあとも見えた。

矢口忍はのろのろ低い崖を匐いのぼった。そのとき涸谷《ワジ》の曲り角に、斜めになって一台のジープが頭を下に突っ込んだまま停っていた。矢口は一瞬、自分が幻覚を見ているものと思い、そこに立っていた。

それから、崖の斜面をゆっくりと匐い上り、疑わしい気持で、ジープのほうに近づいた。ジープは崖の急斜面にのめりこむようにして停っていた。ちょうど崖の斜面から露出した巨大な岩が、車の前を支えているような恰好になっていた。左の前照灯はつぶれ、ボンネットはねじ曲っていた。ジープが斜面に滑りこみ、車の前を岩にぶつけて辛うじて停ったことは一目見てわかった。

矢口は急いで車に近づこうとしたが、手も足も、おかしいように力がなかった。まるで急に重力のなくなった世界にまぎれこんだような感じだった。

それでも矢口は崖の斜面の砂を崩しながらジープに近づくと、運転席をのぞきこんだ。

何か声が聞えたような気がした。

矢口は運転席の扉が開いたのをぼんやり覚えていた。

次の瞬間、彼は、自分のほうへ鬼塚しのぶが身体を傾けるのを覚えていた。いや、鬼塚しのぶではなく卜部すえであるかもしれない――矢口はふとそんなことを考えた。

「しっかりなさって。矢口さん。しっかりして。私、左足を挫いて動けないんです。ここまで上れますか？　矢口さん、矢口さん」

矢口忍はただ一こと「水がありますか？」と言った。

「水じゃだめなんです。そこにお塩があります。それを取って下さい。さ、元気を出して。それで助かるんです。それをこのミネラル・ウオーターに溶かして、飲むんです」


矢口忍が眠りから覚めたとき、鬼塚しのぶの肩が自分のそばにあるのを見て、驚いて身体を起した。矢口の前にはジープのフロントガラスが見え、ガラスの向うに、夢うつつで見ていた大岩が白褐色に輝き、その横に、斜めに涸谷《ワジ》がなだれこんでいた。

「さっきから夢をみているような気がしていましたが、夢ではなかったんですね？」

矢口忍は斜めになった運転台に、身体をまっすぐ支えながら、鬼塚しのぶのほうを見た。

「もう大丈夫ですの？」

鬼塚しのぶが眉をひそめて訊いた。

「ええ、もうすっかり元気になりました。これじゃ、あなたを捜しにこようとして、結局は、逆にぼくがあなたに助けられたわけですね」矢口は運転席の隅に身体をぐったり倒すようにしている鬼塚しのぶのほうを見て言った。「日射病にやられたんでしょうか」

「いいえ、矢口さんは脱水症状を起しておられたんです」鬼塚しのぶは眉と眉を時どき寄せ、深い皺をつくった。「あんな恰好で砂漠を歩くの、無茶ですわ」

「しかし、あなたをほうっておくわけにゆかなかったから……」

矢口忍は前日からの経緯を話した。

「ご心配かけましたのね?」

「いや、それよりあなたご自身はどうなのです? さっき何とかおっしゃっていましたね? 足がどうとか……?」

「ええ、左足を捻挫したらしいんです」

「なぜ、ぼくを早く起して下さらないのです?」矢口は鬼塚しのぶの身体を支えるようにした。

「痛むんじゃないですか?」

「ええ、痛みますけれど、もう痺れてしまって……。ただまるで足がいうことをきかないんです」

「それなのに、ぼくの面倒をみて下さるなんて、ぼくは面目失墜です」

「だって、矢口さんはあのままでは危なかったんです。あんな状態になると、とても危険なんですのよ」

「ぼくは江村から散々注意されていたのに、あんなばかなことをしてしまった。結果的にはあなたに迷惑をかけ、あなたに助けていただくことになりました。お詫びします」

「いいえ、私のために、危ない目にお会いになったんですもの。私のほうこそ、何と言ってお礼とお詫びを申しあげていいのか、わかりません」

「でも、あなたの左足だって、ほうっておくわけにはゆかないでしょう？　車は動かないんですか？」

「クラッチが踏めないんです」

「じゃ、クラッチを踏めばいいんですね？」

「ええ、僅かですけれど、ガソリンはまだ残っています」

「それじゃ、ぼくが替りに運転しましょう」

「大丈夫ですの？」

「身体のほうはすっかり。ただし運転はもう五、六年やっていませんから、ちょっとわかりかねますが」

「それなら大丈夫。私達、お互いに助け合えるんですわ」

いや、そうじゃない、君こそぼくの生命を助けたんだ——矢口は鬼塚しのぶの身体を支えながら、そう心でつぶやいた。

「私、ここでハンドルを切りそこなって、車輪を踏みはずしましたの。あの岩がなかったら、下まで落ちているところでした」

鬼塚しのぶはジープがバックで斜面を上りきったとき、下をのぞくようにして言った。

「岩にぶつかったとき、足を捻挫したんですね?」

「ええ、足で突っ張ろうとしたらしいんです。気がついたら、もう足が動かないんです」

「強くぶつかったんですね?」

「でも、ぶつかって助かったんです」

「そのおかげで、ぼくも助かった」

「幸運でしたのね。矢口さんも私も……」

「ええ、いまも夢のつづきを見ているような感じです。足、痛みませんか?」

「大丈夫です。もう車が動くし、矢口さんがいて下さるんですもの」

「宿舎に戻りましょう。橘君もあそこに来ることになっているんです」

「矢口さんには悪いんですけれど、私ね、扉のところまで戻りたいんですの」

「だって、もう現場には誰もいませんよ」

「ええ、それは知っています。でも、ここまで来て扉の状態を確かめておかないと、何だか仕事を途中で投げだしているような気がするんです。扉の掘り出しが私たちチームの仕事で、私はそのためにダマスクスにゆくことになっていたんですから」

「しかし叛乱軍がこないともかぎりませんよ。日本隊も引きあげていますし、村落も人影一つありません」

「扉の状態さえ確かめたら、すぐアレッポに引きかえします」

「ガソリンはありますか?」

「宿舎にはまだ貯蔵があるはずと思います」

矢口忍がエンジンをかけたとき、車はぎくしゃくして、はじめ二、三度エンストをした。鬼塚しのぶは片足をのばし、セーターやシャツを柔かくつめたスーツケースの上に軽く置き、両手で身体を支えていた。

「運転、お上手ですのね」

矢口がようやく手順に慣れ、ジープが砂塵を巻きあげながら走りだしたとき、鬼塚しのぶが言った。

「いや、いや、冷や汗ものです。砂漠なので、ぶつかるものがないのが、せめてもの幸いです。振動で足が痛むんじゃありませんか?」

「この急造のクッション、具合がいいですわ」鬼塚しのぶが身体をそらせ、両手でそれを支えた。「足がきかないために矢口さんに運転していただいているんですもの。少しぐらい足が痛んでも我慢します」

矢口が地面の凹凸を避けながら、鬼塚しのぶの指し示す方角へ二十分ほど車を走らせると、彼にも見慣れた発掘現場の地形が近づいてきた。

「扉の出たのは、ここから五百メートルも離れている遺丘《テル》からなのです」

鬼塚しのぶはそう言って、大小の試掘壕《トレンチ》や遺構の土台の露出した穴の先を指さした。

そのとき矢口は地平線の涯が茶色いヴェールのようなもので覆われているのに気づいた。

「何でしょう？　あれは？」

矢口は最初、暴徒の群れが砂塵を巻いて移動しているのではないか、と考えた。しかしそれにしては、その茶色のヴェールは西の地平線を包み、中天にまで達していた。

そのうち、ジープのまわりの砂が突然煙のように巻きあがり、乾いた草の残骸が細かく震えはじめた。あっという間に、風が車を包んだ。

「砂あらしですね」

矢口はエンジンをかけると、でこぼこした丘を下り、もう一つの低い丘をまわっていった。

そのときはもう砂あらしはのしかかるようにしてあたりを暗く覆っていた。

「私に肩を貸して下さいます？」

鬼塚しのぶは車を停めるように頼んでから、矢口のほうを見た。二人とも防塵眼鏡をかけていたので、男と女という感じはなかった。

「いいですけれど、どうなさるんです?」

「扉がどうなったか、見たいんです」

矢口は、砂あらしがやむのを待ったらどうかと言おうと思った。しかし彼女が足の痛みをこらえてここまで来たのは、ただ青銅の扉の状態を確認するためであった。とすれば、一刻も早く、扉を見ておきたいのは当然だろう。

「わかりました。とにかく、一足先にぼくが様子を見てきましょう」

矢口忍はジープのドアを開けると、転がるように砂あらしのなかに飛び出した。

防塵眼鏡を通して、辛うじて丘の斜面が茶褐色に霞んだ砂の渦のなかに見分けられた。痛いような風が顔に当り、耳もとで風の音が鳴りつづけた。矢口は身体を前に倒すようにして、鬼塚しのぶが指し示した丘の中腹まで匐いのぼった。

幾つかの竪穴が丘の斜面に掘られていた。その一つは横から水平に掘られていて、ちょうど天井のない廊下のような具合に、奥へ深く入っていた。上も入口も木枠と板でがっしり覆い、何枚ものむしろがかぶせられ、石が丹念に並べられていた。

矢口は横手の木枠をはずし、暗い洞窟のような奥をのぞいた。そこからは扉は見えなかったが、扉のある場所はここ以外に考えられなかった。

「斜面を横から水平に掘った穴がありますが、あれですね」

ジープに戻ると、ドアから首を突っ込んで言った。

「ええ、それです。上から掘っていって、扉にぶつかったので、こんどは横から掘り出そうということになったのです」

「その足では歩くのは無理でしょう。ぼくが、抱いてあげましょう」

「でも……」

鬼塚しのぶはためらった。

「遠慮なんかしている場合じゃありませんよ。あそこまでなら、ぼくにも、あなたを運ぶだけの力はありそうです」

矢口は鬼塚しのぶの左手を自分の首にかけさせると、右手で、彼女の身体を支え、左手で、両脚をすくうように抱いた。

「しっかり首につかまっていて下さい」

「はい」

鬼塚しのぶは素直にうなずいて、矢口の首に手を廻した。砂と風は二人を包んでごうごう鳴りつづけた。

「矢口さんて、力もおありになるんですのね」

遺丘《テル》の砂を踏みしめて矢口がゆっくりのぼってゆくと、鬼塚しのぶはおかしそうに言った。

「痛むんじゃありませんか？　そんな冗談を言ったりして……」

「いいえ、とても楽々と運ばれているんですもの。痛みなんか、忘れてしまいます」

「それなら結構です」矢口は砂が口のなかでざらつくのを感じた。「ぼくはせめてこれだけでも体力があったことを、いまほど、幸福に思ったことはありません。両親に感謝すべきでしょうね」

矢口は穴の入口に着くと、鬼塚しのぶを静かに地面の上に立たせた。

「立てますね」

矢口か言った。

「ええ、肩を貸して下されば歩けます」

矢口は鬼塚しのぶの手から懐中電灯をとると、それを穴の奥へ向けた。

「あれです。斜めになっていますでしょう？」

鬼塚しのぶの指さす先に、黒ずんだ二メートルほどの四角いものが、垂直に削りとられた壁面からくり抜いたように突出していた。

矢口は鬼塚しのぶを左から抱えるようにして、ゆっくり廊下のような穴の中に入った。

丘が風を防いでいるせいか、覆いがしっかりしているためか、砂あらしの音は急に遠のいた。地下室の冷たい、ひっそりした、暗闇が矢口を包んだ。

懐中電灯の光の輪が奥の黒ずんだ扉を照らしだしていた。二人が歩くたびに、光の輪が左右上下に揺れた。

「これですの、青銅の扉は」

鬼塚しのぶは扉の前に立つと、片手で青銅の腐蝕した表面を撫でた。

矢口忍は上から下へ懐中電灯の光を当てながら、息をつめて、四千年の歳月を地中で眠っていた神秘な重い金属を眺めた。

青銅の扉は上層の部分を掘り出されていたため、まだ地面に背中を着けて、斜めに仰向いているような感じに見えた。青銅が腐蝕し、ぼろぼろになっているので、下の部分を掘れば崩れ落ちることも考えられた。そのための支柱になるものを手配するのが鬼塚しのぶの仕事だったのだ。

「ぼくは北国の町で、古い鏡を見たことがあります。神社の社殿の奥に安置されたものですが……。そのときも、何か言い知れぬ崇高感というか、畏怖感というか、そんなものを感じました。とても人間の考えなどでは計り得ない何かを、感じたんです。でも、この扉には、それだけではなくて、もっと、こわいものがありますね。もっと、威圧的なものが……」

「掘りだされたばかりだということも、そんな気持にさせるのじゃありません？　一口に四千年といっても、私たち、実際には、感じることができません。私の両親の、その両親の、またその両親ぐらいまでで、それ以上は、私たちの時間の感覚ではつかみ切れませんもの」

「ほとんど永遠と言ってもいいですね」

矢口は片手で青銅の扉に触った。扉は冷たく、ざらついていた。

矢口忍は懐中電灯で青銅のぼろぼろの破片を上から下へ照らしながら、四千年という歳月のことを考えていた。たしかに鬼塚しのぶのいうように、それは実感としてはつかめない厖大《ぼうだい》な時の量であった。しかしその実体はつかめないものの、厖大な何ものかであることはわかった。

青銅の表面には細い打ちだしの線が帯のように走っているのが見られ、その線と線の間の帯状の部分に、人物のようなものが打ち出されていた。線刻で何かが描かれているところも見えた。

腐蝕しているうえ、泥が払いのけてないので、完全には図柄はわからなかったが、そこに四千年前の工人が生き、働いていたことは確かだった。

矢口忍は、はじめて粘土板の文字を見たときの異様な戦慄に似た気持が、身体の奥からこみ上げてくるのを感じた。

それは四千年の歳月を越えて、かつて生きていた人間の息吹きに触れ得たという感動であった。人はこうして文字を書き、また青銅の扉をつくったのだ――矢口はそう思うと、何かたまらなく、そうした人々がいたということが胸につき刺さってくるような気がした。かつてそこで働き、悩み、喜んだ人間がいたということ、そしてその人たちが地上から姿を消して四千年もたった今、彼らの生きていたぬくもりがまだ残っているということ――そのことは、矢口の胸を、懐かしさと痛ましさで満たした。

「だが、すべての人間は――この扉をつくった人、粘土板に字を彫りこんだ人だけではなく、ぼくら自身が、こうした時の滅びのなかで生きているのではないか。ながい一生と思ってぼくらは生きている。だが、八十年、九十年の生涯でも、四千年の時の流れのなかでは、何とけし粒のように小さなものだろう。それは、一夏を鳴いて死ぬ蟬ほどの生命にも感じられないではないか」

矢口忍はぼろぼろの青銅板をもう一度ゆっくり手で触った。

「ここで青銅の扉がつくられた頃、すでに千年の文明がこの大地の上で築かれていたのだ。この神殿が築かれたとき、ウルからもバビロニアからもニネヴェからも王の使者たちが集ったに違いない。群衆の歓呼と畏怖の祈りがユーフラテスの河畔に響いたに違いないのだ。この扉を仰ぎながらシュメールの王たちが威儀を整えて神殿に入ったことであろう。しかし布を頭からかぶった裸足の老婆たち、捧げものを携えた男たち、眼をきらきら光らせた娘たちも、同じようにこの青銅の扉をくぐったのだ。この扉は今ぼくらを見ているように、四千年前、すでに人々の悩みと喜びを見ていたのだ。四千年の歳月――だがその間にいったい何が変ったろう。人間は同じように生れ、同じように愛に悩み、同じように死んでゆく。無数のドラマが人間の歴史の上を走りさっていったのに、人間は、結局は同じことを繰りかえし、そうしていつか、この地中の穴にも似た、暗い虚無のなかに消えてゆくのだ」

矢口は眼をつぶり、手の先に触れる青銅の感触を味わった。何か熔岩にでも触れるようなざらついた肌ざわりだったが、矢口はそこに時の重い足跡を感じるように思った。

子供の頃、矢口忍はよく暗い廊下をどこまでも歩いてゆく夢をみてうなされたことがあった。彼はこの長い廊下を歩きつくさなければ、明るい場所へ出られないのを知っていた。しかしその暗い廊下はいくら歩いても無限につづいていた。矢口はそのときの恐ろしさ、寂しさ、一人ぼっちの思いをいつまでも憶えていたが、青銅の扉に触っていたとき、それと同じ寂しさが全身を浸してくるのを感じた。

それは、四千年の歳月に較べて、人間の生があまりにも短く、ちっぽけなものであるという実感から生れていた。生れる以前も、死んでから後も、人間は、この暗い長い廊下に似た虚無のなかにいるのだ。人間の生は、この暗い虚空のなかに浮ぶ小さな島のようなものなのだ。そこには光が当り、緑の木々が風に揺れ、花が頭をゆらしているが、しかしまわりはまっ暗な深淵なのだ……。

矢口はそう考えると、寂しい思いに浸されはしたが、こわい気持はなかった。ついさっき、ほとんど脱水状態になって気を失いかけていた。鬼塚しのぶに会わなければ、砂漠の涯で、乾いた死体になって倒れていたかもしれなかった。二度と、光の当る緑の島に眼覚めることがなく、暗い虚空のなかに沈んでいったかもしれなかった。

だが、矢口は、よしんばそうであっても、いささかも後悔はしなかったろう、と思った。あのとき、彼は、無限に、死んだト部すえのほうに近づいているような気がした。その窮極の一点までゆけばト部すえと会え、もう一度、別な光のもとに生きかえることができるように感じていた。矢口の混濁した頭には、ト部すえは鬼塚しのぶに変り、鬼塚しのぶはト部すえに変った。

しかし矢口にとって、それは、彼の生命の代償に存在するものであった。彼が、その極点に向って死んでゆくことによって、ますます生き返ってくる何かであった。矢口は、その何かが生き返れば、自分が死ぬことなど、おそろしくも何ともなかった。むしろ喜ばしくさえあった。あのとき、矢口の身のうちを貫いていたものは、そうしたひたすらな思いの果てに現われる浄福感のようなものであった。

彼は青銅の扉に触りながら、自分が四千年の歳月と同化し、沈黙した虚無のなかにいるような気がした。ちょうど地底の墓窟に横たわり、静かに自分の上を過ぎてゆく無限な死者の時間を味わっているような感じがした。

そういう眼で、矢口は、そこに立つ自分と、鬼塚しのぶを眺めた。二人は光の当る緑の島に立っていた。二人の身体にはあたたかい血が流れていた。二人はまだしばらく緑の木々が風にそよぐのを見ていられるのだ。

矢口忍は、そのとき、不意に、ある喜ばしい感情に貫かれるのを感じた。それは何か白く輝く光の洪水のように、音をたてて、身体のなかを走り過ぎていった。

「どうかなさいまして？」

「いいえ、大丈夫です。ただ四千年前と考えたら、ちょっと身体が震えました」

「まだ土が残っているので、よく見えませんけれど、ペリエ先生のご意見では、扉のこの盛り上った線と線のあいだの、この帯状の部分には、兵士たちの行進の情景が打ちだしになっているというんですの。そう言えば、人間の行列のように見えますわね」

「ここは線刻ですね」矢口は懐中電灯で上を照らした。「鳥みたいに見えますが」

「馬じゃないでしょうか？」鬼塚しのぶは首を後にそらした。「土を払い落したら、はっきりわかるでしょうけれど」

「扉にしては割合に薄手な感じのものですね。ぼくは青銅の扉と聞いたとき、厚い、重い扉を想像しました」

「青銅は木の扉を覆っていたのだろうと考えられていますの。表面の図柄がよくわからないのが残念ですけれど」

「いや、これだけ残っていれば、十分でしょう。日本隊の連中だったら、気が変になってしまうでしょうね。新聞だって、第一面に書いてくれるでしょう」

「パリでも、おそらく相当騒がれるだろうって言っています。パロ教授が発掘されたマリ遺跡以来の考古学的な成果だって、みんな興奮しているんです」

「粘土板といい扉といい、フランス隊はついていますね」

「ええ、とても運がよかったと思います。この遺丘《テル》を掘りだしたとき、最初に獅子の石像が出ましたの。神殿の柱の台座に使われていたらしいんです。それで、この遺丘《テル》が神殿か宮殿かの堆積だろうと考えられました。石段とか、壁とか、溝とか……」

そこまで言ったとき、鬼塚しのぶは「あっ」と小さな声をあげた。

「大丈夫ですか?」

矢口はしのぶの身体を両手で支えた。懐中電灯が地面に転がった。矢口は足の先でそれを引きよせ、ゆっくり身をかがめて拾った。

「扉の状態が確認できましたから、とりあえず宿舎まで戻りませんか?」

「ええ、そうします」

矢口は鬼塚しのぶの身体を両手で抱きかかえると、ゆっくり砂あらしのなかを車まで戻った。風は前よりも強く吹きつのり、足もとの砂がみるみる風に削がれるように吹き飛ばされてゆくのがわかった。防塵眼鏡がなければ動くこともできなかった。遺丘《テル》は茶褐色の砂けむりのなかに消えていた。ジープの屋根やボンネットの角が風を切り裂いてひゅうひゅう音をたてていた。

矢口はしのぶを助手席に乗せると、すぐエンジンをかけた。始動のからからいう音が聞えたが、エンジンはなかなかかからなかった。矢口は、三度、四度と試みた。

「少し休んでからになさったら？」

鬼塚しのぶが言った。それでもエンジンは動かなかった。

ジープの内部にも砂が吹きこんでいた。

「とにかく砂あらしが過ぎるのを待ちましょう。これではエンジンを調べるわけにもゆきませんから」矢口忍は言った。「ぼくたちもアラブふうにやるほかありませんね」

「アラブふうって？」

「頭から布をかぶり、じっと地面にしゃがみこんでいるんです。砂あらしが過ぎるまで」

「本当に、それ以外には、どうすることもできませんわね」

「足は大丈夫でしょうね？」

「じっとしていれば、何とか我慢できます」

「ちょっと心配なのは、ここを暴動を起した連中が通り過ぎはしまいかってことなんです。政府軍は国境に釘づけになっていて、この辺の防備は手薄になっているという噂でした」

「私ね、万一のときの覚悟はしてあるんです」

「ぼくは、そんなの嫌ですよ。なんとしても、あなただけは元気で生きていただきたいんです。ぼくこそ、どうなったって構いませんが」

「なぜですの？　矢口さんは私のためにこんな危ない場所に来て下さいました。でも、本当は、私、それに価するような人間じゃないんです。ですから、矢口さんこそ、元気で生きていっていただきたいんです。私は、ここでどうなっても、それでいいんです。そのことは、私、よくわかっていますから」

「あなたこそどうしてそんなことをおっしゃるんですか。アブダッラでさえ自分で自分を守るんだと言っています。こういう土地柄の知恵でしょうが、その積極的な気持は学ぶ必要があると思います」

「ごめんなさい」鬼塚しのぶは素直に言った。「そういうつもりじゃなかったんです」

「いいんですよ。ぼくも時どき言いすぎますから」

「私、本当は、矢口さんがお考えになっているような人間じゃないんです」

鬼塚しのぶはしばらく黙ってから、口を開いた。

「いや、ぼくだって、あなたにこうして気安く口がきける人間じゃないのかもしれません。そんなことを言いだしたら、お互いに力を合わせられなくなりますよ。ぼくたちは何とか力を合わせることが大切なんです。いまは、そのことだけを考えませんか」

「わかりました。そのことだけ考えます」

矢口も鬼塚しのぶも黙って、車の外を眺めた。砂あらしはいつもと様子が違っていた。ふだんは一時間ほど吹きつのると、自然と、砂漠のどこかへ消えていった。いかにも砂あらしが来て、去ってゆくという感じだった。

しかしその日の砂あらしは、風の荒れ方もひどかったが、いつになっても風が弱まる気配を見せなかった。

天地が砂塵に包まれ、灰褐色の濁流のように風が流れていた。太陽が白い円盤となって中天にかかっていたが、灼熱する感じはなかった。足もとから砂が煙となって舞い上り、みるまに窪みができていった。

空の奥が海鳴りのように鳴っていた。あらゆるものが身を伏せていた。天地が終りになるとはこのようにしてであろうか、と、矢口はフロントガラスにつもってゆく砂を見つめた。

「これでは、車ごと砂に埋まりますね」

矢口は鬼塚しのぶのほうを見た。彼女の表情は防塵眼鏡のためにわからなかったが、同じようなことを考えていたようだった。

「いつもと違いますわね?」

「違いますね。いま思い出したんですが、今朝アブダッラが砂あらしになると言っていました」

「土地の人にはわかるんですのね?」

「おそろしいほどぴったり言い当てましたね。遊牧民の知恵とはいえ、こわいですね」

二人は黙って、凄まじい風に乗って、砂塵が煙のように走りさるのを眺めていた。視界は薄れ、遺丘《テル》の斜面が辛うじて見分けられるだけであった。

風の当る側の窓ガラスは砂が壁土のようにへばりついていた。風は鞭のように砂漠を打ち、うなりをあげて、砂煙を巻き上げていた。

砂漠の民が神の怒りの日を考えたのは当然だ、と矢口は思った。太陽は暗くなり、あたりは夕暮のような感じだった。ジープのなかにも砂がたまっていた。矢口たちの肩や腕は白い砂の膜に覆われた。

「一晩吹かれたら、車ごと砂に埋まりますね」矢口は腕につもった砂に、指で字を書きながら言った。「シリア砂漠の砂は微粒の泥ですからね、どんなところにも吹き込みます」

「明日は二人とも泥人形になりますわ」

「水はまだありますね？」

「ええ、水も、それに食糧も」

「じゃ、泥人形になっても生きてゆけますね」

「もちろん。一週間、砂漠に迷っても大丈夫ですわ」

「用意がいいんですね」

「連絡用の車には、それだけのことがしてありますの」

「なるほどね。さすがフランス隊だな。橘君が肩を持つのは当然ですね」

「もし砂あらしがつづくようでしたら、食糧を持って、扉のところまで戻ったほうがよくありませんか？」

「穴の中ですか？」

「ええ、穴の中に」

「ここよりは風がきませんでしたね」

「ランプもありますし、暗くても平気です」

「まるでロビンソン・クルーソーですね」

矢口も、さっき扉を見ていたとき、風向きの具合で、穴の中が、砂あらしに取り残されたように静かだったのに気付いていた。まともに砂をかぶっている車の中より、穴のなかのほうがまだましかもしれない――矢口もそう思った。

「ちょっと見てきましょう」

矢口は砂あらしの中に出て、遺丘《テル》の斜面を、頭を下げ、のろのろと歩いた。風圧に押されて身体がよろめいた。

穴の中は風がこなかった。

「向うへ移りましょう。辛いでしょうけれど、しばらく我慢して下さい」

「私、歩きます」

「だめですよ、そんな。何も意地をはることはないでしょう」

矢口は鬼塚しのぶを横抱きにして、斜面をのぼった。

矢口忍が水や食糧を穴の中に運び終ったとき、一番気になったのはさそりのことだった。ジープから椅子をはずしてきて、ゴムの布を敷き、その上に椅子を置いた。そしてそのまわりに深い溝を円形に掘った。

「本当の探検家みたい」

鬼塚しのぶは笑った。

「いや、笑いごとじゃありません」矢口忍は周囲に溝を掘り終ると言った。「日本隊でも人夫がやられているんです。溝とゴムと椅子と、三段構えなら何とか防げるでしょう」

「ゴムはいいんですの?」

「さそりはゴムの匂いがきらいなんです」

砂あらしの中を何度か往復して、矢口は穴ごもりの仕度をした。すでに日没まで二時間しかなかった。万一砂あらしがやんでも、橘たちが捜しにくるのは翌日を待たなければならなかった。少くとも一晩は穴の中で過すほかなかった。

「何から何までしていただいて申しわけありません」鬼塚しのぶは足を柔かいクッションの上にのばしたままの姿勢で言った。「動けないのがこんな辛かったこと、はじめてです」

「ぼくのために、辛く思うのでしたら、その必要はありませんよ」矢口忍は非常食の包みをやぶいて食事の用意をしながら言った。「案外、これで役に立つので、自分でも喜んでいるんですから」

「案外どころか、私、さっきから、驚いているんです。矢口さんに、そんなこと、おできになるとは思いませんでした」

「自分でも、かくれた才能を発見しました。これなら、何とか、これからもやってゆけます」

「奥さまは、いらっしゃらないんですの?」

「ええ、いまは一人です。五年ほど前に別れました」

「そうでしたの」鬼塚しのぶは低い声で言った。「余計なことをお訊きして、許して下さい」

「いや、構いませんよ。砂漠にくるまで、ぼくのなかに、まだ、何かこだわったものが残っていました。しかし、いまはもう、大丈夫です。砂漠にきてから、ずいぶん自分が変ったように思います」

「じゃ、そのこと、お訊きしても構いません？」

「構いません。訊いて下さい」

「私ね、本当は、矢口さんのこと、もっと知りたいんですの」

「ぼくも、あなたのことを、もっと知りたいですね」

「どうしてですの？」

「さ、どうしてでしょうか。おそらく同じような気持からじゃないでしょうか」

「それはどうかわかりませんわ」鬼塚しのぶは右手で髪を掻きあげて言った。「私のは、とても、特別なものなんですもの」

「この前、ホテルに手紙を残して下さいましたね」

「ええ」

「その特別なものって、あのお手紙と同じですか？」

「同じです」

鬼塚しのぶは顔を伏せ、低い声で言った。

「それなら、ぼくも同じです。同じですけれど、ぼくは、あなたと同じ資格はもちろんありません。いわばぼくは資格喪失者です」

「どうしてそんなことをおっしゃるんですの?」

「それは……」矢口は口ごもった。「ぼくがそれに価しないことをしたからです」

「そんなこと……」鬼塚しのぶは矢口を見て首をふった。「そんなはずはありません」

「そう言っていただくだけでも身に余ることです。食事をしてから、ぼくのことを、ゆっくりお話しましょう。そうしたらあなたもどうしてぼくがそんなことを言うか、おわかりになると思います」

二人はほとんど機械的に非常食を喉に押しこんだ。食べるというより、身体の消耗を防ぐための処置をしている感じであった。口のなかに砂のざらついた感触があった。矢口はそれを無理に呑みこんだ。

食事を終えると、二人はしばらく外の風の音を聞いていた。

「さっき、ぼくは妻と別れたと言いましたね」矢口は顔をあげると言った。「実は、その前に、ぼくは別のひとを愛していました。しかしそのときは、自分がそれほど深くそのひとに惹かれているとは思いませんでした。もちろん何から何まで感じのいい女性でした。控え目なやさしい人柄でした。それなのに、突然、ぼくはその人を忘れました。そして新しい女に夢中になり、その女と結婚したんです」

矢口忍はながいこと自分の心の外に締めだしていた記憶のすべてを呼び起した。彼はどんな些細なことも洩らしたくなかった。そうした細部に真実がこもっているような気持さえした。卜部すえに出会ってから、その死にいたるまでの一切を彼は鬼塚しのぶに話したのであった。

青葉を打つ雨に濡れて卜部すえが立っていたこと、暗い廃坑の町へ葬儀に出かけたこと、梶花恵と別れて北国に暮すようになったこと――そうしたことを、矢口忍は自分の言葉でもう一度眼の前に描きだした。話すにつれて、甦ってくる記憶もあった。話していて、苦痛から顔が歪んでくるような出来事が浮ぶこともあった。

しかし矢口は話をぼかしたくなかった。彼は、そうして話すことによってしか越えられないものを、はっきり感じていた。

「江村がぼくを砂漠に誘ったとき、ぼくにそんな資格があるのかと疑いました。ぼくがたとえ考古学者であったとしても、資格はないのではないかと思ったのです。それにもかかわらずぼくは砂漠にきました。いまになって思うと、何かがぼくを砂漠に呼んでいたに違いないのです。というのは、ぼくは砂漠にきてはじめて、自分が罪の償いをしていたと思っていたことが、全然そうでなかった事実に思い当ったからです」

鬼塚しのぶは息をつめて矢口のほうを見つめていた。彼女は一言も喋らなかった。砂あらしはなお洞窟の外で荒れていた。ランプの光が一段と濃くなって、砂漠があらしの中で暮れてゆくのがわかった。

「ぼくは自分の犯したことのために、人並に生きる権利はないと思ったのです」矢口忍は話をつづけた。「北国で、ただ穴に引きこもるようにして生きていたのも、そのためでした。ぼくは詩人としての仕事も、学者としての生涯も、一切棄てようとしました。事実、ぼくは別人のようになって暮しました。できることなら、ぼくは死者のように生きたいと思っていました。すべての喜びをぼくは自分に禁じようとしました」

矢口忍は黄いろいランプの光を見つめ、しばらく口をつぐんだ。ひとしきり砂あらしの音が高くなり、覆いの上に崩れてくる砂の音が川瀬のように聞えた。

「しかしぼくは砂漠にきてみて、それがどんなに間違っていたかを思い知らされました。ぼくがどれほど人並に生きる権利を放棄し、喜びを拒んでいても、太陽は輝き、みどりの木々がぼくらを囲んでいるんです。柔かな太陽や、みどりや、清らかな水が、生命にとって、どんな恵みであるか、砂漠にこないとわかりません。ぼくは、生きていることそのことが喜びであり恵みであることを、砂漠にいる間に、だんだん理解していったのです。たとえぼくが生に背を向け、喜びを拒もうとしても、その前に、こうした恵みを与えられている以上、ぼくは、与えられた幸福をただ見まいとして生きていたにすぎないのではないか——ぼくはそのことに思い当ったとき、眼からうろこが落ちるように思いました」

鬼塚しのぶはどこか床の一点を見つめ、身じろぎもしなかった。砂あらしの音が幾分遠ざかった。

「それに、シリアにきて、ここの人々が、この乏しい土地で激しく生きているのに打たれました。八十種類の香料を使いわけてゆくような、鋭敏な、強烈な感覚で、彼らは生を生きているんですね。白けたなんて甘ったれたことを言う余裕は、この国にはありません。前にも言いましたけれど、ぼくは、あの泉に水を汲みにゆく女たちの姿に、生への激しい意気ごみを感じます。静かな、落ちついた歩みですけれど」

「ええ」

鬼塚しのぶはうなずいた。

「ぼくは罪の償いのために生に背を向けていた誤りをこうして砂漠で理解してゆきました。罪を償うとは、生を拒んだり、喜びを見ないことではなかったのです。それはむしろ逆に、生きることが、どんなに乏しく、どんなに苦しくても、それだけですでに恩寵《おんちょう》であることを理解して、生を激しく純一に生きることでなければならなかったのです。ぼくにそれがわかったのは、ついさっき、あなたを捜しに歩きだしたときでした。こうして激しくひたすらに生きるときだけ、罪は、ぼくに恩寵となって現われることを知りました。罪は償いうるというものではありません。しかし償いえない罪のおかげで、ぼくは生が何であるかを知ったのです。もし罪の償いがあるとしたら、この真実の生の姿を深く知り、生きるほか、方法がないように思うのです」

矢口が気がついたとき、鬼塚しのぶは両手で顔を覆っていた。嗚咽が聞えた。

矢口は一瞬、信じられないものを見るような表情で、鬼塚しのぶが肩を震わせているのを見つめた。

「ぼくが言ったことで、何かお気に障ることがあったら、許して下さい」矢口は声を落して言った。「自分のことばかり、勝手にお喋りして……」

「いいえ、違うんです」鬼塚しのぶは両手で顔を覆ったまま、頭を横に振った。「私、本当は、お話をきいて、とても、嬉しかったんです。でも……」

彼女はなお声をこらえて、しばらく泣いていた。矢口は立ちあがり、洞窟の入口までゆき、入口をふさいでいる板やむしろを押しあけて外に出た。

すでにあたりは薄暗かった。ただ風だけは相変らず砂を巻いて丘の背を走っていた。遠くに淡く色づいた雲が、灰暗色の雲にまじって浮んでいた。

風のせいで耐えがたい暑熱は幾分やわらいでいたが、身体じゅうを砂でまぶされたような不快な、かさかさした気分は消えなかった。矢口はしばらく砂あらしを避けるようにして、洞窟の壁のかげに立っていた。

矢口が洞窟のなかへ戻ると、鬼塚しのぶは矢口のほうを見て、眩しいような表情でほほえんだ。

「大丈夫ですか?」

矢口は腰をおろして言った。

「ええ、もう大丈夫です。泣いたりなんかして、申し訳ありませんでした」

「ぼくのことなら構いませんよ。ぼくは、ただ、あなたが辛そうにしているのに、何もできないのが歯痒かったのです」

「いいえ、私は、辛かっただけではないんです。本当は嬉しかったんですの。矢口さんのおっしゃったことが、とてもとても、嬉しかったんですの」

矢口は黙って鬼塚しのぶのほうを見つめた。

「こう申しあげただけでは、おわかりいただけないと思います。でも、それは本当なんですの。私ね、いまのお話をうかがっていて、生れてはじめて、あることがわかったんです。ながいこと私を苦しめていたことが、いま、矢口さんのお話で、まるで太陽に解ける氷のように、解けていったんです」

「ぼくは、つまらんことを口にしたと思います。自分の、ろくでもない過去や恥をお話したりして……」

「いいえ、私、そんなふうに思いませんでした」

「それは、あなたがやさしいかただからですよ。ふつうのひとなら、ぼくを軽薄な利己主義者といって軽蔑するでしょう」

「そんなことありません。矢口さんは、女のかたが亡くなったのを、ご自分の罪だとおっしゃいました。でも、私ね、そのかたはお仕合せだったと思います。こんな言い方は残酷で、いけない言い方ですけれど、私は、そう思うんです。そのかた、本当は、死んではいけなかったんです」

「しかし彼女が死を選んだ以上、もう何を言っても遅いんです」

「ええ、それはわかります。私にも、同じようなことがありましたから……」

「あなたに？」

矢口は驚いて眼をあげた。

「ええ、私にも、とても許されないようなことが、あるんです。とても、自分でも耐えられないようなことが……」

鬼塚しのぶは手をよじるようにして、じっと自分の前を見つめていた。唇がひくひく震えた。

「そんなこと、信じられませんよ。あなたのような……」

矢口忍は独りごとのように低くそうつぶやいた。

「矢口さんが、その女のかたの死をご自分のせいだとおっしゃるのなら、私も、あるひとを、死よりももっと残酷な目にあわしているんです。矢口さんがご自分のことを罪だとおっしゃるんでしたら、私のは、それよりもっと罪深いことだと思うんです。だって、そのひとはいまも苦しんでいますし、いまも暗い闇のなかにいるんですから……」

矢口は何か言おうと思った。何をばかなことを、と、彼は鬼塚しのぶを叱りつけようと思った。しかし言葉は声にならなかった。鬼塚しのぶの顔に、そうした一切の言葉を拒むような、孤独な暗い表情が浮んでいたのだった。

「私ね、そのことで、長いこと苦しんできたんです。子供のときから、ずっとです。本当に、そのために、いままで、一度も青空を見たことがないような気がするんですの」

鬼塚しのぶは矢口のほうに眼をあげ、それから、また、自分の前を見つめた。砂あらしの音が時おり思いだしたように遺丘《テル》の斜面を唸って通り過ぎた。

矢口は、鬼塚しのぶの後に斜めに横たわっている青銅の扉のほうに眼をやった。ランプの乏しい光で、黒いかげのように見えるその扉が、重く暗い宿命となって、二人のうえに、のしかかっているような感じがした。

「いつか、前に、矢口さんは、私がどうしてフランスに留学したか、って、お訊ねになりましたね」

「ええ、訊きました」

「私、そのとき、フランスに帰る神父さまと一緒に日本を出たと申しあげました」

「たしか高校のとき、でしたね？」

「ええ、高校二年のときでした。この前、矢口さんは、ずいぶん早く留学しましたねとおっしゃいましたけれど、私の気持ではそれでも遅すぎたくらいでした。私は、あの頃、ただ日本から早く逃げたかったんです。日本語の聞えないところ、日本のことを思い出さないところへ、姿を隠してしまいたかったんです。私がフランスへきたのは、留学なんかじゃなく、逃げだすためだったんです。自分や、自分の家や、自分の身のまわりから、ただただ逃げ出したかったからです」

矢口は鬼塚しのぶが眉と眉の間に皺を寄せ、痛みをこらえるような表情をするのを見つめていた。足が痛むのかもしれなかったし、何か心のなかの追憶が彼女を苦しめているのかもしれなかった。しかし矢口は黙っていた。黙って、頭上を越えてゆく砂あらしの音を聞いていた。

「いま、矢口さんは私のことをお知りになりたいと言って下さいました。本当は、私も、聞いていただきたかったんですの、こうした私のことを。あまり楽しいお話ではありませんけれど」

鬼塚しのぶは、そう言って、少し考えるような表情で眼をあげた。矢口はずっと青銅の扉のほうを眺めていた。

「父のことから申しますと、父は戦争中は技術将校としてレーダーの研究をさせられていたそうです。戦後はその頃の研究仲間と一緒に電気関係の工場をつくりました。父たちの技術ということもありますけれど、戦後の経済成長の波に乗った業種だったのでしょう、経営もかなり伸びて、新聞雑誌でも時どき名前を見るほどの会社になっていました。母とは戦争中に結婚していて、男一人、女二人の子供がありました。父は機械いじりが趣味でしたし、日曜大工なども上手で、家のなかには、いつも、おだやかな、明るい気分が漂っていました。母も昔気質の、つつましい、きちんとした性格でしたから、子供たちの教育なども、わりと細かく気を配っておりました。子供たちの机や椅子も父が自分でこしらえましたが、デパートなどで売っている勉強机よりずっと楽しく上等にできていました。父のお友達が来ると、これだけは鬼塚君にはかなわないね、子供さんは仕合せだね、と言っていたそうです。もし私の家がこのままつづいていたら、何の波風も起らず、平穏な幸福を恵まれていただろうと思います。でも、そこに一つの事件が起りました。それは、この私が、突然、ひょっこり、生れたということです」

鬼塚しのぶはしばらく言葉を切り、それからまた話をつづけた。

「その頃すぐ上の姉が生れてからもう八年もたっていましたので、誰も赤ちゃんなど生れるとは思っていなかったのです。私が生れたことは親戚の間でも、会社でも、何か特別なことのように言われ、お祝いもされました。母などは、この年齢《とし》で、と言って恥ずかしがっていたそうですが、父のほうはまるで孫でもできたように、私をべた可愛がりに可愛がってくれました。会社の経営も一段落して、はじめの苦闘時代は終っていました。父にしてみれば、身辺に余裕のできた時代だったと思います。ほかに趣味のない父は私のために揺り籠を作ってくれるやら、おもちゃを作ってくれるやらで、それは大へんな騒ぎだったということです」

砂あらしの音だけが聞えていた。それだけに洞窟の中は息苦しいような沈黙がおりていた。矢口は身じろぎもせず鬼塚しのぶの話に聞き入った。

「もちろん私はそんなこと、一つだって憶えておりません。私にしてみれば、どうしてそんな特別な可愛がり方をしてくれたのか、と、申し訳ないことですが、苦情を言いたい気持がします。と言いますのは、赤ちゃんの私は、何一つ、そうした可愛がり方を憶えていませんのに、それを、痛いように、胸に受けとめていたひとがいたからです」

矢口は眼をあげて鬼塚しのぶのほうを見た。彼女は眼を閉じ、両手をかたく膝の上で握っていた。その手が小刻みに震えているのが、暗いランプの光の中でも、わかった。

「それは……すぐ上の姉でした」

鬼塚しのぶは激しい感情が胸をつきあげてくるのか、しばらく両手で顔を覆って、声を殺して泣いていた。それからハンカチで涙を拭くと、前より、もっと低い声で話をつづけた。

「すぐ上の姉は八つ違いでした。私が生れるまで、この姉はずっと末っ子で甘やかされて育ちました。ところが、突然この世に現われた私のために、姉の特権はすべて奪われてしまったのです。もちろん両親はいままで通りに姉を可愛がっていたと思います。でも会社の人たち、親戚の人たちは、私という珍しい闖入者《ちんにゅうしゃ》に夢中でした。姉にしてみれば、それまで持っていた栄耀栄華が一夜に見知らない小さな存在に取り上げられたのですから、どんなに私が憎く思えたでしょう。私は、そのことが、いまも痛いようにわかるんです。姉は、大人たちが自分のことを忘れて、私に夢中になるのを見て、私と同時に大人たちも憎んだのだと思います。母の話によりますと、それまで姉は思いやりのある、とても機嫌のいい子だったということです。でも、私が、姉のことを、家の呼び名にしたがって、小姉《ちいねえ》さまと言うようになった頃は、姉は、どちらかというと陰気な、人づき合いのわるい、冷たい女の子になっていました」

矢口は鬼塚しのぶの横顔を見ながら、ただわけもなく、「愛すること——憎むこと——愛すること——憎むこと」と心の中でつぶやいていた。彼はそれ以外に、心に感じた思いを表現する言葉を持たなかった。彼の胸は言いようのない重苦しさに押えつけられていた。

「でも、子供の私に、姉のこうした気持を理解することはできません。理解できたらどんなによかったか、と、いまでは心底そう思います。でも、そんなこと、無理でした。私は、姉も、他のひとと同じように、私をちやほや可愛がってくれる、と思いました。私は、そんな姉から、何か拒むような仕打ちを受けるように感じていたのだと思います。私には憶えがないんですけれど、母の話ですと、あるお正月に、かるたか何かで家中で遊んでいるとき、父が私を膝に抱いたという理由で、私に蜜柑を投げつけたというのです。それが父に当って、父はひどく姉を叱ったそうです。父にしてみれば、姉の気持はとにかく、そうした我儘は早く治さなければいけないと思ったのでしょう。でも、それ以後、姉は極端に私を無視するようになりました。私が何か言っても、横を向いてしまうのです。綺麗な花を野原から摘んできて姉に見せても、冷たい軽蔑したような笑いを洩らすだけなんです。そして私が花瓶にそれを挿しておくと、いつの間にか、花は地面に棄てられ、ずたずたに踏みにじられていました。それは小学校に入る前だったと思います。そのときになって、私は姉に嫌われているのを知りました。いいえ、嫌っているだけではなく、姉は私を憎み、呪い、敵視していました。それを知ったとき、私はただ姉を恐れるほかなかったんです。なぜ憎まれるのか、理由がまるきりわからなかったからです」

矢口は頭を垂れて、じっと鬼塚しのぶの話を聞いていた。断続して砂あらしが丘を越えてゆく。その乾いた、叩きつけるような音が、大きくなり、そして小さくなった。

「私たちの年齢が違っていましたので、着るものや、持つもので、競争するなどということはなかったのですけれど、姉にとって、私に与えられるすべてが、やけどでもするような痛みに感じられたのだと思います。小学校に入って間もなくの頃、私が小鳥をほしがりましたら、父が大きな鳥籠に入れた二羽のカナリアを買ってくれました。朝早くから鳴く小鳥たちの囀《さえず》りは私を狂喜させました。私は小鳥の世話をしたり、話しかけたり、その囀りに聞きいったりして、とても仕合せだったのです。ところが、ある朝、鳥籠を見ますと、なかは空っぽで、戸口の掛け金が開いていました。そのときの私の悲しみようといったら口では言えないほどでした。私が掛け金を閉め忘れるなどということは考えられませんでした。と言って、私のほかに誰も小鳥の世話をしていなかったので、他のひとを責めるわけにもいかなかったのです」

鬼塚しのぶは眼をしばたたき、しばらく言葉を切った。

「それからあと、私が夢中になって何かやりますと、必ずこれに似たことが起ったんですの。押し花に夢中になって、綺麗な花を沢山台紙に貼って集めていたとき、その台紙を入れておいた箱がひっくりかえっていて、なかの花は全部ばらばらになっていたことがありました。母などは箱の置き場所がわるかったためと思っていたようでしたが、自然に倒れたにしては、押し花がばらばらになるなり方が不自然でした。それでも私はそれを誰かのせいにしたいとは思いませんでした。おそらくその頃、漠然とではあったのでしょうけれど、姉が、こうしたことをやったのではないか、という気持が生れていたからだと思います。私は姉を本能的におそれていました。生れたときから憎まれていたことが、年とともに、はっきり、わかるようになったからでした」

鬼塚しのぶは息を深く吸った。

「その頃、私は何度となく、いろいろな形でこうした意地悪をされました。意地悪というには少し念が入りすぎていましたけれど。たとえば、私の着るものが全部裏返しになっていたり、ベッドに寝ようとすると栗のいがが入っていたり、学校で鞄をあけると、前の晩揃えたはずの教科書が別のに入れ替っていたり……思いつくかぎりの意地悪をされました。でも、私はそれを父母にも上の姉にも言えませんでした。何度か悩み、泣き、おびえましたけれど、どうしてもそれを言う気にはなりませんでした。私はその頃から、私という存在が姉を苦しめているのだ、ということに気付いたからかもしれません。それに、告げ口でもした後の、姉の復讐を考えると、それだけで身体が震えたからだとも思います。幸い姉は服飾学院の染織科にゆき、染織工芸展に入選したりして、しばらくこうした意地悪をしなくなりました。私は心からほっと息をついたものでした」

鬼塚しのぶはしばらく砂あらしが遺丘《テル》の斜面を過ぎてゆく音を聞いていた。

「服飾学院を出る年に姉はある男のひとを愛し、その変愛がうまくゆかず、結局、そのひとと別れるというような事件がありました。姉が極端に陰気になったのはその頃からだったと思います。いつも自分の部屋に閉じこもっていて、食事も、私たちと一緒にしないのです。いつか姉のアトリエがわりの部屋をのぞいたとき、壁といい天井といい、一面に、色とりどりの糸が蜘蛛の巣のように張りめぐらされていて、私、思わずぞっとしたことがありました。それが、何か普通でないものを感じた最初だったかもしれません。姉の神経が異様に張りつめていたことは、部屋でひとりで泣いていたり、ふたたび私に対する意地悪が始まったりしたことでわかりました。でも、それは、前のような意地悪ではなかったのです。もっと憎しみをむき出しにした、ひどい嫌がらせの連続でした」

鬼塚しのぶは息をつき、右手で髪を掻きあげた。

「ある晩、ベッドに入ろうとしますと、何か冷たい、ぐにゃっとしたものに触りました。私は飛び上って、見ると、鼠の死骸が転がっているんですの。私は嫌悪感と恐怖から一晩母の腕のなかで震えていました。ちょうど私が中学から高校に移る頃でした。私は家に帰るのがこわくて、いつまでも学校に残っていました。その頃、差出人の名前のない手紙やらメモやらが私の机の上に置かれるようになったからでした。私は一度それを読んでから、もう二度とそれに手を触れる気はしませんでした。それは初めから終りまで呪いの言葉が書き連ねてありました。あんな恐ろしいものがこの世にあるなんて、今でも信じられない位です。私は毎朝、ぶるぶる震えながら眼を覚ましました。そして逃げるように学校に出かけました。学校は、姉の眼が届かないというだけで、私には天国でした。私は音楽部でトランペットを吹いていました。放課後、クラブの友達が帰ってからも、私は、暗くなるまでトランペットを吹いていました。今でも夕焼けになると、どこかで、昔の私が、トランペットを吹いているような気持になるのは、そのせいだと思います」

矢口忍は頭を垂れたままであった。砂あらしの音は間遠になっていたが、それでも時おり、乾いた、鞭を打つような断続音で、遺丘《テル》の背を叩いて過ぎていった。

「ある晩、家に帰ると、机の上に新しい鋏が置いてあり、それで髪を切るように、と書いた手紙が届いていました。私は恐ろしさのあまり家を飛び出しました。どうしても家にいるわけにはゆかないと思いました。私の高校は大勢の神父さまがおられましたので、その神父さまがたにご相談して、家を離れ、外国で勉強する道を開いていただくようお願いしたんですの。私はどこだって構わなかったんです。こうして私はフランスにきたんですの。でも、フランスにきても私は幸福になれませんでした。私が日本を出て間もなく、姉は精神病院に入ることになったからでした」

鬼塚しのぶは長いこと黙っていた。矢口は鬼塚しのぶの背後にある青銅の扉のほうに眼をやった。彼はどこか遠い昔の異国の物語を聞いているような気がした。青銅の扉が神殿の入口に立ちはだかっていた時代に、こうした不幸な姉妹が、神殿の石段にうずくまっていたとしても不自然ではないではないか――矢口はそんなことを考えた。

「私はその報せを知ったとき、ただ泣くよりほか、どうすることもできませんでした。私には、姉の苦しみも憎しみもよくわかりました。私さえ生れなかったら、姉はごく普通に暮すことができたのです。私が生れたばっかりに、自分の幸福を私に奪われたということが固定観念になってしまい、姉はそれから自由になることができなくなっていたのでした。姉にとっては、それは災難のようなものだったかもしれません。姉も私を可愛がることで、そうした不幸を乗り越えようと努力したのだと思います。でも、結局、はじめに受けた心の傷は、一年一年傷口を開いてゆくばかりでした。姉が精神錯乱に向ってゆく道は、私が成長し幸福になってゆくのと比例していました。姉は私を愛そうとし、同時に殺そうとしていました。姉はそのことで刻々に頭を狂わしていったのだと思います。ひょっとしたら、私がパリにきたことも、姉を錯乱させた原因の一つだったかもしれません。姉も前からパリで染織の勉強をしたがっていたのですから」

鬼塚しのぶは言葉を切り、深く息をついた。

「でも当時、私はそこまで考える余裕がありませんでした。私は日本を出たいと思い、たまたま出向いた先がパリだったにすぎません。それでも私が姉を苦しめたことは事実です。それはどうすることもできない宿命でした。私が苦しみを打ち明けた神父さまがたは、そのことで私が一方的に苦しむ必要はないのだ、とおっしゃいました。でも、私は、姉がいまも錯乱し病院の一室にいるかと思うと、錐《きり》を刺すような痛みが胸を刺し貫きます。この苦しみから私は自由にはなれません。私が生れてきたことが一人のひとを苦しめました。もちろん私は自分で意識して姉を苦しめたわけではありません。でも、私の存在が姉を苦しめた以上、私はやはり罪を犯したことは間違いないのです。外国にゆけばすべてが自由になると思った私の考えは誤っておりました。私はパリにきてから、自分の罪が一層重くのしかかってくるのを感じました。それを償うためには、私は苦しまなければならないと思いました。愛したり、結婚したり、女らしい仕合せを味わったりすることは、こんな私には許されていないのだと思いました。私は、姉の形見の珊瑚のブローチを身につけていますのも、飾りというより、こうした自分の罪を見つめているためでした」

矢口はゼノビアの柱の下で拾った蟬のブローチの滑らかな感触を思い出した。

「あれをなくしたとき、私がどんなに辛い気持だったか、おわかりいただけると思います。私は、パルミラの遺跡の星空に向って、珊瑚のブローチを見つけて下さる方は私の生命を救って下さる方だ、と、ながいこと、お祈りしていたんです」

「それが、ぼくだったのでは、あまりお役に立たなかったわけですね」矢口は頭を垂れたまま言った。「あなたを救うどころか、逆にぼくは助けられたりして……」

「いいえ、そうじゃないんです」鬼塚しのぶは自分の前を見つめていた。「私ね、矢口さんに助けていただいた、と思っているんです。矢口さんは、私がながいこと苦しんでいた姉とのことを、私から取り除いて下さったんです」

「そうでしょうか？」

「ええ、さっき、卜部さんのことをお話し下さいました。そして罪は償うことができないものだ、とおっしゃいました」

「ぼくの場合はそうなんです」

「でも、そのあと、その罪の償いがあるとしたら、この生を本当に生きることだ、とおっしゃいました」

「ええ、それは、ぼくがこの砂漠にきて、少しずつわかり始めたことなんです」

「私、その言葉で生き返ることができたんですの」鬼塚しのぶは顔をあげ、静かな眼を矢口にむけた。「ながいこと、私は、姉を殺したことに――精神的に殺してしまったことに苦しみました。私が生れたことが、すでに罪であったと思っておりました。その罪を償うことも、そこから救われることも、私には、あり得ないことだ、と思っていましたの。生れたことが罪である以上、生れかわりでもしなければ、罪が消えるなどということはありませんから。私は、姉が結婚もできないのですから、自分にもそんな資格はないと考えました。生きる喜びなんて自分には許されていないんだと思っていたんです」

「そんなふうにしてパリで暮していたんですか?」

「ええ、私ね、生きながら死のうと思ったんです」

「まるでぼくが……」

「ええ、北国に行かれたときのように……」

「思いも及ばなかったですね」

「さっき、砂漠にきてからのこと、ずっと話して下さいましたけれど、そのお話をきいていて、私ね、まるで自分で、一枚一枚重い死の衣をぬいでいくような気がしたんですの。私、いまほど、激しく生きたいと思ったことはありません。いいえ、もっともっと激しく生きなければならないのだ、と思っているんです。でも、こんなふうに思えるようになったのも、矢口さんのお話のおかげなんです」

「逆に、ぼくは、あなたに会ったことで文字どおり生命を助けていただいたのです」

「それは同じですわ。私には、矢口さんにお目にかかったことが、それですもの」

二人は声を合わせて短く笑った。

「私も、罪から逃れようとしているうちは、かえってそれに苦しめられていたんです。でも、その罪のおかげで、私は今の私になれたのだということに、矢口さんの言葉で気がついたんです」

「痛みませんか？」

矢口はしばらくして訊ねた。

「いいえ、こうしていれば楽ですの」

「今夜はここで夜あかしですから、すこしでも楽にしていて下さい」

砂あらしは遠ざかっていた。深い沈黙が二人を包んでいた。矢口は四千年の昔からつづいている沈黙にいま自分たちが包まれているのだ、と思った。

第十三章　太　虚

翌朝、矢口が眼覚めたとき、鬼塚しのぶは片肘で頬を支えるようにして、まだ眠っていた。ランプの光を細くしてあるので、その顔は暗いかげのなかに沈んでいた。

矢口はそっと立ち上ると、重い覆いをあけて遺丘《テル》の斜面に出た。

東の空が白くなり、地平線に低く暗紫色の雲が浮んでいた。砂漠はまだ暗く、しっとりした感じだった。砂あらしが荒れ狂っていたとは思えなかった。ひんやりした静寂が夜明けの砂漠を包んでいた。人間などが現われる前の、地上の、混り気のない、澄んだ静けさに、いま直面しているのだ、と矢口は思った。

「おそらく五千年前、ここで文明を築き始めた人間たちは、この純白なカンヴァスにも似た地上に、人間の理想を刻印しようと思ったに違いない。だが、五千年後にぼくらが見る人間の歴史は、何という錯誤と狂気の痕跡であろうか」

いくらかあたりが明るくなり始め、砂漠の凹凸が眼に入った。空がわずかに色づいた。

「ここで考古学の連中が掘りだしているのは、過去の人間の遺物じゃなくて、現在の人間たちの投影像なのだ。誰もが人間の苦しみ、喜びを掘り出しているのだ。あの青銅の扉だってそうだ。あれには、人間の畏怖が――敬虔が――願望が――虚栄が――威容が――鋳込まれているのだ。あの神殿の扉が倒れたとき――異民族が神殿を破壊しつくしたとき、そうした一切が、笑うべき迷蒙として、一挙に、無のなかに投げこまれたのだ。神殿の威容も、街々の賑わいも、男女の喜びも、職人たちの仕事も、すべて火の中で、破壊の中で、滅び去った。そしてその後、百年、二百年の沈黙が訪れるのだ」

矢口は夜明け前の空気を吸った。雲は透明なすみれ色に変り、明るいばら色に染まっていった。

「しかしその後、人間はまた神殿を築き、街々をつくる。ふたたび市場は雑踏し、男と女は愛し、職人たちは巧緻な壺をつくり、律法家たちは人間の理想を求めるのだ。それなのに、また、破壊がくる。街は瓦礫の山となり、いたずらに遺丘《テル》が高く盛りあがる。砂漠をまた沈黙の風が吹きすぎるのだ。だが、人間はそれで諦めたろうか。街をつくり、神殿を築くことを放棄したろうか。いや、いや、人間はまたその上に新しい都市《まち》をつくったのだ」

不意に矢口はパルミラで聞いたあのひたひた鳴る足音をまた耳にしたのであった。

そのとき矢口は鬼塚しのぶが彼を呼ぶ声を聞いたように思った。洞窟のなかに戻ると、暗いランプのそばで鬼塚しのぶは身体を起していた。

「お呼びになりましたか?」

「いいえ。私、いま眼がさめたところなんです。矢口さんがいて下さったので、きっと安心したんだと思います」

「足は?」

「こうしていれば、痛みません」

「いま、日の出なんです。ご覧になりませんか。綺麗ですよ」

矢口は鬼塚しのぶを外へ連れだした。

雲は地平線に切れぎれに幾つか浮び、透明なすみれ色をしていた。しかし矢口が見ているうちにも、雲は刻々にばら色に変り、空に赤味が加わっていった。

やがて地平線に一点、きらっと光るものが溢れ出し、みるみる巨大な赤い円となった。暗い砂漠が黄金色に染めだされた。

「こんなお日さまって、私、はじめて見るような気がします」朝日を浴びた鬼塚しのぶが眼を眩しそうに細めて言った。「いかにも若々しく、力に満ちていて……」

「ぼくは前に一度、パルミラで同じような日の出を見ました。あなたと初めてお会いしたときです」

　矢口が振り返った。

「ああ、あのとき？」

　鬼塚しのぶの顔が一瞬、赤くなった。

「あなたが太陽のなかから出てきたような感じがしました。ちょうどあなたの後に太陽が上っていたんです」

「廃墟の石が、急に、ばら色になって……。私、息をのみました」

「ぼくも、あっと思いましたね。廃墟が生き返ったように感じました」

「何か生きつづけているんでしょうか？」

「もちろん、何かが生きています。ぼくは、パルミラの石の間から、人間の足音が満ちてくるような感じがしました。時の力に打ち倒され打ち倒されしても、そんなものに、いささかもめげない活力を、まざまざと、見るような気がしたものです」

「きっと、そのためですわね、廃墟を見ても、虚しいと思わないのは」

「そうだと思いますね。扉に触っていたときもそうでした。四千年の時間の前に立って、かえって、人間のちっぽけな生涯が貴重なものに見えてきました。小さな宝石のように、懐かしい、美しいものに見えてきて、一種の闘志が湧きました」

「闘志って？」

「つまり、ちっぽけなら、ちっぽけなりに、充実した生にしてみせるぞ、って言う……」

「負けん気ですのね？」

「負けん気です。時の力などに負けていられるか、っていう気持です」

事実、矢口は、どんなことを引き受けても、こなしてゆけるような気がした。疲れを知らずに仕事をいくらでもやってゆけるような昂《たかぶ》った気持を感じた。

そのとき鬼塚しのぶが額に手をかざすようにしながら、遠くを見て「あれは何でしょう？」と言った。地平線に動くものが見えた。

平坦に拡がる砂漠の涯に、砂煙が上っていた。逆光になっていたので、はっきり見定め難かったが、車が走っているらしいことはわかった。

「橘君でしょう、おそらく。きっと夜明けを待ちかねて、捜しにきてくれたんだと思います」

矢口は、そう言って、遺丘《テル》の下に乗りすててあるジープのほうに眼をやった。車輪の高さまで砂が溜っていた。

「ジープのなかにいたら、ぼくらも、砂まみれだったでしょうね」

「露天の発掘現場もきっと砂に埋められていますわ」

「あんな猛烈なやつが吹き荒れたら、二、三回で、もとの砂漠に戻ってしまいますね」

すでに、太陽の暑熱がむっと地表に漂いはじめていた。

「やはりジープですね。間違いなく橘君ですよ」

矢口はそう言うと、上着をとり、それを大きく左右に振った。

ジープは一旦、遺丘《テル》の裏側の遺構のほうへ向ったが、間もなく矢口たちに気付いたらしく、まっすぐ遺丘《テル》を目ざして走ってきた。

ジープが停ると、なかから長身の男が姿を現わした。

「橘さんじゃありませんわ」

鬼塚しのぶが小さく叫んだ。たしかにそれは橘でもアブダッラでもなかった。しかし矢口には、その歩き方に見憶えがあった。彼は手をかざして、太陽の光を避けながら、その人影を見つめた。

「矢口先生、大丈夫でしたか?」

長身の男はそう叫んだ。

「あ、室井君」矢口は驚いて言った。「よくわかりましたね、ここが」

「ああ、やっぱり先生でしたね。これでほっとしました」

室井明は遺丘《テル》の斜面を駆け上ってくると、矢口の手を握り、何度も力をこめて振った。矢口は鬼塚しのぶを室井に紹介した。

「橘君が君の出張所にいったわけですね？」

「ええ、先生と別れてから、かなりあちらこちら捜して、ぼくらの宿舎に着きました。砂あらしの直前です」

「直前でよかった」

「ええ、そのかわり、もう、一歩も身動きできませんでした」

「しかし、よくあそこに残っていましたね。橘君の話だと、日本化工の人たちは、全部引きあげたということだったけれど」

「引きあげるように、津藤重役のほうから命令がありましてね、出かけるばかりにしていたんです」

「橘君たちは？」

「疲れきっていたんで、まだ休ませてあります」

「よく、ここがわかりましたね？」

「一応、フランス隊の宿舎までいきました」

「じゃ、戸口に置いた紙きれを見たの？」

「いいえ、宿舎も砂が溜って、何もありませんでした。でもあそこに見えなかったので現場だろうと思ったのです」

矢口は鬼塚しのぶを室井のジープに乗せ、青銅の扉のある壕の覆いをなおした。室井明も荷物を運び出すとき、洞窟のような壕の奥までいって、扉を眺めた。

「よくこれだけ残りましたね」室井は懐中電灯の光を当てて、扉の表面の線刻や浮彫りの図柄をのぞきながら言った。「紀元前二千年というと、この辺は、まだ緑があったのかもしれませんね」

「緑が？」

「ええ、ぼくたちが砂漠を掘っていますと、どうも昔は緑があったらしい痕跡にぶつかるんです」

「なるほどね」

矢口は深くうなずいた。緑が消えたとき、文明が消えたのだとすれば、いま、室井たちが砂漠を緑化しようとしているのは、この土地にふたたび文明を取り戻す努力だと言えるかもしれない。

「矢口先生が驚かれるニュースがあります」

ジープが走りだしたとき、室井明がちらっと矢口のほうを見て言った。

「砂漠の叛乱のこと？」

「いいえ」室井は大きな声で笑った。「違います」

「ぼくが驚くって」

「何だろう?」矢口は車のまわりに渦を巻く砂塵を見ながら、言った。

「わかりませんか?」

「わからないな」

「彌生子さんのことです」

「彌生子さん?」

「ええ、彌生子さん、シリアにきます」

「彌生子さんが?」

「そうなんです。驚かれたでしょう?」

「驚きましたね。何をしにくるのかな?」

室井明は笑ったが、何も答えなかった。

「実は、彌生子さんがくるまで、先生に残っていていてほしいんです」

室井は、しばらく黙っていてから、言った。

「残るといっても、ぼくも、学校がありますからね。そういつまでも休んでいるわけにいきません」

「本当を言うと、彌生子さんは、ぼくと、結婚するために、ここにくるんです」

「そうですか」矢口はそう言ったなり、言葉が見つからなかった。矢口の眼には、神社の石段を駆けのぼってくる大槻彌生子の明るい、汗ばんだ顔が、浮んだ。彌生子なら、急転直下、室井との結婚を決めてシリアに飛んできても、おかしくなかった。「とにかく、おめでとう。ぼくも、これで、いちばん重い肩の荷がおりた感じです」

「長いこと、ご心配をかけました」

「いやそんな意味じゃありませんよ」矢口は笑った。「このことは、ぼくには、前から、わかっていたんです。ただ、ぼくがいて、どうも不協和音になっていたように思ったので……」

「そんなこと」室井明は頭を左右に振った。「こうなったのも、先生のおかげです。それは彌生子さんも書いてきたんです」

ジープが日本化工の宿舎に着いたとき、橘信之とアブダッラが門まで出迎えていた。

すでに砂漠は燃えるような暑さに包まれていた。

「よく見つかりましたね？」橘信之は鬼塚しのぶに手を差し出して言った。「ぼくは、三人が、てんでんばらばらになっていやしないかと、そればかり気になっていました」

「矢口さんが歩いてきてくださって……」

「矢口さん、歩いたんですか？」

橘信之は矢口のほうを驚いたように眺めた。

「いや、江村の注意も守らず、無謀なことをして、鬼塚さんに迷惑をかけました」

「いいえ、その反対なんです。私、動けなくなっていたものですから、矢口さんとお会いできなければ、どうなっていたか、わかりません。砂あらしもきましたし……」

「どうしました？　砂あらしのあいだ？」

矢口は鬼塚しのぶと青銅の扉のそばで一夜を明かしたことを話した。

「ああ、そうかあ、ぼくも、そこにいたかったですね」橘は車に荷物を積みこみながら言った。

「とにかく穴にもぐりこめて、よかったですね。ぼくは、砂あらしで身動きがとれないし、矢口さんは一人で置きざりにしたし、どうすればいいか、歯ぎしりしていました」

準備が終ると、アブダッラの運転でジープはアレッポに向った。暑熱のなかで、道路はゆらゆら揺れ、水に濡れたように見えた。ジェット機が轟音をとどろかせて空の涯から涯へ飛び去った。

一時間ほどで、最初の検問所に着いた。戦車が並び、軍用トラックがひしめいていた。道路のまん中で、自動小銃を持った兵隊たちが、左右に手を振っていた。

アブダッラが兵隊たちに何かアラビア語で説明していた。士官がジープのなかをのぞき、鬼塚しのぶを見ると、「大丈夫ですか？《サヴァ》」と言った。

検問所では、取調べの結果を報告しているらしく、電話をかけている兵隊の姿が見えた。やがてアレッポに向う許可がおりた。

「叛乱について何か言ってなかったかね？」

　車が走りだしたとき、橘信之はアブダッラに訊ねた。

「ええ、何も」アブダッラは前を見つめたまま言った。「兵隊たちが、こんなに簡単に通してくれたのは、皆さんが日本人だからですよ。彼らも、日本化工が砂漠を灌漑しているのを知っているんです」

「ぼくらは、灌漑しているわけじゃなくて、悪いですね」橘が室井明のほうを振り返った。「食事はごちそうになる。宿舎は使わせていただく——こんなこと、領事だって、してくれませんよ」

「いや、それでいいんじゃないですか」室井明は手すりを握りながら言った。「そんなことで、ぼくらも祖国とつながっていることを強く感じられますから……」

　矢口たちがアレッポの町に入ったとき、すでに太陽は西に傾いていた。すぐ鬼塚しのぶを病院に運び、手当てをうけると、フランス隊が泊っているホテルへ廻った。大半はダマスクスに引き揚げていたが隊長のペリエは残っていた。彼は鬼塚しのぶをフランス式に抱擁してから、矢口に手を差しのべ、「ありがとう《メルシ》」と低い声で言った。

　矢口たちが日本隊の泊るホテルへ戻ったのは午後八時に近かった。電話で連絡してあったので、富士川教授も江村卓郎も食事をのばして三人を待っていた。

「遅くなって済まなかった」

矢口は江村の顔を見ると言った。

「万事終ったんだな？」江村は大きな身体を揺らした。「フランス隊との連絡も？」

「矢口さんは男をあげて下さいましてね」橘信之は長身をロビーのソファに沈めると言った。

「結局、ぼくの出る幕はありませんでした。矢口さんたちを見つけたのは、室井君でしたから」

「じゃ、お前さんは何をしていたんだ？」

「室井君が暗いうちに宿舎を出ていったので、ぼくらは動けなかったんです」

「動けんことはないだろう」

「いや、本当に動けなかったんです。室井君は、置手紙をしていきましたから。必ず連れて帰るから、ここを動くな、って」

「それで、動かなかったのか？」

「そりゃ、動けませんよ。動いて、また、行き違いになったら、それこそ、迷惑をかけることになりますから」

「お前さんも案外、素直にできている」

「江村先輩に言われると、せっかくのぼくの長所も、悪く見えてくるから、不思議だな」

「いや、お前さんといると、おれのほうが、気楽な気持になってくるな。そんな長所があるなら、少しぐらい、他の長所が悪く言われても、まず仕方あるまい」

矢口忍は江村と橘のやりとりを久々で懐かしいもののように聞いた。食後、ラジオのニュースに耳を傾けていたが、詳しい発表はなかった。

「こんどは、どうもあまりついていない感じだな」江村は部屋に矢口を誘い、コニャックを出して言った。「アレッポでぶらぶらしていると、二週間で滞在経費がすっ飛んでしまう。戒厳令が一週間つづいたら発掘はお手あげだな」

「しかし発掘も、もう一息だろう?」

矢口忍はコップに入った茶色の液体を見つめた。強い芳香が流れた。

「A地点は、覆いも完全にしてあるから、砂あらしにも大丈夫だろう。たぶんあと三日で底まで掘り出せると思うがね。底まで、あと一メートル半として、果して、そこに何か出土品があるかどうか、だ」

「あるに決っている」

「どうしてそう思う?」

「どうしてって、橘君だって、きみだって、あると確信しているんだろう?」

「いや、確信しているわけじゃない。推測しているだけだ。希望的観測さ」

「じゃ、ない場合もあるんだね?」

「そりゃ、あるさ」

「フランス隊の青銅の扉は予想しない場所から出てきたと言っていた。ないと決めつけることはできないだろう？」

「それはそうだがね」

江村卓郎は窓際に立ち、暗い町を見おろした。矢口はその後姿がひどく孤独なものに見えた。江村には、江村の、人知れぬ憂鬱があるに違いない、と矢口は思った。出土品がない場合、江村が説いてまわったスポンサーに何と言って説明したらいいか。掘ってみたが何も出ませんでしたでは、話にもならないだろう。

しかし矢口は、以前のように、そのことに自分があまり同情的でなくなっているのに気がついた。

「もし何も出なければ、また、やればいいではないか。フランス隊だって、あそこだけで五年掘っている。ベルギー隊は百年契約だ。日本隊だけが、どうして一年だけで、大成果にぶつからなければならぬことがあろう。もっと、ゆっくり、着実に、やればいいのだ。結果だけが大切なのではない。そのことを、考古学者も、スポンサーも、いや、日本人全体が、もっと理解する必要があるのだ。掘ってゆくこと、待つこと、一日一日を着実に暮すこと——その一つ一つが意味を持つのだ。ぼくは、いまではそう感じられる。青銅の扉のそばで一夜を明かしたときから、ぼくのなかの何かが変った。たしかに変ったのだ」

しかし矢口忍はこうしたことを、そのまま江村卓郎に伝えることは難しいと思った。

それでも江村が時おり、気をとりなおして「こうしてのんびりするのも、たまには、いいものだな」と言うのを聞くと、矢口は、ほっとした気持になった。事実、矢口一人分の費用だけでも、隊員全体の滞在が数日延びるはずだった。事態がこう逼迫《ひっぱく》してみると、自分の存在が、隊の負担になっていることが気になった。矢口忍はそのことを江村に言った。

「おれがくよくよしているために、お前さんに、そんな思いをさせるんだったら、勘弁して貰いたいな。おれは本当は、こうしてお前さんと砂漠にきているだけで大満足なんだ。それ以上のことは、望むべきじゃない。それは、よくわかっているんだ」

江村卓郎はアレッポの下町につづく市場《スーク》のなかを歩きながら、矢口にそう答えた。

スークは両側に小さな店がぎっしり並び、石だたみの曲りくねった細い道の上に、屋根が掛っていた。貴金属商なら貴金属商ばかり、香料商なら香料商ばかりが、かたまって並んでいた。アラブふうに顔を隠した女たちや、布をかぶった男たちが雑踏していた。驢馬に乗ったひょうきんな老人が、矢口たちに、挙手の敬礼をして片眼をつぶった。店の男たちが品物を手にして、矢口のほうに突き出し何か叫んでいた。暑かったが、太陽がさえぎってあるので、耐えられないほどではなかった。

「パルミラも昔はこんなだったのだろうな」

江村は矢口の言葉を思いだすように言った。

「人間は逞しく生きているな」矢口は、頭に白い包みを載せて歩いてゆく女の後姿を見て言った。「悪もあれば善もある。栄耀もあれば失意もある。それでも、時間の中を、ひたひた歩きつづける」

「いまだって、戒厳令が出ているわけだが」

「民衆は、そんなものに関係なく生きているんだ」

「何か酔うようなものがあるな、この都会《まち》の雑踏には」

「たしかに、あるな。たまらなくいいものがある」

矢口忍がスークから戻ってくると、美術館に出かけていた橘信之とロビーで出会った。

「鬼塚さんのお見舞いにゆかれましたか?」

橘はボーイにコーヒーを頼んでから、矢口に訊いた。

「いいえ、まだあれっきりです。電話でもしようと思いましたが、かえって邪魔すると思い、やめました」

「邪魔なんてことありませんよ。電話なさったら、あのひと、きっと喜ぶと思いますが」

「そう言えばそうですね。橘さんもいって下さいますか」

二人は濃いコーヒーを飲みおわると、車で、公園の木立に面したホテルまで出かけた。フロントから電話すると、鬼塚しのぶは両腕で支える金属の杖を使って、ロビーまでおりてきた。

「大丈夫ですか？　そんなに歩いて？」

橘信之がしのぶの腕を支えた。

「ええ、もう大丈夫です。ひとりで何とか歩けます」

「しかしそれでは、発掘は辛いでしょう？」

「ええ、ですから、ペリエ隊長は私にすぐパリへ帰るように言うんですの」

「パリに帰る？」

「ええ、私、もう当分働けませんから、それも、仕方がないと思うんです」

「残念ですね。せっかくお知り合いになれたのに」橘信之は鬼塚しのぶをロビーのソファに坐らせると言った。「ぼくらの墓窟の発掘も、もう少しで、何か大きなものにぶつかりそうな予感がするんです。そのとき、誰よりも、まず、あなたをお客に呼んで、お祝いしようと、矢口さんとも話し合っていたんです」

「光栄ですわ」鬼塚しのぶはほほえんだ。「でも、やはり身に過ぎたことでしたのね。ちゃんと神様が、私にふさわしいように、してくださいますわ」

「そんな神様なら、間違っていますよ」橘信之は頭を横に振った。「ぼくは断然、抗議します」

「お別れとなると寂しいですね」矢口が言った。「せめて、発掘が終るまでシリアにいられたら、と思っていました」

「私も、何だか急で、とても悲しいんですの」

「でも、橘さんにはまたパリでお会いできるでしょう。ぼくたちは、日本にでも、お帰りにならないと、そんな機会はなさそうですが……」

「私ね、ひょっとしたら日本に帰るかもしれません」鬼塚しのぶは潤んだ黒い眼を矢口に向けた。「パリに帰るように言われましたでしょ。そうしたら、急に、日本に帰りたいなって思ったんです。こんなこと、日本を出てからはじめてのことですの。いつになるか、わかりませんけれど」

「そうですか」矢口忍は砂あらしのなかで泣いていた鬼塚しのぶの声を思い出した。「ぜひ早い機会に東京でお目にかかりたいですね」

アレッポに戻って三日目の夕方、下町にあるアラブふうの壮大な城砦を見終って、城門を出たとき、突然、教会や回教寺院の鐘が鳴り出し、城砦をとりまく店々や通りに、騒然とした気配が漂った。市街から街道につづく大通りを何台も軍用車がサイレンを鳴らして走りすぎた。

「何かあったな、こいつは」矢口と並んでいた江村がひとりごとのように言った。「吉と出るか、凶と出るか」

二人は長い石橋を駆けおりると、とっつきの店に飛びこんだ。江村は手まねをまじえてアラビア語で、何か起ったのか、と訊いた。

「戒厳令が解除になったぞ。助かった。助かった」店の男の言葉を聞くと、江村卓郎は大きな身体を小躍りさせた。「砂漠の叛乱は鎮圧されたらしい。予想されたより、小規模だったんだな」

「じゃ、ハイユークも戻れるかな?」

リディアに電話して、イリアス・ハイユークがあれきりアレッポに帰っていないのを知っていた矢口は、人々が表に出てくるのを見て言った。

「おそらく帰れると思うね。シリアの進歩的な政策だって、行き過ぎがある。感情的な対立もある。そんなものの全体が、軍隊の移動や、暴動や、鎮圧や、亡命などを引き起し、それが、また、いつか秩序に戻ってゆくんだ」

「その間に、砂漠を掘っている奴もいるわけだ」

「そのとおり。研究室にいる奴もいる。商売に熱中している奴もいる。とにかく、こうして歴史がつくられる」

「ひたひた歩いているんだな。人間は」

「歩いているな、たしかに。こうして激しく民族が生きている国にいると、人間は叙事詩を生きているな、って気持になる。壮大な叙事詩をね」

「地面のなかに、ぼくらは、叙事詩の痕跡を掘っているんだな。青銅の扉に触ったとき、ぼくは、何か、そういう確信のようなものが、電気のように身体を走っていった。ぼくは、人間が死んだり、文明が滅びたりすることが悲しくなかった。むしろ滅びを越えようとしているものに打たれたな。人間の、そうした意志が――そうあろうとする姿勢が――偉大だと思った」

矢口も江村も、戒厳令解除で沸きたつ通りを、同じような興奮にかられて歩いた。とてもタクシーを拾えるような状態ではなかった。軍用車がくると、軍衆はそれを囲み、拍手をし、兵隊たちに手をのばして握手を求めていた。

ホテルに着くと、橘信之が部屋から飛び出してきた。

「いよいよ、再開ですね」

「再開だ。あと一週間だ。それ以上になると時間切れだ」

「それまでには、何とか目鼻はつけます」

「とにかく結果には、こだわるな。それだけは、お前さんに、とくに、言っておく」

「いや、それは、ぼくなどより、江村先輩の気持に入れておいて下さい」

「わかった。これ以上言い合うと、また泥仕合になる。明朝は暗いうちに出よう。よく眠ってくれ」

江村はそう言って自室に入った。

時間が残り少いことと、アレッポで思わぬ休養がとれたことで、発掘を再開した現場では、若い隊員たちは、それまでになく張りつめて仕事をした。

とくにB地点を掘っている木越講師のほうでは、ローマ期の遺品が出土していた。

矢口忍は橘信之のそばでA地点の測量と記録を受け持った。砂あらしの影響はあまり受けていなかった。アブダッラが人夫たちを指揮して、墓窟を掘り、掘った土をふるいにかけ、その土を遺丘《テル》の端に運ばせていた。

「大丈夫かな?」

矢口は墓窟の縁にしゃがんで、なかで発掘を監督しているアブダッラに言った。アブダッラは前歯の欠けた人の好い笑顔をみせ、首をたてに振った。

「大丈夫です。盗掘のあとはありません。必ずいいものが出ます」

そう言ってから、また真剣な表情に戻ると、じっと人夫たちの仕事を見守った。

人夫たちは地面の上にしゃがみ込み、薄紙を剝ぐように地表を掘り、その土を墓窟の隅の籠に盛りあげていた。

橘信之は墓窟の底に掘った細長い試掘壕《トレンチ》の深さを測り、あと一メートルですね、と言った。

十時に人夫たちが一服した。アブダッラは梯子を上ってくると、矢口のそばに来て、アラビア煙草を差し出した。

「ああ、ありがとう」矢口はその一本をとって火をつけた。「どうにか、明日には底まで掘れそうだね」

「掘れます。でも、掘ったあと、矢口さん、すぐお帰りになりますか?」

アブダッラは頭からかぶっている布を首にまきつけながらフランス語で言った。

「むろん帰るよ。どうしてだ?」

「だって、室井さん、こちらで結婚なさるのでしょう?」

「室井君のこと、知っていたの?」

「ええ、知っています。彌生子さんのことも」

「室井君が話したの?」

「ええ、室井さんが話してくれました。室井さんは、結婚式に、矢口さんに出席して貰うんだ、と言っていました」

「室井君から、そのことを頼まれたけれど、調査隊の残っていられるのは、あと一週間なんだ」

「それなら間に合います」

「間に合うって、彌生子さんがシリアにくるのにかい？」

「ええ、兄の村でも、お祝いの用意をしています」

「お兄さんの村で？」

「ええ、兄が村長をしている村は灌漑地区に近いんです。室井さんたちの努力で、すばらしい農地が生れようとしているんです。乾いた砂漠に緑の小麦が波打つようになるんです。兄は、感謝の気持を表わしたいと言っているんです」

矢口忍は、彌生子がいまごろ札幌へ出て、海外で必要な衣類を買いととのえているのだろうか、と思った。彼は彌生子が神社の石段を駆けあがってくる姿を思いだした。何か楽しいものが胸の奥から湧いてくるようだった。

夕方になると、砂漠の涯がすみれ色に霞んで、色づいた雲が幾つとなく空に浮んだ。

「ずいぶん空の感じが違いましたね」

人夫たちが群れをつくって遺丘《テル》を下りてゆく後から、矢口は橘信之と並んで歩いた。

「三日アレッポにいる間に、季節が変ったんでしょう。江村先輩が、とうとう砂漠も秋になりやがったな、って言ってました。彼としては、ばかに感傷的になったものだと思いましたが、やはり一夏、灼熱にやかれると、そんな気持になりますね」

秋といっても、暑さは変らず、午後、西風が砂を巻きあげたが、それでも、手の染まりそうな青空に、雲が多くなったのは事実だった。

宿舎でも、残り日の少い、忙しい緊張感が感じられ、B地点を掘っている木越講師は若い研究生を相手に、食後も、倉庫で出土品の整理をしていた。

富士川教授はアレッポからダマスクスに廻り、考古学総局や博物館の関係者を訪ねていた。江村卓郎は富士川教授とアレッポまで同行し、そこで帰国準備に必要な手続きをとっていた。

砂漠の叛乱が鎮圧され、一時的な騒ぎはおさまったものの、トルコ、イラク国境の緊張はつづいているらしく、砂漠の上を、日に何度もジェット戦闘機がかすめていった。

「明日から、いよいよ墓窟の底ですね」

矢口忍は宿舎の前で星を眺めていた橘信之にそう言った。

「ぼくは、何となく悲観的な気持になりましたよ」

橘信之は空を仰いで、重い息を吐いた。

「橘さんらしくないですね。きっと出ますよ。あと一メートル少しの土の中に、必ず何かあるはずです。あれだけ馬を副葬させた人物ですからね、何もないなんて、考えられませんよ」

「ぼくも、そう信じて、掘り下げてきましたが、ここまで掘って、何もないというのは、すこし変じゃないかって思い出したんです」

「しかし富士川さんも江村も……」

「ええ、あの二人は、絶対に出るといっています。出ないと困るでしょう」

橘信之の言葉を聞くと、矢口は、いや、そうじゃないのだ、とは言いだしかねた。江村は江村で、橘が落胆するのではないか、と心配していた。毒舌を交わす二人が、内心で、それぞれ相手のことに気をつかっているのを、矢口は、何かほほえましいもののように感じた。

「鬼塚さんはもうパリに帰る頃でしょうね」

橘が不意に言った。

「江村がアレッポで連絡して、ぼくらの気持を伝えてくれると言っていました」

「せっかく知り合ったのに、残念ですね」

「でも、橘さんはまたパリでお会いになれるから……」

矢口が言いかけると、橘が頭をふった。

「いや、あのひとは日本に帰りますよ」

「そう言ってましたけれど、しかし一応、勉強にきりがつくまでは、帰れないでしょう」

「あのひとはパリにいる理由がなくなったんじゃありませんか。あのひとの眼を見ていると、どうも、そうとしか思えませんね」

橘信之の言葉にはどこか力がなかった。

翌朝、六時に墓窟の最後の発掘が始められた。矢口は砂漠の肌が、冷たいすみれ色から乾いた白褐色に変ってゆく微妙な色彩の変化に見とれた。

雲も紫を帯びた灰色から透明な白へ変っていった。太陽がのぼると、肌に直接むっとした暑さが立ちのぼってくるのがわかった。

墓窟はすでに七メートルほど掘り下げられていたので、人夫たちは梯子をかけて、上ったり下りたりしていた。掘り出した土砂は、籠に入れ、それを紐で引きあげて、外へ運びだしていた。

すでに墓窟の底に敷きつめられた石が露出しはじめていた。底面の広さは十五畳ほどの円形で、周囲の壁も、ぎっしり石が積まれていた。富士川教授の推測をまつまでもなく、これだけ丹念に仕上げた墓窟から、何も出ないということは考えられなかった。

しかし昼すぎになって、三分の一近くの敷石があらわになっても、骨壺らしいものさえ現われなかった。矢口は墓窟の縁にしゃがんで、慎重にシャベルやつるはしを動かしている人夫の姿を見つめた。時どき、アブダッラが人夫たちに何か言った。

午後になって、一時、西風が吹き、砂が風にまかれ、赤褐色のヴェールのように遺丘《テル》を覆ったが、作業は休みなくつづけられた。

四時近くに、矢口が丘陵のつづきにある宿舎のほうに眼をやると、二つの人影が発掘現場に歩いてくるのが見えた。

「橘さん、富士川さんと江村が戻ってきたらしいですよ」

矢口は墓窟のなかで腕組みをして突っ立っていた橘信之に叫んだ。橘は上を振り仰ぎ、それから梯子を伝って外へ出てきた。

「どうも、いけませんな」橘信之は墓窟を上から、もう一度、のぞきこんで言った。「もう半分以上掘りだしたわけですが、どうも九分九厘、希望が持てません」

矢口は、唇を噛むような表情で立っている橘信之に、何と言ったらいいか、わからなかった。灼熱の太陽にやかれ、寝苦しい夜をサンド・フライ（蠅）に悩まされながら、ひと夏、掘りつづけた作業であった。なるほど、掘ることだけでも考古学的な考察はできるかもしれないが、そこから出土するものが皆無では、それに打ちこんだ時間と労力を無駄に使ったという思いは免れまい——矢口はそんな気持であった。

富士川教授と江村が遺丘《テル》をのぼってくると、橘信之は手を左右に振りながら言った。

「もう駄目ですよ。見込みなしです」

「そんなこと、ないだろう、君。あれだけの墓だ。何か出るはずだ」

富士川が言った。

「ごらんのとおりです。あと半分ほど泥を上げると、墓の底石が全部露出します」

「いや、最後の一メートル四方に何か埋まっているかもしれん。何かあるはずだ」

江村は顎に手をあて、黙って首を振っていた。江村はすでに墓窟の発掘が失敗に終ったのを認めているようであった。夕日のなかで江村の大きな身体が、置き忘れた彫像のように、孤独に、ぽつんと立っていた。

太陽が赤い円となって砂漠の涯に沈んでからも、発掘はつづけられた。人夫たちも、特別の報酬を約束され、夢中になって仕事をつづけた。墓窟の土は三畳ほどになり、二畳になり、一メートル四方となった。

人夫の大半は墓窟の石壁の前に、ぼんやり立って作業を見ていた。四、五人の男たちが、アブダッラとともに、地面にしゃがみこむようにして、最後の土塊を掘りくずしていた。ランプが三つ、人夫たちの手もとを照らしていた。

シャベルとつるはしが乾いた固い音をたてていた。誰もが黙っていた。最後の土くれから、黄金の頸飾りが出ないともかぎらない——矢口はそう思いながら、息をつめて、シャベルが土を崩すのを見つめていた。

一メートル四方の土塊はみるみる上層を剝がれ、まわりを削られ、風呂敷ほどになり、ハンカチほどになり、そして、その最後の土塊も崩された。

その瞬間、誰からともなく、重い息がもれた。

橘信之もアブダッラも、掘り崩された土塊の上にしゃがみこんだまま、しばらく顔をあげなかった。人夫たちがランプを高く上げ、墓窟全体に光がゆくようにした。

「よし。終りだ。みんな、墓から出てくれ」

江村が人夫たちに言った。人夫たちはのろのろとシャベルやつるはしを持って、梯子を上った。

矢口は、アブダッラが涙を拭っているのに気がついた。橘信之は人夫たちが墓の外に出てからも、まだ、墓窟の底の敷石の上に、しゃがんだままだった。

江村卓郎が近づくと、その肩を叩いた。

「もういい。おれたちはベストをつくした。それでいい」

「ええ、覚悟はしていましたが、こう徹底的な失敗だとは思いませんでした」橘信之は顔を伏せたまま、低い声で言った。「青銅の扉が出ろとは言いませんが、せめて……」

橘の声が途切れた。

「これは、君、何か、あるよ」富士川教授は、小柄な、がっしりした身体で墓の底をぐるぐる歩きまわりながら言った。「墓は空っぽなはずはない。これは、ぼくの勘だ。必ずある。なければならない」

「しかし、もう、墓は空っぽです」

江村はランプに照らされた富士川教授の顔を見た。

「いや、そうじゃない。ここにある」富士川教授は足で墓の敷石を叩いた。「きっと、ここだ。この中だ。この石の下に埋めたのだ」

橘も矢口も富士川教授の赤らんだ顔を見た。

「じゃ、もう一日、この石を剝がしましょう。せめて、この下が、どうなっているか、わかります」

橘信之が喘ぐように言った。

「いや、この底石を上げると、おそらく、周囲の石組みが崩れる仕掛けになっていると思う。墓窟をつくった連中は、そういう仕掛けをしているんだ」教授はランプを高くあげて墓壁を照らした。「底石をあげるには、まず、前もって、石組みが崩れないように、支柱を組む必要があるね」

「明日、すぐ底石を剝がして掘るわけにゆきませんか?」

橘信之がランプを高くあげて言った。

「いや、そうは簡単にゆかない。ここまで掘って何も出ないのは、これが相当念の入った見せかけの墓窟だという証拠じゃないかと思う」富士川教授はもう一度足で底石をどんどんと踏んだ。「つまり、本物のほうは、この見せかけの墓の下にあると考えていい。そんな場合、見せかけの墓には、本物の墓を守る仕掛けがしてあるものだ。おそらくこの墓もそうだろう。盗掘者が底石をあげて下を掘ろうとすると、その途端に、周囲から、ががらっと石垣が崩れてくる」

「では、何とか石垣を支える支柱を組めませんか?」

橘信之は諦めきれないような表情で言った。

「いや、それだけの時間はない」江村卓郎が腕を組んだまま言った。「それに、もう資金のほうが底をついている」

橘信之は石組みに手をあて、身体を支えるようにして立っていた。矢口は、橘が深い息を吐くのがわかった。江村が言葉をつづけた。

「よし。ともかく、これで決着がついた。A地点の墓窟は空だった。あんな多量に馬の骨が出たにもかかわらず、この墓には出土品が見られなかった。おそらく理由は、いま富士川先生が言われたようなものだろう。それを証明するのは、来年以降の仕事だ。今年は、ともかく、これで一応の結論が出た。われわれの発掘作業はこれで完了とする。このあと、この墓窟を、もとどおり埋めておきたいと思う。盗掘の防止と危険防止のためだ。発掘結果についての討議はアレッポに着いてから、行うことにしよう」

A地点から宿舎に戻る足どりは、さすがに重かった。矢口は橘信之に声をかけようと思ったが、何を言っても、お座なりな慰めになりそうな気がして、黙っていた。

遺丘《テル》の黒い稜線の上を、ランプや懐中電灯のあかりが点々と動いていた。そんな列のあとを歩きながら、矢口はこの壮麗なユーフラテスの星空ともお別れだなと思った。

翌日は一日、宿舎の整理と跡始末にかかり、人夫たちは七メートルに及ぶ墓窟に土を入れた。フランス隊が青銅の扉を地上まで運び上げ、アレッポに移す準備をしているというニュースは、遺跡監督官の口から日本隊に伝えられた。

「もう運び出したのか。早業ですね」

橘は矢口のほうを見て言った。

「しかしこれも、ながが年の発掘の結果でしょう?」

「その通りです。一夏来ただけで何かにぶつかると考えるほうが甘いですね」

橘信之の顔には、持ち前の快活な表情が戻っていた。料理人のムーサが朝から用意していた最後の晩餐は、半分はシリアふうの羊肉料理、半分は日本料理だった。とっておきの日本酒が出された。

「ぼくの見込み違いから、A地点を選んだことはお詫びする」

富士川が率直に言った。

「結果にはこだわっていません。来年はブルドーザーでやります」

橘信之はコップで酒を飲んだ。木越講師は橘の言葉を耳にしても黙っていた。

矢口忍は食後、宿舎を出てユーフラテスの流域を眺める台地のはずれまできた。星座の位置が僅かに変っていたのが、夏から秋への季節の移りを感じさせた。しかし夥しい数の星は、くだいた宝石のように変りなく輝いていた。

時おり長い尾をひいて星が流れた。矢口は初めてここに立った夜のことを思い出した。それは僅か一カ月ほど前のことであったのに、遙か遠い昔のことのように思われた。

彼はこのひと月の間に起ったことが、そのまま、ユーフラテスの流れのほとりで起った人類の歴史を繰りかえしていたような気がした。矢口は、長老にでもなって、人間の運命の浮き沈みを、どこか高い場所から眺めているような感じがした。

夜空には沈黙した星が光り、地上では、起っては消える人間たちのはかない生があった。矢口自身も、その無窮の星のめぐりの下であくせく日を送る人間の一人にすぎなかった。しかし矢口にはその卑小さが笑えなかった。

「人間はおそらく、どんな世になっても、迷ったり、苦しんだり、愛したり、憎んだりして日を送るのであろう。決して悟りも開けず、高尚になることもないだろう。だが、人間とは、そのゆえにこそ、人間なのだ。迷いながら、何かを求めている――それが人間なのだ」

矢口忍はそう考えると、突然、宇宙の涯に立っているような深い寂寥感を覚えた。しかし同時に、そうして迷いつづける人間の姿に、どうすることもできぬ愛情を感じた。それは心の底から熱く噴き上ってくる強い感情であった。

「最後の夜だな」

江村卓郎の声が背後から近づいてきた。

「ああ、とうとう終りだな」

矢口は江村と肩を並べて言った。

「過ぎてみると早いな。ひと月たったなんて思えない」

「ぼくは、逆に、無限の時を生きたような気がする。外国も見たし、叛乱まで見たからね」

「お前さんがシリアにきたのを喜んでいてくれるので、おれも、うれしいんだ」

「冗談じゃないよ。ぼくは喜んでいるなんてものじゃない。身体の内側から、何かが、ひっくり返った感じだ」

「おれもそう思うな。お前さんは、どこか変ったな」

「ところでね、こんなこと、言いにくいんだが、お願いごとがあるんだ」

「何だ、あらたまって」

「実はね、室井君が結婚するんだ」

「ほう?」江村卓郎は驚いたように矢口を見た。「シリアの女性とかい?」

「いや、大槻彌生子さんという日本の女性だ。ぼくが下宿していた神官のお嬢さんだ」

「では、大槻さんはシリアにくるのかい？」

「間もなく着くはずだ。二人は結婚式にぼくが出てほしいと言っている。ぼくも何とか出てやりたい」

矢口が眼をあげると、また長く星が流れた。

「隊員はダマスクスで二日休んで、すぐ帰る。おれは、例の古美術買付けの仕事で、ベイルートに一週間ほどゆく予定だ。結婚式まで何日ぐらいある？」

江村卓郎は山男らしい大きな身体をゆっくり動かして言った。暗い闇のなかに、ひんやりした夜気が濃くなっていた。

「室井君の話では、彌生子さんは間もなくシリアに着くはずだ。着けばすぐ式だろう。それにアブダッラの兄で、灌漑地区の近くの村長が、室井君の結婚を祝いたいと言っているんだ」

「彼らは、農業技師の連中に、感謝しているからな」

「村の結婚祝いはともかく、式までは残っていたいんだ」

「よし、その件は引きうけた。村の結婚祝いにも出てやれよ」

「いや、そんなには、君に甘えられない」

「二、三日早く帰ったって、別にどうということはない。それにも出てやれよ」

「悪いな、いろいろと」矢口はほっと息をついて言った。「ぼくも、これで、何か大事な仕事を、一つ終えられるような気がする」

翌朝、考古学調査隊はジープと、村長のトラックに分乗して、宿舎を出発した。台地には村に住む人夫たちが集って名残りを惜しんだ。料理人のムーサは隊員たちと固く手を握り、「さよなら、さよなら」と言って涙を流した。

アレッポではB地点から出土した壺や土偶などを考古学局に提出し、国外持ち出しの許可を求めた。その夜、日本化工の支社でお別れの晩餐会が開かれた。

津藤慎吾や光村浩二だけではなく、灌漑地区からも主任の田坂や丸茂、三浦など若い技師が集っていた。

「室井君の式に、ぼくが仲人で出るんですよ。海外に出ると、いろんなことがありますな」憂鬱な顔から、突然、柔和な笑顔になって津藤慎吾が言った。「ぼくの細君がわりに、大使館の中村書記官の夫人がきてくれます。いや、もったいないですよ。ぼくの細君がわりに、あんな綺麗なひとがくるのは」

別れの会にしては、明るい、なごやかな気分が漂っていたのは、室井明の結婚が、何となく技師たちを陽気にしていたからであった。

「津藤重役も奥さんをお呼びになるべきですよ」

田坂主任が言った。

「ぼくが外地勤めを希望するのは、独身の気楽さを味わうためだよ」津藤は、面を替えるように、急に憂鬱な顔になって言った。「ここまできて家庭の苦労を背負うことはない。もちろん若いひとは別だよ。だが、ぼくらの年配は、感覚的に外国暮しについてゆけない」

反対意見があり、賛成意見が出た。賑やかな別れの宴であった。

矢口忍は席を立って、事務室の電話を借りた。彼はリディアの電話番号をまわした。

「ぼくです。矢口です」

「どうしていらっしゃいますの？」

リディアの暗い、低い声が矢口の耳を打った。

「ぼくのほうは元気です。あなたは？」

「元気です。兄も間もなく戻りますの」

「それはよかった。帰る前にもう一度会えますね？」

「ええ、兄も喜ぶと思います」

「実は、あなたにお礼が申しあげたかったのです」

「私にお礼を？」

「ええ。前に占いをして下さいましたね？」

「コーヒー占いでしたわね」

「憶えておられますか？　あなたは、ぼくが遠くて近い道を選ぶと言いました。嵐のあと、空から一杯花が降ってくると言いました」

「よく憶えています」

「いまのぼくの状態は、あなたが言ったとおりです。あの占いで、ぼくは、力づけられていたんです。そのことで、お礼を言いたかったのです」

リディアはイリアスが戻ってから連絡することを約束して電話を切った。矢口忍はしばらく受話器の前に立って、リディアの暗い、嗄《かす》れた、官能的な声のことを考えていた。その声は不思議とユーフラテスの星空の下で感じた人生の悠久感を思い起させた。

そのとき、室井明が部屋に入ってきた。

「さっき江村さんに聞きました。ぼくたちのために残ってくださるんですね。ありがとうございます」

「それは当然ですよ。お二人を知っているのは、ぼくだけなんだから。彌生子さんも、知っている人が一人でも多いほうが、気強いでしょう」

「それはもちろんです。有難いと思います」

「彌生子さんの到着はいつになりました？」

「明日の夕方です。ぼくが、ダマスクスまで迎えにゆきます」

「では、明後日には会えますね。どんな顔をしてくるでしょうかね」

「ええ、どんな顔をしていますかね」

二人は笑った。

翌朝、室井明は考古学調査隊の隊員たちと一緒にダマスクスにたっていった。矢口は江村とともに彼らを見送った。

「パリに着いたら、すぐ鬼塚さんに連絡します」橘信之は矢口の手を握って言った。「こんどのシリアの旅は、ぼくにとって、何から何まで、空くじみたいな気がしますが、一つだけ当りくじがありました」

「墓窟だって空くじではないですよ」

「いや、正直言って、空くじです。でも、当りくじがあったんです。それは矢口さんに会えたことです」

「それは、ぼくのほうでも同じです。橘さんから、シャワーの精神を学びました。シャワーは一つの啓示でしたよ」

「うれしいですね。その言葉を、ぼくは、日記のなかに書かして貰います」

「どうか、鬼塚さんによろしく伝えて下さい。シリアではいろんな啓示がありました」

「アブラハムが神と契約した土地ですからね。ここでは、人間は、夾雑物を剝ぎとられるんでしょうね」

矢口忍は、隊員の分乗した車が、町角を曲ってゆくのを見送った。すでに露店には群衆が雑踏して朝の買物がはじまっていた。

矢口忍は誰かがドアの外で名前を呼ぶ声を聞いた。博物館から戻って、机に向っているうち、うたた寝をしていたのであった。外は暮れかけていた。

矢口は立ち上り、ドアをあけた。そこには大槻彌生子が立っていた。

「先生、私です。今、着きました。先生と行き違いになるんじゃないか、と、それぱかり心配でした」

彌生子は肩で息を切らせていた。神社の石段を駆けのぼってきたときと同じような、汗ばんだ、明るい表情をしていた。

「よくきましたね。とにかく、おめでとう。さすがは彌生子さんですね」

矢口忍は上から下まで彌生子を眺めて言った。

「私、一度決めると、ぐずぐずしていられないんです。母が、少し軽はずみだって申しましたけれど、性分だから、仕方ありません。こちらのことは、明さんから教えてもらいます」

「砂漠だって、立派に人間が住んでいますからね。ぼくは、彌生子さんがここにきて、本当によかったと思います」

「先生なら、そうおっしゃるだろうと思っていました。でも、砂漠って、素晴らしいですね。まるで千夜一夜の世界にまぎれこんだみたい」

「いや、きびしいところもあるんです。いまに、そんなのん気なことを言っていられなくなりますよ」

「覚悟はしてきました。でも、砂漠が好きになれそうです」

矢口忍は、ひと月前に東京まで送りにきてくれた同じ大槻彌生子とは到底思えなかった。ずいぶん大人びた感じだったし、どんな生活も切りぬけてゆけそうな落着きもできていた。

矢口忍は彌生子の内部で起った変化が、何となくわかるような気がした。

「式の段取りは決りましたか？」

矢口は、彌生子の背後に立っている室井明に訊ねた。

「ええ、明日、会社の二階のサロンで、ごく簡単にやります。ただ形だけのものなんです。それから、灌漑地区の村長のお宅で、お祝いして貰うことになっています」

「新婚旅行に出かけますか？」

「ええ、出かけます」室井明は眩しいような眼をして言った。「ぼくは、シリアにきていることと自体が旅行だからと言って、反対したんですけれど、津藤重役が怒りましてね、むりやり一週間休まされてしまいました。二人でヨルダンにいって、帰りにベイルートに寄ってくるつもりです」

「家はアレッポに？」

「ええ、もう見つけてあるんです」

「それは早手廻しですね」

矢口たちがそんな話をしているうち、津藤慎吾が二人を迎えにきた。

「今夜は二人のために痛飲しましょう。今夜こそ、私は悪酔いしません。光村君にそう誓いましたよ」津藤は上機嫌に見えた。憂鬱な表情のほうは、笑いのかげに隠れていた。

「シリア人も感激しているんですよ。なにしろ、嫁さん連れで砂漠緑化に取りくむ男が出てきたんですからね」

津藤は彌生子のなかに死んだ娘の面影を見ているのかもしれない、と矢口は思った。

二人の結婚式が行われたのは、翌日午前九時からだった。津藤慎吾は中村書記官夫人と並んで、神妙な口調で式辞を述べ、室井明が一種の誓約書のようなものを読んだ。それから先輩代表として主任の田坂雄一がスピーチをした。

「本来は、これから隣の広間で披露宴になるところですが、今回は少々趣向が変っておりまして、灌漑地区の村長ハリール・ラショウの家まで、ご足労をお願い申しあげます。ラショウがどうしても宴会を開かせてくれ、と言ってきかないのであります。日本からはるばる来られた新婦を、砂漠のまん中でお祝いするのも、私ども、砂漠緑化に取り組む者にとって、とくに意義深く思われるのであります」

津藤慎吾はそう言って結婚式のしめくくりをした。矢口は彌生子の顔がことさら美しく思えた。彼女は右腕に白い花を抱え、室井明の腕に左手をかけていた。

式が終り、シャンパンで乾盃をすると、すぐ車に分乗して、ラショウの家に出発した。百二十キロのスピードで走って、ちょうど昼ごろ到着する予定だった。

矢口が日本化工の支社のポーチに立っていると、彌生子が近づいて、頭をさげた。

「先生、ありがとうございました」彌生子は涙ぐんだ眼をしていた。「先生が両親のかわりをしてくださったので、私、少しも寂しくありませんでした。日本にいるときと、同じような気持です」

「ぼくだって、どんなに嬉しいか知れません。ご両親のお喜びもよくわかります」

「私、先生に出席して喜んでいただきたかったんです。あれからずっと、先生のおっしゃったこと、考えました」

「そうだと思っていました。よく決心して下さいましたね」

「先生のおかげです」

「いつか、愛のことを、彌生子さんは話していましたね。これからは、もう抽象的な言葉や、夢のようなものじゃなくて、立ったり、坐ったり、喋ったり、お料理したりすることを通して、つくりあげてゆくものになるわけですね。ちょうど眼に見えない彫刻をつくるような具合に」

彌生子は涙を拭くと、頭をさげた。それから二、三歩、車のほうに歩いてから、はっとしたように振り返った。

「先生、大事なものを忘れていました。私、海老田先生からお手紙を預かってきたんです」

彌生子はハンドバッグの中から手紙を取り出して、矢口に渡した。

矢口忍は右に傾《かし》いだ海老田の懐かしい字を眺めた。そのとき不意に、神社の森がざわめく音を聞いたように思った。

「矢口さんはドクターと一緒に津藤さんの車に乗って下さい」

光村がポーチの下から言った。矢口は海老田の手紙をポケットに押し込むと、やわらかな銀髪の田岡医師のあとから津藤の車に乗った。

車がアレッポの郊外を離れると、すぐ白褐色の砂漠が拡がった。青空の涯は白い光の靄にかすみ、道路は揺らめくかげろうの中でとけていた。

矢口は、それが最後の砂漠の眺めであることを知っていた。しかし、こんどは大槻彌生子がこの砂漠の四季を眺めることになるのだ。北国の短い夏と長い冬しか知らない彌生子がどんな思いで、この砂漠を見ているのか――矢口は先頭を走る車のほうへ眼をやった。

砂漠の涯に幾つか黒ずんだ柱のようなものが立っていた。

「ほほう、今日は竜巻が見えますな」

津藤慎吾は助手席に乗っている中村書記官夫人のほうを見て、そう言った。

バグダッド街道の標識を見てから一時間ほどして、小高い丘の斜面に赤褐色の土壁の家々が見えてきた。運転していた光村が、あれがラショウの村です、と言った。

村に入ると、村じゅうの人々が新郎新婦を迎えた。拍手やら、胸に手を当ててするアラブ式の挨拶やらが、人々の間で交わされた。田岡医師が巧みなアラビア語で二人の通訳をつとめていた。田岡医師の前で、胸に手をあて、挨拶をしている村人たちも何人かいた。

矢口が村長のハリール・ラショウに紹介されていると、その後からイリアス・ハイユークの笑顔が現われた。

「驚いた、でしょう?」イリアス・ハイユークは日本語で言った。「ハリールは、父の古い友達なのです。ハリールが、呼んでくれたのです。リディアも、来ています」

矢口は早速、室井と彌生子をイリアス・ハイユークに引き合わせた。

「叛乱が早く終って、よかったですね」矢口はハリール・ラショウの家の客間に通されたとき、小さな声で言った。「亡命した人たちも戻ってきたのですか?」

「ええ、間もなく、戻るでしょう。右にいったり、左へいったりしながら、この国ができあってゆきます」

客間の入口で、頭から美しい刺繍のある白い布をアラビアふうにかぶった娘が挨拶した。矢口は一瞬ぼんやりして娘の顔を見ていた。

「リディアですよ」

イリアス・ハイユークが笑って言った。

「驚きました。リディア、ごめんなさい。ずいぶん変るんですね」

矢口は思わずそう言った。

「これがシリアの正式の服装なんです。みんな母が若いとき使ったものです」

リディアは暗く響く声で言った。

客間には、美しい絨毯が敷きつめられていた。客間から見える庭にも黒山羊の天幕が、日よけに掛けられていた。光村浩二がぴったり撫でつけた頭を矢口に近づけ、庭の右奥の建物がハレムですよ、と言った。

「ハレムって?」

「後宮です。女たちの住む場所です」

そう言えば新郎新婦を囲んでいるのは、アラビアふうの服装をした男たちばかりだった。浅黒く、眼が窪んでいて、短い口ひげをつけていた。

女たちはその右奥の建物に集っていた。中庭を、料理を運ぶ男や女が行ったり来たりしていた。楽師たちも三、四人、ジプシーのところから呼ばれていた。

ハリール・ラショウは人々の間にアラビア・コーヒーをまわした。同じコップで人々は媚薬のようなコーヒーをまわし飲みするのだった。

客間で人々は車座になって坐った。

皿に山盛りの羊の肉が運びこまれた。室井と彌生子の前に置かれた大皿には、羊の頭蓋骨が肉の山の上にのっていた。矢口は、彌生子がそれを見てどんな気持でいるだろうか、とおかしかった。

皿数は数えきれないほどだった。人々は、羊を手摑みで食べた。酒は回教徒の間では禁じられていた。しかし酒が入らないにもかかわらず、人々は陽気に食べ、陽気に喋った。若い農業技師たちは、簡単なアラビア語で話していた。彌生子はハリール・ラショウと英語で話していた。

ハリール・ラショウは、私はあなたのためだったら、二万ドル払っても惜しくない、と彌生子に言っていた。彌生子は室井のほうを驚いたように見つめた。室井はしきりとアラブの習慣について説明していた。

矢口はそうした光景を何かほほ笑ましいものに感じた。ここではまだ、結婚に対する、原初的な、熱い、神聖な息吹きが残っていた。それは何よりも、羊を増やすように子供たちを増やす儀式であった。近代都会ふうの人工的な温室に生きる夫婦ではなく、荒い砂漠の風のなかで、草を求めて生きている家族の長たちの荘厳な儀式であった。

やがてジプシーの楽師たちがアラブふうの哀調を帯びた音楽を鳴らしはじめた。

ハリール・ラショウが室井と彌生子に庭に出て踊るように言った。しかし二人はためらっていた。光村や丸茂たちが立ち上って、二人のために、踊りを見せるのだと言って、庭に出ていった。

シリア人たちも立ち上った。急に広間が活気づいた。

そのとき、庭の向う側からアブダッラの人の好い顔が見えた。彼は庭で踊っている男たちの間をすりぬけて、ハリール・ラショウのところにくると、肩を抱き合って挨拶を交わした。それから矢口の手を握った。

「ずっと江村さんとベイルートの古美術商をまわっていて、帰る予定が延びました」アブダッラは前歯の欠けた笑顔をみせて言った。「江村さんもこの宴席に出たかったけれど、時間がないので、若い二人によろしく言ってくれ、とのことでした。さっきホテルに寄ったら手紙が来ていました」

矢口の心に、甘美な痛みのようなものが走った。それはパリからの鬼塚しのぶの手紙であった。

矢口は鬼塚しのぶの手紙を持って広間を出ると、中庭の片隅に立って、庭で踊る男たちを眺めていた。ハリール・ラショウの息子も踊っていれば、日本の若い農業技師も踊っていた。間もなく右奥の建物から、女たちも出てきて踊りに加わった。

矢口忍は海老田の手紙から読んでいった。

数学の野中のことも、室井庸三のことも書いてあった。みんな元気で矢口の帰りを待っていると書いてあった。吉田老人もシリアには寄ったことがないので、土産話を楽しみにしているそうです――海老田のそうした文章を読んでいると、神社の森が、また、ざわめくのを矢口は感じた。

矢口はしばらく鬼塚しのぶの手紙を開くのをためらっていた。航空便にしては、いくらか分厚いその手紙の重さを測るように、彼はそれを手のひらの上にのせていた。

矢口は、踊っている女たちのなかにリディアがいるのに気がついた。

そこには、生命の根源にある炎のようなものが、なまめいた官能の姿をかりて、踊りくるっていた。

そして他方には、顔を手のなかに埋めて嗚咽している、あの静かな鬼塚しのぶがいた。矢口は鬼塚しのぶの手紙を開いた。

「すっかりご心配をおかけしましたけれど、ようやく杖を突けばひとりで歩けるようになりました。もう何日かすれば、杖も要らなくなると思います。足が不自由なせいか、歩くということが、ふだんにもまして、有難く、楽しいことに見えてきます。今日も、実は、モンパルナスのあのカフェまでいって、しばらくテラスに坐っていました。矢口さんが私をはじめて見て下さったあのカフェで。あれはまだ夏前でした。そしていまはもう、マロニエもすっかり黄葉し、プラタナスの黄葉もはじまっています。この都会《まち》はすっかり秋の気配となりました。ヴァカンスを終った日焼けした人々が通りに溢れています。広告塔には、音楽会のポスターやお芝居の予告などが新しい季節のはじまりを告げています。秋になると、舗道に鳴る靴音まで違った音に聞えます。でも、今年の秋は、私には、今までと、まるで違ったものに見えるんです。これまで、これほど深々と息を吸ったことがあるだろうかと思うほど、深く、この都会《まち》の光景を胸いっぱいに吸いこんでいます。私は、いま、生きていることが、痛いほど懐かしく、貴重なものに見えるんです。重い病気から恢復した人のように、静かな秋の光も、木の葉のそよぎも、生きていることを確かめさせてくれるよすがに思えるんです。矢口さんは砂漠で〈罪〉のことを話して下さいましたけれど、いまこの都会《まち》に戻って、一層よくわかるようになりました——深い悲しみの故に、私たちは本当の〈生〉の深さを知ることができるのだ、ということが。私は、あのカフェに坐って、色づいたプラタナスの下に立っているブロンズの立像をながいこと見ていました。矢口さんがお好きだとおっしゃったあの作家——一日十八時間も作品を書いていたというあの作家——の彫像です。その作品のなかには、恋や父性愛や純潔や淑徳があるだけではなく、悪徳も裏切りも野心も絶望も恐怖も幻滅もある、と矢口さんはおっしゃいました。この作家の偉大さは、そうした人生の明暗を、すべてあくない活力で描きだしたことだ、ともおっしゃいました。私は、この作家の彫像を見ていると、そうしたさまざまな人間の生を、そのあるがままに受けいれた精神の逞しさ、豊かさを思わずにはいられませんでした。本当を言って、私には文学のことは何もわからないんですけれど、この作家の不敵な顔は、砂漠で感じた激しい生命感をよびおこしてくれました。そしてそのときほど、私は、自分自身を含めて、人間が生きていることがすばらしいと思ったことはありませんでした。私はもっともっとこの作家の作品を読まなければならないと思いました。でも、それ以上に、私は矢口さんの詩が読みたいんです。それはいまでは私の夢となり、渇望とさえなっております。どうか、日本にお帰りになったら、ぜひ詩集を送って下さい。私は、それで、本当に、この深い悲しみから癒されるように思うんです」

矢口忍は手紙から眼をあげた。彼の前にはパリの舗道があり、カフェがあり、そこに坐っている鬼塚しのぶの姿があった。

矢口のまわりでは祝婚の音楽がいよいよ高まっていった。

矢口たちがアレッポに戻ったのは、その日の夜おそくなってからだった。室井明と彌生子はダマスクスまでゆき、翌朝早い飛行機に乗ることになっていた。

翌日、室井明たちと入れ違いにベイルートから江村が戻ってきた。

「残念だったな。向うの古美術商のやつにねばられて最終便に乗りそこねた」

江村は、矢口忍から室井たちの結婚の様子を聞き終ると、大きな身体をサロンのソファのなかで窮屈そうに動かして言った。

「君がいなかったのは残念だったけれど、とにかく顔見知りはみんな出席できた。室井君たちも喜んでいたが、ぼくも嬉しかった。ハリール・ラショウの家で村の男女が踊って結婚を祝っているのを見て、ぼくは人間ていいものだな、と思ったよ。みっともない話だが涙が出そうだった」

「何がみっともないものか。涙が出るのが自然だろう」

「君のほうは、かたがついたのかい?」

「まあ何とかなった。スポンサーのほうもこれで納得して貰えると思う」

「それはよかった。じゃ来年もくるんだね?」

「たぶんこられると思う」

「そうしたら、いよいよあの墓窟の床石を掘りあげるんだな」

「橘が張りきってくれるだろう」

「ああ、橘君か」

矢口は懐かしいものを見るような表情で橘信之の顔を思い出した。もう橘は鬼塚しのぶと会っている頃かもしれない——そう思うと、鬼塚しのぶの手紙にあったパリの秋の光景がまた眼の前に浮んだ。

その次の日、午前十時に田岡医師が矢口たちを車でダマスクスの空港まで送ってくれた。

「いろいろお世話になりました」江村卓郎は、柔かな銀髪にかこまれたドクターの日焼けした顔を見て言った。「来年またぜひお目にかからせて下さい」

「お待ちしています。あなたがたにいらしていただけるのが、私など外地に長く住む人間にとって、何よりの喜びです」

「先生はもう日本にお帰りにならないのですか?」

矢口忍は田岡医師と手を握りながらそう訊ねた。

「いや、そのうち、一度里帰りしましょう。以前はそんな気がしなかったのですが、どうもみなさんと会ってから、日本に帰ってもいいなと思うようになりました」

「ぜひ一度お帰りになって下さい。鬼塚さんも日本に戻りたいと言っていました」

「そうですか。それじゃ、いつか、向うでみんな顔を合わせることができるかもしれませんね」

「そうなったら、楽しいですね。ぜひ実現したいですね」

「実現させましょう。お約束します」

矢口忍が飛行機に乗ってから外を見ると、空港の簡素な建物の前に田岡医師がなお立っているのが見えた。しかし矢口には、その老医師の姿は、それほど孤独なものに見えなかった。それは中学の吉田老人と同じく一つの愛を失った人の姿には違いなかった。しかしこの老人たちに共通していたのは、二人とも、その心のなかでは、愛がなお生きているということであろう
——矢口忍はそう思った。

正午すこし前、ジェット機は離陸した。

「いよいよお別れだな」

江村卓郎が丸窓に顔をつけて言った。

矢口忍もその脇から窓をのぞきこんだ。

「ダマスクスの市街だ」

江村が言った。

白褐色の砂漠のなかに、黒ずんだ都会《まち》が斜めに丸窓から見えた。矢口はそれを見る間もなく市街地は機体の下に消え、翼の向うには光の靄につつまれた砂漠が拡がった。

「ユーフラテスが見えるぞ」

しばらくして江村が言った。

「ぼくらの遺丘《テル》も見えるかな？」

矢口忍が丸窓のほうへ身を乗りだした。

「いや、ここからじゃちょっと無理だろう」

江村はそう言いながらも、しばらく窓に顔をつけていた。

光の靄のなかで、一筋、糸のように銀色のうねるものが見えていた。江村の言うように、いくら眼をこらしても日本隊の発掘現場もフランス隊の発掘現場も見えなかった。

しかし矢口忍は河の流れが蛇行するあたりを勝手にユーフラテスの渡しと思って眺めていた。何度か小さなフェリーで渡ったその河もいま白い光の靄のなかに消えようとしていた。

「ユーフラテスともお別れだな」

江村卓郎は窓に額をつけて言った。

「ああ、お別れだ」

矢口も江村の肩ごしに窓の外を見て言った。

それでもなおユーフラテスは幻覚のようにしばらく銀の糸になって遙か砂漠のなかに光りつづけていた。

『時の扉』を書いた年――「あとがき」にかえて――

辻　邦生

自作について触れる機会が与えられたので、『時の扉』の成立事情を簡単に書いておきたい。

この作品を毎日新聞学芸部から依頼されたのは、一九七五年のはじめだったと思う。それまで五年近く書きつづけた『春の戴冠』が、どうやら終りの見通しもついてきたので、次の長篇についてあれこれ考えていた時だった。

私は、パリに留学していた頃、いつもポケットに手帖を持っていて、何か小説のテーマとかエピソードとかを思いつくと、それに書き込む習慣があった。パリでは、長いこと混沌としていた文学・美学的問題が解けはじめ、小説を書く根拠が徐々に見えてきた時だったので、小説の形で書きたいことが、胸の奥から、ほとばしり出てきた感じだった。パリから帰ってすぐ小説を書きはじめ、『春の戴冠』までほぼ十五年間、私は夢中になって書きつづけた。毎月長篇連載二篇のほか短篇を二篇か三篇書くようなこともあったが、それは、書いても書いても書きつくせないという、かなり充実した昂揚感の連続と言えた。そしてその昂揚した創作衝動を文えていたのが、このパリで書きとめた小さな手帖なのであった。

私は、十五年間、この手帖に書きこんだテーマやヒントをふくらまし、具体化して、小説の形にしていたのだった。『天草の雅歌』も『背教者ユリアヌス』も『春の戴冠』もすべてその中に書きこまれた主題だった。

しかしさすがに十五年たって、手帖の主題も書きつくされてきたし、その間に新しく着想された主題も多くなった。『春の戴冠』のあと、私が、現代文明の中に巣食った問題を現代の風俗のなかで書いてみたいと思ったのは、まずこうした事情があったからだった。

一般に、小説家は、自分が直面し解決しようとする問題を、小説という形で、書いてゆく。書くことによって、問題の正体をはっきりさせ、解決の道を摑むこともあり、また問題を書くだけで、それを越える場合もある。

私がその頃直面していた主題の一つに、現代文明はいたるところで〈詩〉を剝《は》ぎとってゆくが、いったい人間は、心を豊かにしてくれるこうした〈詩〉を守ることができるだろうか、という問題があった。

もう一つの主題は、男と女の〈愛〉の問題で、それは端的に言えば、男が女を棄て、女が男を棄てるというごとき〈愛〉のエゴイズムをどう考えたらいいか、ということだった。

私は、こうした問題に安易な解決があるとは思わなかったが、しかし時間を越えたところで

（たとえば、年をとってから、若い時代を振り返るというような形で）その問題を見れば、解決といわないまでも、別の見方はできるのではないか、と思えたのである。

そんなことを考えているとき、たまたまシリア砂漠から一枚の絵はがきが舞い込んできた。『背教者ユリアヌス』を読み、ユリアヌス皇帝が死んだシリア砂漠を訪ねた、という愛読者からの便りであった。いろいろの便りを貰うことがあるが、シリア砂漠からの絵はがきはやはり印象的だった。その後、この絵はがきを書いた広瀬一隆、洋子夫妻と知り合ったが、広瀬氏夫妻は江上波夫教授の考古学発掘隊に加わって、メソポタミアの遺跡の発掘に情熱を傾けていたのであった。

私はこんどの作品を具体化するには、このシリア砂漠の発掘をぜひモデルに使わせてほしいと思い、広瀬氏夫妻に相談した。広瀬氏は、詳細な発掘日誌を貸して下さると言うし、洋子夫人はわざわざシリア砂漠を案内してあげると言うので、小説の腹案は立ちどころに出来た感じだった。

私は、それでも新聞という発表媒体に多少不安を感じていた。私にとって、それが初めての新聞小説ということもあったが、俗に、新聞小説は一回一回に山場をこしらえなければならない、と言われていたからである。

私は、たまたま井上靖氏に会ったとき、そのことをお訊ねした。すると、この新聞小説の名人でもある詩人＝作家は、にこやかな顔で言われた。

「辻さん、もし新聞小説の一回一回に山をこしらえたら、本になってから読んだとき、糸をつぶつぶに結んだみたいになって、とても読めたものじゃありません。ふつうの小説を書くようにお書きなさい。特別なことは、全く考える必要はありません」

この言葉で、私の気持は決まった。今までと同じように、あたり前の気持で書けばいい——そう思うと、初めての新聞小説なのに、気持の負担がまったくなくなった。気負いもなければ、ポーズもなかった。むしろ書く前のいつもの楽しい昂揚感が私を包んだ。

私は、小説のプランを、ごく粗い形で書く習慣があるが、この時も、人物や配置や出来事の輪廓を書いて編集部に渡した。もちろん小説は独自の意志を持つ生きものなので、いくらプランを立てておいても、裏切られることはしばしばある。この不意打ちが小説を書く最大の楽しみの一つだが、しかしアウトラインを決めておくと、書く方はともかく、編集者は安心する。それを見れば、小説は今どの辺に差しかかっているか、判断できるからだ——というのが私の考えだった。

しかし事実はそれに反して、編集者（毎日新聞学芸部の桐原良光氏）を散々心配させる結果になったのだった。というのは、小説の連載が始まった一九七六年（昭和五一年）は、そうでなくても海外へ出かけることの多い私が、ほとんどふた月ごとに、一カ月近い海外旅行をするという羽目になったからであった。しかも挿絵を担当している福本章画伯はパリ在住である。原稿は東京からいったんパリに送られ、そこで挿絵が描かれ、東京に戻ってくる――つまりそこで初めて本当の〈入稿〉になるわけだ。私が外国にいる間、書き溜めた原稿はどんどん減ってゆく。新しい原稿はなかなか来ない。来ても、すぐパリに送らなければならない……これでは、担当者がはらはらのし通しなのは当然だった。

私は私で、その年は大車輪で生活した。二月に『時の扉』が始まると、翌三月、広瀬洋子夫人とシリア砂漠を約一カ月旅行し、六月には南太平洋に出かけた。モーレア島でもボラボラ島でも小説を書き、タヒチに戻ってきてはパペーテの郵便局から航空便で出しまた別の島に出かけた。九月からはギリシアに出かけ、さらに運転免許をとったばかりの腕で、レンタカーでマケドニアの山中の初期キリスト教会を訪ねて廻り、テサロニケからベオグラードまで二千キロの自動車旅行をし、そのあとパリで二週間過ごした。書き溜めがないので、時間さえあればホテルでもカフェでも書き、郵便局のある都会《まち》にくると、それを日本にむけて発送する、というような生活だった。そして十二月には井上靖氏を団長とする日本作家代表団の一人として中国に十五日の旅をした。このときも、まる一日旅をしたあと、夜中まで井上靖氏の部屋で強い汾酒《フエンチユウ》を飲み、朝四時起きでせっせと連載原稿を書いた。みんなが起きて朝食で顔を合わせるまで三回分ぐらいはできていたように思う。

私は物を書くとき「いつでも、どこでも」というのをモットーにしている。しかし『時の扉』を書いたときほど、それを実践したことはなかった。たしかに担当編集者に心配はかけたが、この旅行中、一度も原稿が遅れたことはなかった。万一航空機が故障でもしたらどうなったか、と今思えば冷や汗が出るが、その年は私自身が熱にとり憑《つ》かれたように生きていて、とてもそんなことを考える暇がなかった。

翌一九七七年二月に最後の原稿を持って、私は自分で毎日新聞まで出かけた。向うから駆けてくる桐原氏に私は「終ったようっ」と叫んで思わず固く抱き合った。『時の扉』は正確に三百回、しかも始まった二月二十三日と同じ日に終った。何から何まで私には忘れ難い作品となったのだった。

〔1977年11月『時の扉』（毎日新聞社）初刊〕

P+D BOOKS ラインアップ

海市　福永武彦　● 親友の妻に溺れる画家の退廃と絶望を描く

風土　福永武彦　● 芸術家の苦悩を描いた著者の処女長編作

夜の三部作　福永武彦　● 人間の〝暗黒意識〟を主題に描く三部作

夢見る少年の昼と夜　福永武彦　● 〝ロマネスクな短篇〟14作を収録

加田伶太郎 作品集　福永武彦　● 福永武彦〝加田伶太郎名〟珠玉の探偵小説集

廃市　福永武彦　● 退廃的な田舎町で過ごす青年のひと夏を描く

P+D BOOKS ラインアップ

残りの雪（上）　立原正秋　●古都鎌倉に美しく燃え上がる宿命的な愛

残りの雪（下）　立原正秋　●里子と坂西の愛欲の日々が終焉に近づく

剣ケ崎・白い罌粟　立原正秋　●直木賞受賞作含む、立原正秋の代表的短編集

私生活　神吉拓郎　●都会生活者の哀愁を切り取った傑作短篇集

サド復活　澁澤龍彥　●サド的明晰性につらぬかれたエッセイ集

都心ノ病院ニテ幻覚ヲ見タルコト　澁澤龍彥　●澁澤龍彥が最後に描いた〝偏愛の世界〟随筆集

P+D BOOKS ラインアップ

居酒屋兆治　山口　瞳　●高倉健主演映画原作。居酒屋に集う人間愛憎劇

血族　山口　瞳　●亡き母が隠し続けた私の「出生秘密」

家族　山口　瞳　●父の実像を凝視する『血族』の続編的長編

父・山口瞳自身　山口正介　●作家・山口瞳の息子が語る「父の実像」

単純な生活　阿部　昭　●静かに淡々と綴られる〝自然と人生〟の日々

十字街　久生十蘭　●鬼才・久生十蘭が描く傑作冒険小説

P+D BOOKS ラインアップ

別れる理由1
小島信夫
●伝統的な小説手法を粉砕した大作の序章

別れる理由2
小島信夫
●永造の「姦通」の過去が赤裸々に描かれる

別れる理由3
小島信夫
●「夢くさいぞ」の一言から幻想の舞台劇へ

別れる理由4
小島信夫
●「夢くさい世界」で女に、虫に、馬になる永造

別れる理由5
小島信夫
●アキレスの名馬に変身した永造だったが…

別れる理由6
小島信夫
●最終巻は〝メタフィクション〟の世界へ

P+D BOOKS ラインアップ

罪喰い　赤江 瀑　●〝夢幻が彷徨い時空を超える〟初期代表短編集

春喪祭　赤江 瀑　●長谷寺に咲く牡丹の香りと〝妖かしの世界〟

金環食の影飾り　赤江 瀑　●現代の物語と新作歌舞伎〝二重構造〟の悲話

おバカさん　遠藤周作　●純なナポレオンの末裔が珍事を巻き起こす

銃と十字架　遠藤周作　●初めて司祭となった日本人の生涯を描く

ヘチマくん　遠藤周作　●太閤秀吉の末裔が巻き込まれた事件とは？

（お断り）

本書は１９８６年に文藝春秋より発刊された文庫を底本としております。あきらかに間違いと思われるものについては訂正いたしましたが、基本的には底本にしたがっております。また、一部の固有名詞や難読漢字には編集部で振り仮名を振っています。

本文中には人夫頭、大工、人夫、田夫野人、小作人、気違いなどの言葉や人種・身分・職業・身体等に関する表現で、現在からみれば、不当、不適切と思われる箇所がありますが、著者に差別的意図のないこと、時代背景と作品価値とを鑑み、著者が故人でもあるため、原文のままにしております。

差別や侮蔑の助長、温存を意図するものでないことをご理解ください。

辻 邦生（つじ くにお）
1925年（大正14年）9月24日―1999年（平成11年）7月29日、享年73。東京都出身。1995年『西行花伝』で第31回谷崎潤一郎賞受賞。代表作に『安土往環記』『背教者ユリアヌス』など。

P+D BOOKS

ピー プラス ディー ブックス

P+Dとはペーパーバックとデジタルの略称です。
後世に受け継がれるべき名作でありながら、現在入手困難となっている作品を、
B6判ペーパーバック書籍と電子書籍で、同時かつ同価格にて発売·配信する、
小学館のまったく新しいスタイルのブックレーベルです。

時の扉（下）

2020年5月19日　初版第1刷発行

著者　辻 邦生
発行人　飯田昌宏
発行所　株式会社 小学館
〒101-8001
東京都千代田区一ツ橋2-3-1
電話　編集　03-3230-9355
販売　03-5281-3555
印刷所　昭和図書株式会社
製本所　昭和図書株式会社
装丁　おおうちおさむ（ナノナノグラフィックス）

ISBN978-4-09-352390-5

P+D BOOKS